第九十一回　祭泸水汉相班师　伐中原武侯上表

却说孔明班师回国，孟获率引大小洞主酋长，及诸部落，罗拜相送。前军至泸水，时值九月秋天，忽然阴云布合，狂风骤起，兵不能渡，回报孔明。孔明遂问孟获，获曰：『此水原有猖神作祸，往来者必须祭之。』孔明曰：『用何物祭享？』获曰：『旧时国中因猖神作祸，用七七四十九颗人头并黑牛白羊祭之，自然风恬浪静，更兼连年丰稔。』孔明曰：『吾今事已平定，安可妄杀一人？』遂自到泸水岸边观看。果见阴风大起，波涛汹涌，人马皆惊。孔明甚疑，即寻土人问之。土人告说：『自丞相经过之后，夜夜只闻得水边鬼哭神号。自黄昏直至天晓，哭声不绝。瘴烟之内，阴鬼无数。因此作祸，无人敢渡。』孔明曰：『此乃我之罪愆也。前者马岱引蜀兵千余，皆死于水中；更兼杀死南人，尽弃此处：狂魂怨鬼，不能解释，以致如此。吾今晚当亲自往祭。』土人曰：『须依旧例，杀四十九颗人头为祭，则怨鬼自散也。』孔明曰：『本为人死而成怨鬼，岂可又杀生人耶？吾自有主意。』唤行厨宰杀牛马；和面为剂，塑成人头，内以牛羊等肉代之，名曰『馒头』。当夜于泸水岸上，设香案，铺祭物，列灯四十九盏，扬幡招魂；将馒头等物，陈设于地。三更时分，孔明金冠鹤氅，亲自临祭，令董厥读祭文。其文曰：

维大汉建兴三年秋九月一日，武乡侯、领益州牧、丞相诸葛亮，谨陈祭仪，享于故殁王事蜀中将校及南人亡者阴魂曰：

我大汉皇帝，威胜五霸，明继三王。昨自远方侵境，异俗起兵；纵虿(chài)尾以兴妖，恣狼心而逞乱。我奉王命，问罪遐荒；大举貔貅，悉除蝼蚁；雄军云集，狂寇冰消；才闻破竹之声，便是失猿之势。但士卒儿郎，尽是九州豪杰；官僚将校，皆为四海英雄：习武从戎，投明事主，莫不同申三令，共展七擒；齐坚奉国之诚，并效忠君之志。何期汝等偶失兵机，缘落奸计：或为流矢所中，魂掩泉台；或为刀剑所伤，魄归长夜：生则有勇，死则有名。今凯歌欲还，献俘将及。汝等英灵尚在，祈祷必闻：随我旌旗，逐我部曲，同回上国，各认本乡，受骨肉之蒸尝，领家人之祭祀；莫作他乡之鬼，徒为异域之魂。我当奏之天子，使汝等各家尽沾恩露，年给衣粮，月赐廪禄：用兹酬答，以慰汝心。至于本境土神，南方亡鬼，血食有常，凭依不远；生者既凛天威，死者亦归王化，想宜宁帖，毋致号啕。聊表丹诚，敬陈祭祀。呜呼，哀哉！伏惟尚飨！

读毕祭文，孔明放声大哭，极其痛切，情动三军，无不下泪。孟获等众，尽皆哭泣。只见愁云怨雾之中，隐隐有数千鬼魂，皆随风而散。于是孔明令左右将祭物尽弃于泸水之中。

次日，孔明引大军俱到泸水南岸，但见云收雾散，风静浪平。蜀兵安然尽渡泸水，果然『鞭敲金镫响，人唱凯歌还』。行到永昌，孔明留王伉、吕凯守四郡；发付孟获领众自回，嘱其勤政驭下，善抚居民，勿失农务。孟获涕泣拜别而去。孔明自引大军回成都。后主排銮驾出郭三十里迎接，下辇立于道傍，以候孔明。孔明慌下车伏道而言曰：『臣不能速平南方，使主上怀忧，臣之罪也。』后主扶起孔明，并车而回，设太平筵会，重赏三军。自此远邦进贡来朝者二百余处。孔明奏准后主，将殁于王事者之家，一一优恤。人心

欢悦，朝野清平。

却说魏主曹丕，在位七年，即蜀汉建兴四年也。丕先纳夫人甄氏，即袁绍次子袁熙之妇，前破邺城时所得。后生一子，名睿，字元仲，自幼聪明，丕甚爱之。后丕又纳安平广宗人郭永之女为贵妃，甚有颜色；其父尝曰：『吾女乃女中之王也。』故号为『女王』。自丕纳为贵妃，因甄夫人失宠，郭贵妃欲谋为后，却与幸臣张韬商议。时丕有疾，韬乃诈称于甄夫人宫中掘得桐木偶人，上书天子年月日时，为魇镇之事。丕大怒，遂将甄夫人赐死，立郭贵妃为后。因无出，养曹睿为己子。虽甚爱之，不立为嗣。睿年至十五岁，弓马熟娴。当年春二月，丕带睿出猎。行于山坞之间，赶出子母二鹿，丕一箭射倒母鹿，回观小鹿驰于曹睿马前。丕大呼曰：『吾儿何不射之？』睿在马上泣告曰：『陛下已杀其母，臣安忍复杀其子也。』丕闻之，掷弓于地曰：『吾儿真仁德之主也！』于是遂封睿为平原王。

夏五月，丕感寒疾，医治不痊，乃召中军大将军曹真、镇军大将军陈群、抚军大将军司马懿三人入寝宫。丕唤曹睿至，指谓曹真等曰：『今朕病已沉重，不能复生。此子年幼，卿等三人可善辅之，勿负朕心。』三人皆告曰：『陛下何出此言？臣等愿竭力以事陛下，至千秋万岁。』丕曰：『今年许昌城门无故自崩，乃不祥之兆，朕故自知必死也。』正言间，内侍奏征东大将军曹休入宫问安。丕召入谓曰：『卿等皆国家柱石之臣也，若能同心辅朕之子，朕死亦瞑目矣！』言讫，堕泪而薨。时年四十岁，在位七年。于是曹真、陈群、司马懿、曹休等，一面举哀，一面拥立曹睿为大魏皇帝。谥父丕为文皇帝，谥母甄氏为文昭皇后。封钟繇为太傅，曹真为大将军，曹休为大司马，华歆为太尉，王朗为司徒，陈群为司空，司马懿为骠骑大将军。其余文武官僚，各各封赠。大赦天下。时雍、凉二州缺人守把，司马懿上表乞守西凉等处。曹睿从之，遂封懿提督雍、凉等处兵马。领诏去讫。

早有细作飞报入川。孔明大惊曰：『曹丕已死，孺子曹睿即位，余皆不足虑：司马懿深有谋略，今督雍、凉兵马，倘训练成时，必为蜀中之大患。不如先起兵伐之。』参军马谡曰：『今丞相平南方回，军马疲敝，只宜存恤，岂可复远征？某有一计，使司马懿自死于曹睿之手，未知丞相钧意允否？』孔明问是何计，马谡曰：『司马懿虽是魏国大臣，曹睿素怀疑忌。何不密遣人往洛阳、邺郡等处，布散流言，道此人欲反；更作司马懿告示天下榜文，遍贴诸处：使曹睿心疑，必然杀此人也。』孔明从之，即遣人密行此计去了。

却说邺城门上，忽一日见贴下告示一道。守门者揭了，来奏曹睿。睿观之，其文曰：

骠骑大将军总领雍、凉等处兵马事司马懿，谨以信义布告天下：昔太祖武皇帝，创立基业，本欲立陈思王子建为社稷主；不幸奸谗交集，岁久潜龙。皇孙曹睿，素无德行，妄自居尊，有负太祖之遗意。今吾应天顺人，克日兴师，以慰万民之望。告示到日，各宜归命新君。如不顺者，当灭九族！先此告闻，想宜知悉。

曹睿览毕，大惊失色，急问群臣。太尉华歆奏曰：『司马懿上表乞守雍、凉，正为此也。先时太祖武皇帝尝谓臣曰：「司马懿鹰视狼顾，不可付以兵权；久必为国家大祸。」今日反情已萌，可速诛之。』王朗奏曰：『司马懿深明韬略，善晓兵机，素有大志；若不早除，久必为祸。』睿乃降旨，欲兴兵御驾亲征。

忽班部中闪出大将军曹真奏曰：『不可。文皇帝托孤于臣等数人，是知司马仲达无异志也。今事未知真假，遽尔加兵，乃逼之反耳。或者蜀、吴奸细行反间之计，使我君臣自乱，彼却乘虚而击，未可知也。陛下幸察之。』睿曰：『司马懿若果谋反，将奈何？』真曰：『如陛下心疑，可仿汉高伪游云梦之计。御驾幸安邑，司马懿必然来迎；观其动静，就车前擒之，可也。』睿从之，遂命曹真监国，亲自领御林军十万，径到安邑。司马懿不知其故，欲令天子知其威严，乃整兵马，率甲士数万来迎。近臣奏曰：『司马懿果率兵十余万，前来抗拒，实有反心矣。』睿慌命曹休先领兵迎之。司马懿见兵马前来，只疑车驾亲至，伏道而迎。曹休出曰：『仲达受先帝托孤之重，何故反耶？』懿大惊失色，汗流遍体，乃问其故。休备言前事。懿曰：『此吴、蜀奸细反间之计，欲使我君臣自相残害，彼却乘虚而袭。某当自见天子辨之。』遂急退了军马，至睿车前俯伏泣奏曰：『臣受先帝托孤之重，安敢有异心？必是吴、蜀之奸计。臣请提一旅之师，先破蜀，后伐吴，报先帝与陛下，以明臣心。』睿疑虑未决。华歆奏曰：『不可付之兵权。可即罢归田里。』睿依言，将司马懿削职回乡，命曹休总督雍、凉军马。曹睿驾回洛阳。

却说细作探知此事，报入川中。孔明闻之大喜曰：『吾欲伐魏久矣，奈有司马懿总雍、凉之兵。今既中计遭贬，吾有何忧！』次日，后主早朝，大会官僚，孔明出班，上《出师表》一道。表曰：

臣亮言：先帝创业未半，而中道崩殂；今天下三分，益州疲敝，此诚危急存亡之秋也。然侍卫之臣，不懈于内；忠志之士，忘身于外者：盖追先帝之殊遇，欲报之于陛下也。诚宜开张圣听，以光先帝遗德，恢弘志士之气；不宜妄自菲薄，引喻失义，以塞忠谏之路也。宫中府中，俱为一体；陟罚臧否，不宜异同：若有作奸犯科，及为忠善者，宜付有司，论其刑赏，以昭陛下平明之治；不宜偏私，使内外异法也。侍中、侍郎郭攸之、费祎、董允等，此皆良实，志虑忠纯，是以先帝简拔以遗陛下：愚以为宫中之事，事无大小，悉以咨之，然后施行，必得裨补阙漏，有所广益。将军向宠，性行淑均，晓畅军事，试用之于昔日，先帝称之曰『能』，是以众议举宠以为督：愚以为营中之事，事无大小，悉以咨之，必能使行阵和穆，优劣得所也。亲贤臣，远小人，此先汉所以兴隆也；亲小人，远贤臣，此后汉所以倾颓也。先帝在时，每与臣论此事，未尝不叹息痛恨于桓、灵也！侍中、尚书、长史、参军，此悉贞亮死节之臣也，愿陛下亲之、信之，则汉室之隆，可计日而待也。

臣本布衣，躬耕南阳，苟全性命于乱世，不求闻达于诸侯。先帝不以臣卑鄙，猥自枉屈，三顾臣于草庐之中，谘臣以当世之事，由是感激，遂许先帝以驱驰。后值倾覆，受任于败军之际，奉命于危难之间：尔来二十有一年矣。先帝知臣谨慎，故临崩寄臣以大事也。受命以来，夙夜忧虑，恐付托不效，以伤先帝之明；故五月渡泸，深入不毛。今南方已定，甲兵已足，当奖帅三军，北定中原，庶竭驽钝，攘除奸凶，兴复汉室，还于旧都：此臣所以报先帝而忠陛下之职分也。至于斟酌损益，进尽忠言，则攸之、祎、允之任也。愿陛下托臣以讨贼兴复之效，不效则治臣之罪，以告先帝之灵；若无兴复之言，则责攸之、祎、允等之咎，以彰其慢。陛下亦宜自谋，以谘诹善道，察纳雅言，深追先帝遗诏。臣不胜受恩感激！今当远离，临表涕零，不知所云。

后主览表曰：『相父南征，远涉艰难；方始回都，坐未安席；今又欲北征，恐劳神思。』孔明曰：『臣

受先帝托孤之重，夙夜未尝有怠。今南方已平，可无内顾之忧；不就此时讨贼，恢复中原，更待何日？』忽班部中太史谯周出奏曰：『臣夜观天象，北方旺气正盛，星曜倍明，未可图也。』乃顾孔明曰：『丞相深明天文，何故强为？』孔明曰：『天道变易不常，岂可拘执？吾今且驻军马于汉中，观其动静而后行。』谯周苦谏不从。于是孔明乃留郭攸之、董允、费祎等为侍中，总摄宫中之事。又留向宠为大将，总督御林军马；蒋琬为参军；张裔为长史，掌丞相府事；杜琼为谏议大夫；杜微、杨洪为尚书；孟光、来敏为祭酒；尹默、李譔为博士；郤正、费诗为秘书；谯周为太史。内外文武官僚一百余员，同理蜀中之事。

孔明受诏归府，唤诸将听令：前督部：镇北将军、领丞相司马、凉州刺史、都亭侯魏延；前军都督：领扶风太守张翼；牙门将：裨将军王平；后军领兵使：安汉将军、领建宁太守李恢，副将：定远将军、领汉中太守吕义；兼管运粮左军领兵使：平北将军、陈仓侯马岱，副将：飞卫将军廖化；右军领兵使：奋威将军、博阳亭侯马忠，抚戎将军、关内侯张嶷；行中军师：车骑大将军、都乡侯刘琰；中监军：扬武将军邓芝；中参军：安远将军马谡；前将军：都亭侯袁綝；左将军：高阳侯吴懿；右将军：玄都侯高翔；后将军：安乐侯吴班；领长史：绥军将军杨仪；前将军：征南将军刘巴；前护军：偏将军、汉城亭侯许允；左护军：笃信中郎将丁咸；右护军：偏将军刘敏；后护军：典军中郎将官雝(yōng)；行参军：昭武中郎将胡济；行参军：谏议将军阎晏；行参军：偏将军爨(cuàn)习；行参军：裨将军杜义，武略中郎将杜祺，绥戎都尉盛敦；从事：武略中郎将樊岐；典军书记：樊建；丞相令史：董厥；帐前左护卫使：龙骧将军关兴；右护卫使：虎翼将军张苞。以上一应官员，都随着平北大都督、丞相、武乡侯、领益州牧、知内外事诸葛亮。分拨已定，又檄李严等守川口以拒东吴。选定建兴五年春三月丙寅日，出师伐魏。忽帐下一老将，厉声而进曰：『我虽年迈，尚有廉颇之勇，马援之雄。此二古人皆不服老，何故不用我耶？』众视之，乃赵云也。孔明曰：『吾自平南回都，马孟起病故，吾甚惜之，以为折一臂也。今将军年纪已高，倘稍有参差，动摇一世英名，减却蜀中锐气。』云厉声曰：『吾自随先帝以来，临阵不退，遇敌则先。大丈夫得死于疆场者，幸也，吾何恨焉？愿为前部先锋！』孔明再三苦劝不住。云曰：『如不教我为先锋，就撞死于阶下！』孔明曰：『将军既要为先锋，须得一人同去……』言未尽，一人应曰：『某虽不才，愿助老将军先引一军前去破敌。』孔明视之，乃邓芝也。孔明大喜，即拨精兵五千，副将十员，随赵云、邓芝去讫。孔明出师，后主引百官送于北门外十里。孔明辞了后主，旌旗蔽野，戈戟如林，率军望汉中迤逦进发。

却说边庭探知此事，报入洛阳。是日曹睿设朝，近臣奏曰：『边官报称：诸葛亮率领大兵三十余万，出屯汉中，令赵云、邓芝为前部先锋，引兵入境。』睿大惊，问群臣曰：『谁可为将，以退蜀兵？』忽一人应声而出曰：『臣父死于汉中，切齿之恨，未尝得报。今蜀兵犯境，臣愿引本部猛将，更乞陛下赐关西之兵，前往破蜀：上为国家效力，下报父仇，臣万死不恨！』众视之，乃夏侯渊之子夏侯楙(máo)也。楙字子休；其性最急，又最吝；自幼嗣与夏侯惇为子。后夏侯渊为黄忠所斩，曹操怜之，以女清河公主招楙为驸马，因此朝中钦敬。虽掌兵权，未尝临阵。当时自请出征，曹睿即命为大都督，调关西诸路军

马前去迎敌。司徒王朗谏曰：『不可。夏侯驸马素不曾经战，今付以大任，非其所宜。更兼诸葛亮足智多谋，深通韬略，不可轻敌。』夏侯楙叱曰：『司徒莫非结连诸葛亮，欲为内应耶？吾自幼从父学习韬略，深通兵法。汝何欺我年幼？吾若不生擒诸葛亮，誓不回见天子！』王朗等皆不敢言。夏侯楙辞了魏主，星夜到长安，调关西诸路军马二十余万，来敌孔明。正是：欲秉白旄麾将士，却教黄吻掌兵权。未知胜负如何，且看下文分解。

第九十二回 赵子龙力斩五将 诸葛亮智取三城

却说孔明率兵前至沔阳，经过马超坟墓，乃令其弟马岱挂孝，孔明亲自祭之。祭毕，回到寨中，商议进兵。忽哨马报道：『魏主曹睿遣驸马夏侯楙，调关中诸路军马，前来拒敌。』魏延上帐献策曰：『夏侯楙乃膏粱子弟，懦弱无谋，延愿得精兵五千，取路出褒中，循秦岭以东，当子午谷而投北，不过十日，可到长安。夏侯楙若闻某骤至，必然弃城望横门邸阁而走。某却从东方而来，丞相可大驱士马，自斜谷而进：如此行之，则咸阳以西，一举可定也。』孔明笑曰：『此非万全之计也。汝欺中原无好人物，倘有人进言，于山僻中以兵截杀，非惟五千人受害，亦大伤锐气。决不可用。』魏延又曰：『丞相兵从大路进发，彼必尽起关中之兵，于路迎敌：则旷日持久，何时而得中原？』孔明曰：『吾从陇右取平坦大路，依法进兵，何忧不胜！』遂不用魏延之计。魏延怏怏不悦。孔明差人令赵云进兵。

却说夏侯楙在长安聚集诸路军马。时有西凉大将韩德，善使开山大斧，有万夫不当之勇，引西羌诸路兵八万到来；见了夏侯楙，楙重赏之，就遣为先锋。德有四子，皆精通武艺，弓马过人：长子韩瑛，次子韩瑶，三子韩琼，四子韩琪。韩德带四子并西羌兵八万，取路至凤鸣山，正遇蜀兵。两阵对圆。韩德出马，四子列于两边。德厉声大骂曰：『反国之贼，安敢犯吾境界！』赵云大怒，挺枪纵马，单搦韩德交战。长子韩瑛，跃马来迎；战不三合，被赵云一枪刺死于马下。次子韩瑶见之，纵马挥刀来战。赵云施逞旧日虎

威，抖擞精神迎战。瑶抵敌不住。三子韩琼，急挺方天戟骤马前来夹攻。云全然不惧，枪法不乱。四子韩琪，见二兄战云不下，也纵马抡两口日月刀而来，围住赵云。云在中央独战三将。少时，韩琪中枪落马，韩阵中偏将急出救去。云拖枪便走。韩琼按戟，急取弓箭射之，连放三箭，皆被云用枪拨落。琼大怒，仍绰方天戟纵马赶来；却被云一箭射中面门，落马而死。韩瑶纵马举宝刀便砍赵云。云弃枪于地，闪过宝刀，生擒韩瑶归阵，复纵马取枪杀过阵来。韩德见四子皆丧于赵云之手，肝胆皆裂，先走入阵去。西凉兵素知赵云之名，今见其英勇如昔，谁敢交锋？赵云马到处，阵阵倒退。赵云匹马单枪，往来冲突，如入无人之境。后人有诗赞曰：

忆昔常山赵子龙，年登七十建奇功。独诛四将来冲阵，犹似当阳救主雄。

邓芝见赵云大胜，率蜀兵掩杀，西凉兵大败而走。韩德险被赵云擒住，弃甲步行而逃。云与邓芝收军回寨。芝贺曰：『将军寿已七旬，英勇如昨。今日阵前力斩四将，世所罕有！』云曰：『丞相以吾年迈，不肯见用，吾故聊以自表耳。』遂差人解韩瑶，申报捷书，以达孔明。

却说韩德引败军回见夏侯楙，哭告其事。楙自统兵来迎赵云。探马报入蜀寨，说夏侯楙引兵到。云上马绰枪，引千余军，就凤鸣山前摆成阵势。当日，夏侯楙戴金盔，坐白马，手提大砍刀，立在门旗之下。见赵云跃马挺枪，往来驰骋，楙欲自战。韩德曰：『杀吾四子之仇，如何不报！』纵马轮开山大斧，直取赵云。云奋怒挺枪来迎；战不三合，枪起处，刺死韩德于马下，急拨马直取夏侯楙。楙慌忙闪入本阵。邓

芝驱兵掩杀，魏兵又折一阵，退十余里下寨。楙连夜与众将商议曰：『吾久闻赵云之名，未尝见面；今日年老，英雄尚在，方信当阳长坂之事。似此无人可敌，如之奈何？』参军程武——乃程昱之子也——进言曰：『某料赵云有勇无谋，不足为虑。来日都督再引兵出，先伏两军于左右；都督临阵先退，诱赵云到伏兵处；都督却登山指挥四面军马，重叠围住，云可擒矣。』楙从其言，遂遣董禧引三万军伏于左，薛则引三万军伏于右：二人埋伏已定。

次日，夏侯楙复整金鼓旗幡，率兵而进。赵云、邓芝出迎。芝在马上谓赵云曰：『昨夜魏兵大败而走，今日复来，必有诈也。老将军防之。』子龙曰：『量此乳臭小儿，何足道哉！吾今日必当擒之！』便跃马而出。魏将潘遂出迎，战不三合，拨马便走。赵云赶去，魏阵中八员将一齐来迎。放过夏侯楙先走，八将陆续奔走。赵云乘势追杀，邓芝引兵继进。赵云深入重地，只听得四面喊声大震。邓芝急收军退回，左有董禧，右有薛则，两路兵杀到。邓芝兵少，不能解救。赵云被困在垓心，东冲西突，魏兵越厚。时云手下止有千余人，杀到山坡之下，只见夏侯楙在山上指挥三军。赵云投东则望东指，投西则望西指：因此赵云不能突围——乃引兵杀上山来。半山中擂木炮石打将下来，不能上山。赵云从辰时杀至酉时，不得脱走，只得下马少歇，且待月明再战。却才卸甲而坐，月光方出，忽四下火光冲天，鼓声大震，矢石如雨，魏兵杀到，皆叫曰：『赵云早降！』云急上马迎敌。四面军马渐渐逼近，八方弩箭交射甚急，人马皆不能向前。云仰天叹曰：『吾不服老，死于此地矣！』忽东北角上喊声大起，魏兵纷纷乱窜：一彪军杀到，为首大将持丈八点钢矛，

马项下挂一颗人头。云视之，乃张苞也。苞见了赵云，言曰：『丞相恐老将军有失，特遣某引五千兵接应。闻老将军被困，故杀透重围。正遇魏将薛则拦路，被某杀之。』云大喜，即与张苞杀出西北角来。只见魏兵弃戈奔走：一彪军从外呐喊杀入，为首大将提偃月青龙刀，手挽人头。云视之，乃关兴也。兴曰：『奉丞相之命，恐老将军有失，特引五千兵前来接应。却才阵上逢着魏将董禧，被吾一刀斩之，枭首在此。丞相随后便到也。』云曰：『二将军已建奇功，何不趁今日擒住夏侯楙，以定大事？』张苞闻言，遂引兵去了。兴曰：『我也干功去。』遂亦引兵去了。云回顾左右曰：『他两个是吾子侄辈，尚且争先干功；吾乃国家上将，朝廷旧臣，反不如此小儿耶？吾当舍老命以报先帝之恩！』于是引兵来捉夏侯楙。当夜三路兵夹攻，大破魏军一阵。邓芝引兵接应，杀得尸横遍野，血流成河。夏侯楙乃无谋之人，更兼年幼，不曾经战，见军大乱，遂引帐下骁将百余人，望南安郡而走。众军因见无主，尽皆逃窜。兴、苞二将闻夏侯楙望南安郡去了，连夜赶来。楙走入城中，令紧闭城门，驱兵守御。兴、苞二人赶到，将城围住；赵云随后也到：三面攻打。少时，邓芝亦引兵到。一连围了十日，攻打不下。忽报丞相留后军住沔阳，左军屯阳平，右军屯石城，自引中军来到。赵云、邓芝、关兴、张苞皆来拜问孔明，说连日攻城不下。

孔明遂乘小车亲到城边周围看了一遍，回寨升帐而坐。众将环立听令。孔明曰：『此郡壕深城峻，不易攻也。吾正事不在此城，汝等如只久攻，倘魏兵分道而出，以取汉中，吾军危矣。』邓芝曰：『夏侯楙乃魏之驸马，若擒此人，胜斩百将。今困于此，岂可弃之而去？』孔明曰：『吾自有计。此处西连天水郡，北抵安定郡：二处太守，不知何人？』探卒答曰：『天水太守马遵，安定太守崔谅。』孔明大喜，乃唤魏延受计，如此如此；又唤关兴、张苞受计，如此如此；又唤心腹军士二人受计，如此行之。各将领命，引兵而去。孔明却在南安城外，令军运柴草堆于城下，口称烧城。魏兵闻知，皆大笑不惧。

却说安定太守崔谅，在城中闻蜀兵围了南安，困住夏侯楙，十分慌惧，即点军马约共四千，守住城池。忽见一人自正南而来，口称有机密事。崔谅唤入问之，答曰：『某是夏侯都督帐下心腹将裴绪。今奉都督将令，特来求救于天水、安定二郡。南安甚急，每日城上纵火为号，专望二郡救兵，并不见到；因复差某杀出重围，来此告急。可星夜起兵为外应。都督若见二郡兵到，却开城门接应也。』谅曰：『有都督文书否？』绪贴肉取出，汗已湿透；略教一视，急令手下换了乏马，便出城望天水而去。不二日，又有报马到，告天水太守已起兵救援南安去了，教安定早早接应。崔谅与府官商议。多官曰：『若不去救，失了南安，送了夏侯驸马，皆我两郡之罪也：只得救之。』谅即点起人马，离城而去，只留文官守城。崔谅提兵向南安大路进发，遥望见火光冲天，催兵星夜前进。离南安尚有五十余里，忽闻前后喊声大震，哨马报道：『前面关兴截住去路，背后张苞杀来！』安定之兵，四下逃窜。谅大惊，乃领手下百余人，往小路死战得脱，奔回安定。方到城壕边，城上乱箭射下来。蜀将魏延在城上叫曰：『吾已取了城也！何不早降？』原来魏延扮作安定军，夤夜赚开城门，蜀兵尽入，因此得了安定。

崔谅慌投天水郡来。行不到一程，前面一彪军摆开。大旗之下，一人纶巾羽扇，道袍鹤氅，端坐于车

上。凉视之，乃孔明也，急拨回马走。关兴、张苞两路兵追到，只叫：『早降！』崔凉见四面皆是蜀兵，不得已遂降，同归大寨。孔明以上宾相待。孔明曰：『南安太守与足下交厚否？』凉曰：『此人乃杨阜之族弟杨陵也，与某邻郡，交契甚厚。』孔明曰：『今欲烦足下入城，说杨陵擒夏侯楙，可乎？』凉曰：『丞相若令某去，可暂退军马，容某入城说之。』孔明从其言，即时传令，教四面军马各退二十里下寨。崔凉匹马到城边叫开城门，入到府中，与杨陵礼毕，细言其事。陵曰：『我等受魏主大恩，安忍背之？可将计就计而行。』遂引崔凉到夏侯楙处，备细说知。楙曰：『当用何计？』杨陵曰：『只推某献城门，赚蜀兵入，却就城中杀之。』

崔凉依计而行，出城见孔明，说：『杨陵献城门，放大军入城，以擒夏侯楙。杨陵本欲自捉，因手下勇士不多，未敢轻动。』孔明曰：『此事至易：今有足下原降兵百余人，于内暗藏蜀将扮作安定军马，带入城去，先伏于夏侯楙府下；却暗约杨陵，待半夜之时，献开城门，里应外合。』崔凉暗思：『若不带蜀将去，恐孔明生疑。且带入去，就内先斩之，举火为号，赚孔明入来，杀之可也。』因此应允。孔明嘱曰：『吾遣亲信将关兴、张苞随足下先去，只推救军杀入城中，以安夏侯楙之心；但举火，吾当亲入城去擒之。』时值黄昏，关兴、张苞受了孔明密计，披挂上马，各执兵器，杂在安定军中，随崔凉来到南安城下。杨陵在城上撑起悬空板，倚定护心栏，问曰：『何处军马？』崔凉曰：『安定救军来到。』凉先射一号箭上城，箭上带着密书曰：『今诸葛亮先遣二将，伏于城中，要里应外合，且不可惊动，恐泄漏计策。待入府中图

之。』杨陵将书见了夏侯楙，细言其事。楙曰：『既然诸葛亮中计，可教刀斧手百余人，伏于府中。如二将随崔太守到府下马，闭门斩之；却于城上举火，赚诸葛亮入城。伏兵齐出，亮可擒矣。』安排已毕，杨陵回到城上言曰：『既是安定军马，可放入城。』关兴跟崔凉先行，张苞在后。杨陵下城，在门边迎接。兴手起刀落，斩杨陵于马下。崔凉大惊，急拨马奔到吊桥边，张苞大喝曰：『贼子休走！汝等诡计，如何瞒得丞相耶！』手起一枪，刺崔凉于马下。关兴早到城上，放起火来。四面蜀兵齐入。夏侯楙措手不及，开南门并力杀出。一彪军拦住，为首大将，乃是王平；交马只一合，生擒夏侯楙于马上，余皆杀死。

孔明入南安，招谕军民，秋毫无犯。众将各各献功。孔明将夏侯楙囚于车中。邓芝问曰：『丞相何故知崔凉诈也？』孔明曰：『吾已知此人无降心，故意使入城。彼必尽情告与夏侯楙，欲将计就计而行。吾见来情，足知其诈，复使二将同去，以稳其心。此人若有真心，必然阻当；彼忻然同去者，恐吾疑也。他意中度二将同去，赚入城内杀之未迟；又令吾军有托，放心而进。吾已暗嘱二将，就城门下图之。城内必无准备，吾军随后便到：此出其不意也。』众将拜服。孔明曰：『赚崔凉者，吾使心腹人诈作魏将裴绪也。吾又去赚天水郡，至今未到，不知何故。今可乘势取之。』乃留吴懿守南安，刘琰守安定，替出魏延军马去取天水郡。

却说天水郡太守马遵，听知夏侯楙困在南安城中，乃聚文武官商议。功曹梁绪、主簿尹赏、主记梁虔等曰：『夏侯驸马乃金枝玉叶，倘有疏虞，难逃坐视之罪。太守何不尽起本部兵以救之？』马遵正疑虑间，

忽报夏侯驸马差心腹将裴绪到。绪入府，取公文付马遵，说：『都督求安定、天水两郡之兵，星夜救应。』言讫，匆匆而去。次日又有报马到，称说：『安定兵已先去了，教太守火急前来会合。』马遵正欲起兵，忽一人自外而入曰：『太守中诸葛亮之计矣！』众视之，乃天水冀人也，姓姜名维，字伯约。父名冏，昔日曾为天水郡功曹，因羌人乱，没于王事。维自幼博览群书，兵法武艺，无所不通；奉母至孝，郡人敬之；后为中郎将，就参本郡军事。当日姜维谓马遵曰：『近闻诸葛亮杀败夏侯楙，困于南安，水泄不通，安得有人自重围之中而出？又且裴绪乃无名下将，从不曾见；况安定报马，又无公文：以此察之，此人乃蜀将诈称魏将。赚得太守出城，料城中无备，必然暗伏一军于左近，乘虚而取天水也。』马遵大悟曰：『非伯约之言，则误中奸计矣！』维笑曰：『太守放心。某有一计，可擒诸葛亮，解南安之危。』正是：运筹又遇强中手，斗智还逢意外人。未知其计如何，且看下文分解。

第九十三回 姜伯约归降孔明 武乡侯骂死王朗

却说姜维献计于马遵曰：『诸葛亮必伏兵于郡后，赚我兵出城，乘虚袭我。某愿请精兵三千，伏于要路。太守随后发兵出城，不可远去，止行三十里便回；但看火起为号，前后夹攻，可获大胜。如诸葛亮自来，必为某所擒矣。』遵用其计，付精兵与姜维去讫，然后自与梁虔引兵出城等候，只留梁绪、尹赏守城。原来孔明果遣赵云引一军埋伏于山僻之中，只待天水人马离城，便乘虚袭之。当日细作回报赵云，说天水太守马遵，起兵出城，只留文官守城。赵云大喜，又令人报与张翼、高翔，教于要路截杀马遵。此二处兵亦是孔明预先埋伏。

却说赵云引五千兵，径投天水郡城下，高叫曰：『吾乃常山赵子龙也！汝知中计，早献城池，免遭诛戮！』城上梁绪大笑曰：『汝中吾姜伯约之计，尚然不知耶？』云恰待攻城，忽然喊声大震，四面火光冲天。当先一员少年将军，挺枪跃马而言曰：『汝见天水姜伯约乎！』云挺枪直取姜维。战不数合，维精神倍长。云大惊，暗忖曰：『谁想此处有这般人物！』正战时，两路军夹攻来，乃是马遵、梁虔引军杀回。赵云首尾不能相顾，冲开条路，引败兵奔走，姜维赶来。亏得张翼、高翔两路军杀出，接应回去。赵云归见孔明，说中了敌人之计。孔明惊问曰：『此是何人，识吾玄机？』有南安人告曰：『此人姓姜，名维，字伯约，天水冀人也；事母至孝，文武双全，智勇足备，真当世之英杰也。』赵云又夸奖姜维枪法，与他人大不同。

孔明曰：『吾今欲取天水，不想有此人。』遂起大军前来。

却说姜维回见马遵曰：『赵云败去，孔明必然自来。彼料我军必在城中。今可将本部军马，分为四枝：某引一军于城东，如彼兵到则截之。太守与梁虔、尹赏各引一军城外埋伏。梁绪率百姓在城上守御。』分拨已定。

却说孔明因虑姜维，自为前部，望天水郡进发。将到城边，孔明传令曰：『凡攻城池，以初到之日，激励三军，鼓噪直上。若迟延日久，锐气尽隳，急难破矣。』于是大军径到城下。因见城上旗帜整齐，未敢轻攻。候至半夜，忽然四下火光冲天，喊声震地，正不知何处兵来。只见城上亦鼓噪呐喊相应，蜀兵乱窜。孔明急上马，有关兴、张苞二将保护，杀出重围。回头看时，正东上军马，一带火光，势若长蛇。孔明令关兴探视，回报曰：『此姜维兵也。』孔明叹曰：『兵不在多，在人之调遣耳。此人真将才也！』收兵归寨，思之良久，乃唤安定人问曰：『姜维之母，现在何处？』答曰：『维母今居冀县。』孔明唤魏延分付曰：『汝可引一军，虚张声势，诈取冀县。若姜维到，可放入城。』又问：『此地何处紧要？』安定人曰：『天水钱粮，皆在上邽；若打破上邽，则粮道自绝矣。』孔明大喜，教赵云引一军去攻上邽。孔明离城三十里下寨。早有人报入天水郡，说蜀兵分为三路：一军守此郡，一军取上邽，一军取冀城。姜维闻之，哀告马遵曰：『维母现在冀城，恐母有失。维乞一军往救此城，兼保老母。』马遵从之，遂令姜维引三千军去保冀城，梁虔引三千军去保上邽。

却说姜维引兵至冀城，前面一彪军摆开，为首蜀将，乃是魏延。二将交锋数合，延诈败奔走。维入城闭门，率兵守护，拜见老母，并不出战。赵云亦放过梁虔入上邽城去了。孔明乃令人去南安郡，取夏侯楙至帐下。孔明曰：『汝惧死乎？』楙慌拜伏乞命。孔明曰：『目今天水姜维现守冀城，使人持书来说：「但得驸马在，我愿归降。」吾今饶汝性命，汝肯招安姜维否？』楙曰：『情愿招安。』孔明乃与衣服鞍马，不令人跟随，放之自去。楙得脱出寨，欲寻路而走，奈不知路径。正行之间，逢数人奔走。楙问之，答曰：『我等是冀县百姓；今被姜维献了城池，归降诸葛亮，蜀将魏延纵火劫财，我等因此弃家奔走，投上邽去也。』楙又问曰：『今守天水城是谁？』土人曰：『天水城中乃马太守也。』楙闻之，纵马望天水而行。又见百姓携男抱女远来，所说皆同。楙至天水城下叫门，城上人认得是夏侯楙，慌忙开门迎接。马遵惊拜问之。楙细言姜维之事；又将百姓所言说了。遵叹曰：『不想姜维反投蜀矣！』梁绪曰：『彼意欲救都督，故以此言虚降。』楙曰：『今维已降，何为虚也？』正踌躇间，时已初更，蜀兵又来攻城。火光中见姜维在城下挺枪勒马，大叫曰：『请夏侯都督答话！』夏侯楙与马遵等皆到城上，

见姜维耀武扬威大叫曰：『我为都督而降，都督何背前言？』楙曰：『汝受魏恩，何故降蜀？有何前言耶？』维应曰：『汝写书教我降蜀，何出此言？汝要脱身，却将我陷了！我今降蜀，加为上将，安有还魏之理？』言讫，驱兵打城，至晓方退。原来夜间妆姜维者，乃孔明之计，令部卒形貌相似者，假扮姜维攻城，因火光之中，不辨真伪。

孔明却引兵来攻冀城。城中粮少，军食不敷。姜维在城上，见蜀军大车小辆，搬运粮草，入魏延寨中去了。维引三千兵出城，径来劫粮。蜀兵尽弃了粮车，寻路而走。姜维夺得粮车，欲要入城，忽然一彪军拦住，为首蜀将张翼也。二将交锋，战不数合，王平引一军又到，两下夹攻。维力穷抵敌不住，夺路归城；城上早插蜀兵旗号：原来已被魏延袭了。维杀条路奔天水城，手下尚有十余骑；又遇张苞杀了一阵，维止剩得匹马单枪，来到天水城下叫门。城上军见是姜维，慌报马遵。遵曰：『此是姜维来赚我城门也。』令城上乱箭射下。姜维回顾蜀兵至近，遂飞奔上邽城来。城上梁虔见了姜维，大骂曰：『反国之贼，安敢来赚我城池！吾已知汝降蜀矣！』遂乱箭射下。姜维不能分说，仰天长叹，两眼泪流，拨马望长安而走。行不数里，前至一派大树茂林之处，一声喊起，数千兵拥出：为首蜀将关兴，截住去路。维人困马乏，不能抵当，勒回马便走。忽然一辆小车从山坡中转出。其人头戴纶巾，身披鹤氅，手摇羽扇，乃孔明也。孔明唤姜维曰：『伯约此时何尚不降？』维寻思良久，前有孔明，后有关兴，又无去路，只得下马投降。孔明慌忙下车而迎，执维手曰：『吾自出茅庐以来，遍求贤者，欲传授平生之学，恨未得其人。今遇伯约，吾愿足矣。』维大喜拜谢。

孔明遂同姜维回寨，升帐商议取天水、上邽之计。维曰：『天水城中尹赏、梁绪，与某至厚；当写密书二封，射入城中，使其内乱，城可得矣。』孔明从之。姜维写了二封密书，拴在箭上，纵马直至城下，射入城中。小校拾得，呈与马遵。遵大疑，与夏侯楙商议曰：『梁绪、尹赏与姜维结连，欲为内应，都督宜早决之。』楙曰：『可杀二人。』尹赏知此消息，乃谓梁绪曰：『不如纳城降蜀，以图进用。』是夜，夏侯楙数次使人请梁、尹二人说话。二人料知事急，遂披挂上马，各执兵器，引本部军大开城门，放蜀兵入。夏侯楙、马遵惊慌，引数百人出西门，弃城投羌胡城而去。梁绪、尹赏迎接孔明入城。安民已毕，孔明问取上邽之计。梁绪曰：『此城乃某亲弟梁虔守之，愿招来降。』孔明大喜。绪当日到上邽唤梁虔出城来降孔明。孔明重加赏劳，就令梁绪为天水太守，尹赏为冀城令，梁虔为上邽令。孔明分拨已毕，整兵进发。诸将问曰：『丞相何不去擒夏侯楙？』孔明曰：『吾放夏侯楙，如放一鸭耳。今得伯约，得一凤也！』

孔明自得三城之后，威声大震，远近州郡，望风归降。孔明整顿军马，尽提汉中之兵，前出祁山，兵临渭水之西。细作报入洛阳。

时魏主曹睿太和元年，升殿设朝。近臣奏曰：『夏侯驸马已失三郡，逃窜羌中去了。今蜀兵已到祁山，前军临渭水之西，乞早发兵破敌。』睿大惊，乃问群臣曰：『谁可为朕退蜀兵耶？』司徒王朗出班奏曰：『臣观先帝每用大将军曹真，所到必克；今陛下何不拜为大都督，以退蜀兵？』睿准奏，乃宣曹真曰：『先

帝托孤与卿，今蜀兵入寇中原，卿安忍坐视乎？』真奏曰：『臣才疏智浅，不称其职。』王朗曰：『将军乃社稷之臣，不可固辞。老臣虽驽钝，愿随将军一往。』真又奏曰：『臣受大恩，安敢推辞？但乞一人为副将。』睿曰：『卿自举之。』真乃保太原阳曲人，姓郭，名淮，字伯济，官封射亭侯，领雍州刺史。睿从之，遂拜曹真为大都督，赐节钺；命郭淮为副都督，王朗为军师。——朗时年已七十六岁矣。——选拨东西二京军马二十万与曹真。真命宗弟曹遵为先锋，又命荡寇将军朱赞为副先锋。当年十一月出师，魏主曹睿亲自送出西门之外方回。

曹真领大军来到长安，过渭河之西下寨。真与王朗、郭淮共议退兵之策。朗曰：『来日可严整队伍，大展旌旗。老夫自出，只用一席话，管教诸葛亮拱手而降，蜀兵不战自退。』真大喜，是夜传令：来日四更造饭，平明务要队伍整齐，人马威仪，旌旗鼓角，各按次序。当时使人先下战书。次日，两军相迎，列成阵势于祁山之前。蜀军见魏兵甚是雄壮，与夏侯楙大不相同。

三军鼓角已罢，司徒王朗乘马而出。上首乃都督曹真，下首乃副都督郭淮；两个先锋压住阵角。探子马出军前，大叫曰：『请对阵主将答话！』只见蜀兵门旗开处，关兴、张苞分左右而出，立马于两边；次后一队队骁将分列；门旗影下，中央一辆四轮车，孔明端坐车中，纶巾羽扇，素衣皂绦，飘然而出。孔明举目见魏阵前三个麾盖，旗上大书姓名：中央白髯老者，乃军师、司徒王朗。孔明暗忖曰：『王朗必下说词，吾当随机应之。』遂教推车出阵外，令护军小校传曰：『汉丞相与司徒会话。』王朗纵马而出。孔明于车上拱手，朗在马上欠身答礼。朗曰：『久闻公之大名，今幸一会。公既知天命、识时务，何故兴无名之兵？』孔明曰：『吾奉诏讨贼，何谓无名？』朗曰：『天数有变，神器更易，而归有德之人，此自然之理也。曩自桓、灵以来，黄巾倡乱，天下争横。降至初平、建安之岁，董卓造逆，傕、汜继虐；袁术僭号于寿春，袁绍称雄于邺土；刘表占据荆州，吕布虎吞徐郡：盗贼蜂起，奸雄鹰扬，社稷有累卵之危，生灵有倒悬之急。我太祖武皇帝，扫清六合，席卷八荒；万姓倾心，四方仰德：非以权势取之，实天命所归也。世祖文帝，神文圣武，以膺大统，应天合人，法尧禅舜，处中国以临万邦，岂非天心人意乎？今公蕴大才、抱大器，自欲比于管、乐，何乃强欲逆天理、背人情而行事耶？岂不闻古人云：「顺天者昌，逆天者亡。」今我大魏带甲百万，良将千员。谅腐草之萤光，怎及天心之皓月？公可倒戈卸甲，以礼来降，不失封侯之位。国安民乐，岂不美哉！』

孔明在车上大笑曰：『吾以为汉朝大老元臣，必有高论，岂期出此鄙言！吾有一言，诸军静听：昔日桓、灵之世，汉统陵替，宦官酿祸；国乱岁凶，四方扰攘。黄巾之后，董卓、傕、汜等接踵而起，迁劫汉帝，残暴生灵。因庙堂之上，朽木为官，殿陛之间，禽兽食禄；狼心狗行之辈，滚滚当道，奴颜婢膝之徒，纷纷秉政。以致社稷丘墟，苍生涂炭。吾素知汝所行：世居东海之滨，初举孝廉入仕；理合匡君辅国，安汉兴刘；何期反助逆贼，同谋篡位！罪恶深重，天地不容！天下之人，愿食汝肉！今幸天意不绝炎汉，昭烈皇帝继统西川。吾今奉嗣君之旨，兴师讨贼。汝既为谄谀之臣，只可潜身缩首，苟图衣食；安敢在行伍

之前，妄称天数耶！皓首匹夫！苍髯老贼！汝即日将归于九泉之下，何面目见二十四帝乎！老贼速退！可教反臣与吾共决胜负！』

王朗听罢，气满胸膛，大叫一声，撞死于马下。后人有诗赞孔明曰：

兵马出西秦，雄才敌万人。轻摇三寸舌，骂死老奸臣。

孔明以扇指曹真曰：『吾不逼汝。汝可整顿军马，来日决战。』言讫回车。于是两军皆退。曹真将王朗尸首，用棺木盛贮，送回长安去了。副都督郭淮曰：『诸葛亮料吾军中治丧，今夜必来劫寨。可分兵四路：两路兵从山僻小路，乘虚去劫蜀寨；两路兵伏于本寨外，左右击之。』曹真大喜曰：『此计与吾相合。』遂传令唤曹遵、朱赞两个先锋分付曰：『汝二人各引一万军，抄出祁山之后。但见蜀兵望吾寨而来，汝可进兵去劫蜀寨。如蜀兵不动，便撤兵回，不可轻进。』二人受计，引兵而去。真谓淮曰：『我两个各引一枝军，伏于寨外，寨中虚堆柴草，只留数人。如蜀兵到，放火为号。』诸将皆分左右，各自准备去了。

却说孔明归帐，先唤赵云、魏延听令。孔明曰：『汝二人各引本部军去劫魏寨。』魏延进曰：『曹真深明兵法，必料我乘丧劫寨。他岂不提防？』孔明笑曰：『吾正欲曹真知吾去劫寨也。彼必伏兵在祁山之后，待我兵过去，却来袭我寨；吾故令汝二人，引兵前去，过山脚后路，远下营寨，任魏兵来劫吾寨。汝看火起为号，分兵两路：文长拒住山口；子龙引兵杀回，必遇魏兵，却放彼走回，汝乘势攻之，彼必自相掩杀。可获全胜。』二将引兵受计而去。又唤关兴、张苞分付曰：『汝二人各引一军，伏于祁山要路；放过魏兵，

却从魏兵来路，杀奔魏寨而去。』二人引兵受计去了。又令马岱、王平、张翼、张嶷四将，伏于寨外，四面迎击魏兵。孔明乃虚立寨栅，居中堆起柴草，以备火号；自引诸将退于寨后，以观动静。

却说魏先锋曹遵、朱赞黄昏离寨，迤逦前进。二更左侧，遥望山前隐隐有军行动。曹遵自思曰：『郭都督真神机妙算！』遂催兵急进。到蜀寨时，将及三更。曹遵先杀入寨，却是空寨，并无一人。料知中计，急撤军回。寨中火起。朱赞兵到，自相掩杀，人马大乱。曹遵与朱赞交马，方知自相践踏。急合兵时，忽四面喊声大震，王平、马岱、张嶷、张翼杀到。曹、朱二人引心腹军百余骑，望大路奔走。忽然鼓角齐鸣，一彪军截住去路，为首大将乃常山赵子龙也，大叫曰：『贼将那里去？早早受死！』曹、朱二人夺路而走。忽喊声又起，魏延又引一彪军杀到。曹、朱二人大败，夺路奔回本寨。守寨军士，只道蜀兵来劫寨，慌忙放起号火。左边曹真杀至，右边郭淮杀至，自相掩杀。背后三路蜀兵杀到：中央魏延，左边关兴，右边张苞，大杀一阵。魏兵败走十余里，魏将死者极多。孔明全获大胜，方始收兵。曹真、郭淮收拾败军回寨，商议曰：『今魏兵势孤，蜀兵势大，将何策以退之？』淮曰：『胜负乃兵家常事，不足为忧。某有一计，使蜀兵首尾不能相顾，定然自走矣。』正是：可怜魏将难成事，欲向西方索救兵。未知其计如何，且看下文分解。

第九十四回　诸葛亮乘雪破羌兵　司马懿克日擒孟达

却说郭淮谓曹真曰：『西羌之人，自太祖时连年入贡，文皇帝亦有恩惠加之；我等今可据住险阻，遣人从小路直入羌中求救，许以和亲，羌人必起兵袭蜀兵之后。吾却以大兵击之，首尾夹攻，岂不大胜？』真从之，即遣人星夜驰书赴羌。

却说西羌国王彻里吉，自曹操时年年入贡；手下有一文一武：文乃雅丹丞相，武乃越吉元帅。时魏使赍金珠并书到国，先来见雅丹丞相，送了礼物，具言求救之意。雅丹引见国王，呈上书礼。彻里吉览了书，与众商议。雅丹曰：『我与魏国素相往来，今曹都督求救，且许和亲，理合依允。』彻里吉从其言，即命雅丹与越吉元帅起羌兵一十五万，皆惯使弓弩、枪刀、蒺藜、飞锤等器；又有战车，用铁叶裹钉，装载粮食军器什物：或用骆驼驾车，或用骡马驾车，号为『铁车兵』。二人辞了国王，领兵直扣西平关。守关蜀将韩祯，急差人赍文报知孔明。

孔明闻报，问众将曰：『谁敢去退羌兵？』张苞、关兴应曰：『某等愿往。』孔明曰：『汝二人要去，奈路途不熟。』遂唤马岱曰：『汝素知羌人之性，久居彼处，可作向导。』便起精兵五万，与兴、苞二人同往。兴、苞等引兵而去。行有数日，早遇羌兵。关兴先引百余骑登山坡看时，只见羌兵把铁车首尾相连，随处结寨；车上遍排兵器，就似城池一般。兴睹之良久，无破敌之策。回寨与张苞、马岱商议。岱曰：『且待来日见阵。观看虚实，另作计议。』次早，分兵三路：关兴在中，张苞在左，马岱在右，三路兵齐进。羌兵阵里，越吉元帅手挽铁锤，腰悬宝雕弓，跃马奋勇而出。关兴招三路兵径进。忽见羌兵分在两边，中央放出铁车，如潮涌一般，弓弩一齐骤发。蜀兵大败，马岱、张苞两军先退；关兴一军，被羌兵一裹，直围入西北角上去了。

兴在垓心，左冲右突，不能得脱；铁车密围，就如城池。蜀兵你我不能相顾。兴望山谷中寻路而走。看看天晚，但见一簇皂旗，蜂拥而来，一员羌将，手提铁锤大叫曰：『小将休走！吾乃越吉元帅也！』关兴急走到前面，尽力纵马加鞭，正遇断涧，只得回马来战越吉。兴终是胆寒，抵敌不住，望涧中而逃；被越吉赶到，一铁锤打来，兴急闪过，正中马胯。那马望涧中便倒，兴落于水中。忽听得一声响处，背后越吉连人带马，平白地倒下水来。兴就水中挣起看时，只见岸上一员大将，杀退羌兵。兴提刀待砍越吉，吉跃水而走。关兴得了越吉马，牵到岸上，整顿鞍辔，绰刀上马。只见那员将，尚在前面追杀羌兵。兴自思此人救我性命，当与相见，遂拍马赶来。看看至近，只见云雾之中，隐隐有一大将，面如重枣，眉若卧蚕，绿袍金铠，提青龙刀，骑赤兔马，手绰美髯——分

明认得是父亲关公。兴大惊。忽见关公以手望东南指曰：『吾儿可速望此路去。吾当护汝归寨。』言讫不见。关兴望东南急走。至半夜，忽一彪军到，乃张苞也，问兴曰：『你曾见二伯父否？』兴曰：『你何由知之？』苞曰：『我被铁车军追急，忽见伯父自空而下，惊退羌兵，指曰：「汝从这条路去救吾儿。」因此引军径来寻你。』关兴亦说前事，共相嗟异。二人同归寨内。马岱接着，对二人说：『此军无计可退。我守住寨栅，你二人去禀丞相，用计破之。』于是兴、苞二人，星夜来见孔明，备说此事。

孔明随命赵云、魏延各引一军埋伏去讫；然后点三万军，带了姜维、张翼、关兴、张苞，亲自来到马岱寨中歇定。次日上高阜处观看，见铁车连络不绝，人马纵横，往来驰骤。孔明曰：『此不难破也。』唤马岱、张翼分付如此如此。二人去了，乃唤姜维曰：『伯约知破车之法否？』维曰：『羌人惟恃一勇力，岂知妙计乎？』孔明笑曰：『汝知吾心也。今彤云密布，朔风紧急，天将降雪，吾计可施矣。』便令关兴、张苞二人引兵埋伏去讫；令姜维领兵出战：但有铁车兵来，退后便走；寨口虚立旌旗，不设军马。准备已定。

是时十二月终，果然天降大雪。姜维引军出，越吉引铁车兵来。姜维即退走。羌兵赶到寨前，姜维从寨后而去。羌兵直到寨外观看，听得寨内鼓琴之声，四壁皆空竖旌旗，急回报越吉。越吉心疑，未敢轻进。雅丹丞相曰：『此诸葛亮诡计，虚设疑兵耳。可以攻之。』越吉引兵至寨前，但见孔明携琴上车，引数骑入寨，望后而走。羌兵抢入寨栅，直赶过山口，见小车隐隐转入林中去了。雅丹谓越吉曰：『这等兵虽有埋伏，不足为惧。』遂引大兵追赶。又见姜维兵俱在雪地之中奔走。越吉大怒，催兵急追。山路被雪漫盖，一望平坦。正赶之间，忽报蜀兵自山后而出。雅丹曰：『纵有些小伏兵，何足惧哉！』只顾催趱兵马，往前进发。忽然一声响，如山崩地陷，羌兵俱落于坑堑之中；背后铁车正行得紧溜，急难收止，并拥而来，自相践踏。后兵急要回时，左边关兴，右边张苞，两军冲出，万弩齐发；背后姜维、马岱、张翼三路兵又杀到。铁车兵大乱。越吉元帅望后面山谷中而逃，正逢关兴；交马只一合，被兴举刀大喝一声，砍死于马下。雅丹丞相早被马岱活捉，解投大寨来。羌兵四散逃窜。孔明升帐，马岱押过雅丹来。孔明叱武士去其缚，赐酒压惊，用好言抚慰。雅丹深感其德。孔明曰：『吾主乃大汉皇帝，今命吾讨贼，尔如何反助逆？吾今放汝回去，说与汝主：吾国与尔乃邻邦，永结盟好，勿听反贼之言。』遂将所获羌兵及车马器械，尽给还雅丹，俱放回国。众皆拜谢而去。孔明引三军连夜投祁山大寨而来，命关兴、张苞引军先行，一面差人赍表奏报捷音。

却说曹真连日望羌人消息，忽有伏路军来报说：『蜀兵拔寨收拾起程。』郭淮大喜曰：『此因羌兵攻击，故尔退去。』遂分两路追赶。前面蜀兵乱走，魏兵随后追袭。先锋曹遵正赶之间，忽然鼓声大震，一彪军闪出，为首大将乃魏延也，大叫曰：『反贼休走！』曹遵大惊，拍马交锋；不三合，被魏延一刀斩于马下。副先锋朱赞引兵追赶，忽然一彪军闪出，为首大将乃赵云也。朱赞措手不及，被云一枪刺死。曹真、郭淮见两路先锋有失，欲收兵回；背后喊声大震，鼓角齐鸣：关兴、张苞两路兵杀出，围了曹真、郭淮，痛杀一阵。曹、郭二人，引败兵冲路走脱。蜀兵全胜，直追到渭水，夺了魏寨。曹真折了两个先锋，哀伤不已；只得写本申朝，乞拨援兵。

却说魏主曹睿设朝，近臣奏曰：『大都督曹真，数败于蜀，折了两个先锋，羌兵又折了无数，其势甚急。今上表求救，请陛下裁处。』睿大惊，急问退军之策。华歆奏曰：『须是陛下御驾亲征，大会诸侯，人皆用命，方可退也。不然，长安有失，关中危矣！』太傅钟繇奏曰：『凡为将者，智过于人，则能制人。孙子云：「知彼知己，百战百胜。」臣量曹真虽久用兵，非诸葛亮对手。臣以全家良贱，保举一人，可退蜀兵。未知圣意准否？』睿曰：『卿乃大老元臣，有何贤士，可退蜀兵，早召来与朕分忧。』钟繇奏曰：『向者，诸葛亮欲兴师犯境，但惧此人，故散流言，使陛下疑而去之，方敢长驱大进。今若复用之，则亮自退矣。』睿问何人。繇曰：『骠骑大将军司马懿也。』睿叹曰：『此事朕亦悔之。今仲达现在何地？』繇曰：『近闻仲达在宛城闲住。』睿即降诏，遣使持节，复司马懿官职，加为平西都督，就起南阳诸路军马，前赴长安。睿御驾亲征，令司马懿克日到彼聚会。使命星夜望宛城去了。

却说孔明自出师以来，累获全胜，心中甚喜；正在祁山寨中，会聚议事，忽报镇守永安宫李严令子李丰来见。孔明只道东吴犯境，心甚惊疑，唤入帐中问之。丰曰：『特来报喜。』孔明曰：『有何喜？』丰曰：『昔日孟达降魏，乃不得已也。彼时曹丕爱其才，时以骏马金珠赐之，曾同辇出入，封为散骑常侍，领新城太守，镇守上庸、金城等处，委以西南之任。自丕死后，曹睿即位，朝中多人嫉妒，孟达日夜不安，常谓诸将曰：「我本蜀将，势逼于此。」今累差心腹人，持书来见家父，教早晚代禀丞相：前者五路下川之时，曾有此意；今在新城，听知丞相伐魏，欲起金城、新城、上庸三处军马，就彼举事，径取洛阳；丞相取长安，

两京大定矣。今某引来人并累次书信呈上。』孔明大喜，厚赏李丰等。忽细作人报说：『魏主曹睿，一面驾幸长安；一面诏司马懿复职，加为平西都督，起本处之兵，于长安聚会。』孔明大惊。参军马谡曰：『量曹睿何足道！若来长安，可就而擒之。丞相何故惊讶？』孔明曰：『吾岂惧曹睿耶？所患者惟司马懿一人而已。今孟达欲举大事，若遇司马懿，事必败矣。达非司马懿对手，必被所擒，孟达若死，中原不易得也。』马谡曰：『何不急修书，令孟达提防？』孔明从之，即修书令来人星夜回报孟达。

却说孟达在新城，专望心腹人回报。一日，心腹人到来，将孔明回书呈上。孟达拆封视之。书略曰：

近得书，足知公忠义之心，不忘故旧，吾甚喜慰。若成大事，则公汉朝中兴第一功臣也。然极宜谨密，不可轻易托人。慎之！戒之！近闻曹睿复诏司马懿起宛、洛之兵，若闻公举事，必先至矣。须万全提备，勿视为等闲也。

孟达览毕，笑曰：『人言孔明心多，今观此事可知矣。』乃具回书，令心腹人来答孔明。孔明唤入帐中。其人呈上回书。孔明拆封视之。书曰：

适承钧教，安敢少怠。窃谓司马懿之事，不必惧也：宛城离洛阳约八百里，至新城一千二百里。若司马懿闻达举事，须表奏魏主。往复一月间事，达城池已固，诸将与三军皆在深险之地。司马懿即来，达何惧哉？丞相宽怀，惟听捷报！

孔明看毕，掷书于地而顿足曰：『孟达必死于司马懿之手矣！』马谡问曰：『丞相何谓也？』孔明曰：

『兵法云：「攻其不备，出其不意。」岂容料在一月之期？曹睿既委任司马懿，逢寇即除，何待奏闻？若知孟达反，不须十日，兵必到矣，安能措手耶？』众将皆服。孔明急令来人回报曰：『若未举事，切莫教同事者知之；知则必败。』其人拜辞，归新城去了。

却说司马懿在宛城闲住，闻知魏兵累败于蜀，乃仰天长叹。懿长子司马师，字子元；次子司马昭，字子尚：二人素有大志，通晓兵书。当日侍立于侧，见懿长叹，乃问曰：『父亲何为长叹？』懿曰：『汝辈岂知大事耶？』司马师曰：『莫非叹魏主不用乎？』司马昭笑曰：『早晚必来宣召父亲也。』言未已，忽报天使持节至。懿听诏毕，遂调宛城诸路军马。忽又报金城太守申仪家人，有机密事求见。懿唤入密室问之，其人细说孟达欲反之事。更有孟达心腹人李辅并达外甥邓贤，随状出首。司马懿听毕，以手加额曰：『此乃皇上齐天之洪福也！诸葛亮兵在祁山，杀得内外人皆胆落；今天子不得已而幸长安，若旦夕不用吾时，孟达一举，两京休矣！此贼必通谋诸葛亮。吾先擒之，诸葛亮定然心寒，自退兵也。』长子司马师曰：『父亲可急写表申奏天子。』懿曰：『若等圣旨，往复一月之间，事无及矣。』即传令教人马起程，一日要行二日之路，如迟立斩；一面令参军梁畿赍檄星夜去新城，教孟达等准备征进，使其不疑。梁畿先行，懿随后发兵。行了二日，山坡下转出一军，乃是右将军徐晃。晃下马见懿，说：『天子驾到长安，亲拒蜀兵，今都督何往？』懿低言曰：『今孟达造反，吾去擒之耳。』晃曰：『某愿为先锋。』懿大喜，合兵一处。徐晃为前部，懿在中军，二子押后。又行了二日，前军哨马捉住孟达心腹人，搜出孔明回书，来见司马懿。懿曰：『吾不杀汝，汝从头细说。』其人只得将孔明、孟达往复之事，一一告说。懿看了孔明回书，大惊曰：『世间能者所见皆同。吾机先被孔明识破。幸得天子有福，获此消息：孟达今无能为矣。』遂星夜催军前行。

却说孟达在新城，约下金城太守申仪、上庸太守申耽，克日举事。耽、仪二人佯许之，每日调练军马，只待魏兵到，便为内应；却报孟达言：军器粮草，俱未完备，不敢约期起事。达信之不疑。忽报参军梁畿来到，孟达迎入城中。畿传司马懿将令曰：『司马都督今奉天子诏，起诸路军以退蜀兵。太守可集本部军马听候调遣。』达问曰：『都督何日起程？』畿曰：『此时约离宛城，望长安去了。』达暗喜曰：『吾大事成矣！』遂设宴待了梁畿，送出城外，即报申耽、申仪知道，明日举事，换上大汉旗号，发诸路军马，径取洛阳。忽报：『城外尘土冲天，不知何处兵来。』孟达登城视之，只见一彪军，打着『右将军徐晃』旗号，飞奔城下。达大惊，急扯起吊桥。徐晃坐下马收拾不住，直来到壕边，高叫曰：『反贼孟达，早早受降！』达大怒，急开弓射之，正中徐晃头额，魏将救去。城上乱箭射下，魏兵方退。孟达恰待开门追赶，四面旌旗蔽日，司马懿兵到。达仰天长叹曰：『果不出孔明所料也！』于是闭门坚守。

却说徐晃被孟达射中头额，众军救到寨中，取了箭头，令医调治；当晚身死，时年五十九岁。司马懿令人扶柩还洛阳安葬。次日，孟达登城遍视，只见魏兵四面围得铁桶相似。达行坐不安，惊疑未定，忽见两路兵自外杀来，旗上大书『申耽』、『申仪』。孟达只道是救军到，忙引本部兵大开城门杀出。耽、仪大叫曰：『反贼休走！早早受死！』达见事变，拨马望城中便走，城上乱箭射下。李辅、邓贤二人在城上

大骂曰：『吾等已献了城也！』达夺路而走，申耽赶来。达人困马乏，措手不及，被申耽一枪刺于马下，枭其首级。余军皆降。李辅、邓贤大开城门，迎接司马懿入城。抚民劳军已毕，遂遣人奏知魏主曹睿。睿大喜，教将孟达首级去洛阳城市示众，加申耽、申仪官职，就随司马懿征进，命李辅、邓贤守新城、上庸。

却说司马懿引兵到长安城外下寨。懿入城来见魏主。睿大喜曰：『朕一时不明，误中反间之计，悔之无及。今达造反，非卿等制之，两京休矣！』懿奏曰：『臣闻申仪密告反情，意欲表奏陛下，恐往复迟滞，故不待圣旨，星夜而去。若待奏闻，则中诸葛亮之计也。』言罢，将孔明回孟达密书奉上。睿看毕，大喜曰：『卿之学识，过于孙、吴矣！』赐金钺斧一对，后遇机密重事，不必奏闻，便宜行事。就令司马懿出关破蜀。懿奏曰：『臣举一大将，可为先锋。』睿曰：『卿举何人？』懿曰：『右将军张郃，可当此任。』睿笑曰：『朕正欲用之。』遂命张郃为前部先锋，随司马懿离长安来破蜀兵。正是：既有谋臣能用智，又求猛将助施威。未知胜负如何，且看下文分解。

第九十五回　马谡拒谏失街亭　武侯弹琴退仲达

却说魏主曹睿令张郃为先锋，与司马懿一同征进；一面令辛毗、孙礼二人领兵五万，往助曹真。二人奉诏而去。且说司马懿引二十万军，出关下寨，请先锋张郃至帐下曰：『诸葛亮平生谨慎，未敢造次行事。若是吾用兵，先从子午谷径取长安，早得多时矣。他非无谋，但怕有失，不肯弄险。今必出军斜谷，来取郿城。若取郿城，必分兵两路，一军取箕谷矣。吾已发檄文，令子丹拒守郿城，若兵来不可出战；令孙礼、辛毗截住箕谷道口，若兵来则出奇兵击之。』郃曰：『今将军当于何处进兵？』懿曰：『吾素知秦岭之西，有一条路，地名街亭；傍有一城，名列柳城：此二处皆是汉中咽喉。诸葛亮欺子丹无备，定从此进。吾与汝径取街亭，望阳平关不远矣。亮若知吾断其街亭要路，绝其粮道，则陇西一境，不能安守，必然连夜奔回汉中去也。彼若回动，吾提兵于小路击之，可得全胜；若不归时，吾却将诸处小路，尽皆垒断，俱以兵守之。一月无粮，蜀兵皆饿死，亮必被吾擒矣。』张郃大悟，拜伏于地曰：『都督神算也！』懿曰：『虽然如此，诸葛亮不比孟达。将军为先锋，不可轻进。当传与诸将：循山西路，远远哨探。如无伏兵，方可前进。若是怠忽，必中诸葛亮之计。』张郃受计引军而行。

却说孔明在祁山寨中，忽报新城探细人来到。孔明急唤入问之，细作告曰：『司马懿倍道而行，八日已到新城，孟达措手不及；又被申耽、申仪、李辅、邓贤为内应：孟达被乱军所杀。今司马懿撤兵到长安，

见了魏主，同张郃引兵出关，来拒我师也。』孔明大惊曰：『孟达作事不密，死固当然。今司马懿出关，必取街亭，断吾咽喉之路。』便问：『谁敢引兵去守街亭？』言未毕，参军马谡曰：『某愿往。』孔明曰：『街亭虽小，干系甚重：倘街亭有失，吾大军皆休矣。汝虽深通谋略，此地奈无城郭，又无险阻，守之极难。』谡曰：『某自幼熟读兵书，颇知兵法。岂一街亭不能守耶？』孔明曰：『司马懿非等闲之辈；更有先锋张郃，乃魏之名将：恐汝不能敌之。』谡曰：『休道司马懿、张郃，便是曹睿亲来，有何惧哉！若有差失，乞斩全家。』孔明曰：『军中无戏言。』谡曰：『愿立军令状。』孔明从之。谡遂写了军令状呈上。孔明曰：『吾与汝二万五千精兵，再拨一员上将，相助你去。』即唤王平分付曰：『吾素知汝平生谨慎，故特以此重任相托。汝可小心谨守此地：下寨必当要道之处，使贼兵急切不能偷过。安营既毕，便画四至八道地理形状图本来我看。凡事商议停当而行，不可轻易。如所守无危，则是取长安第一功也。戒之！戒之！』二人拜辞引兵而去。

孔明寻思，恐二人有失，又唤高翔曰：『街亭东北上有一城，名列柳城，乃山僻小路，此可以屯兵扎寨。与汝一万兵，去此城屯扎。但街亭危，可引兵救之。』高翔引兵而去。孔明又思：高翔非张郃对手，必得一员大将，屯兵于街亭之右，方可防之，遂唤魏延引本部兵去街亭之后屯扎。延曰：『某为前部，理合当先破敌，何故置某于安闲之地？』孔明曰：『前锋破敌，乃偏裨之事耳。今令汝接应街亭，当阳平关冲要道路，总守汉中咽喉：此乃大任也，何为安闲乎？汝勿以等闲视之，失吾大事。切宜小心在意！』魏延大喜，引兵而去。孔明恰才心安，乃唤赵云、邓芝分付曰：『今司马懿出兵，与旧日不同。汝二人各引一军出箕谷，以为疑兵。如逢魏兵，或战、或不战，以惊其心。吾自统大军，由斜谷径取郿城；若得郿城，长安可破矣。』二人受命而去。孔明令姜维作先锋，兵出斜谷。

却说马谡、王平二人兵到街亭，看了地势。马谡笑曰：『丞相何故多心也？量此山僻之处，魏兵如何敢来！』王平曰：『虽然魏兵不敢来，可就此五路总口下寨，却令军士伐木为栅，以图久计。』谡曰：『当道岂是下寨之地？此处侧边一山，四面皆不相连，且树木极广，此乃天赐之险也：可就山上屯军。』平曰：『参军差矣。若屯兵当道，筑起城垣，贼兵总有十万，不能偷过；今若弃此要路，屯兵于山上，倘魏兵骤至，四面围定，将何策保之？』谡大笑曰：『汝真女子之见！兵法云：「凭高视下，势如劈竹。」若魏兵到来，吾教他片甲不回！』平曰：『吾累随丞相经阵，每到之处，丞相尽意指教。今观此山，乃绝地也：若魏兵断我汲水之道，军士不战自乱矣。』谡曰：『汝莫乱道！孙子云：「置之死地而后生。」若魏兵绝我汲水之道，蜀兵岂不死战？以一可当百也。吾素读兵书，丞相诸事尚问于我，汝奈何相阻耶！』平曰：『若参军欲在山上下寨，可分兵与我，自于山西下一小寨，为掎角之势。倘魏兵至，可以相应。』马谡不从。忽然山中居民，成群结队，飞奔而来，报说魏兵已到。王平欲辞去。马谡曰：『汝既不听吾令，与汝五千兵自去下寨。待吾破了魏兵，到丞相面前须分不得功！』王平引兵离山十里下寨，画成图本，星夜差人去禀孔明，具说马谡自于山上下寨。

却说司马懿在城中，令次子司马昭去探前路：若街亭有兵守御，即当按兵不行。司马昭奉令探了一遍，

回见父曰：『街亭有兵守把。』懿叹曰：『诸葛亮真乃神人，吾不如也！』昭笑曰：『父亲何故自堕志气耶？男料街亭易取。』懿问曰：『汝安敢出此大言？』昭曰：『男亲自哨见，当道并无寨栅，军皆屯于山上，故知可破也。』懿大喜曰：『若兵果在山上，乃天使吾成功矣！』遂更换衣服，引百余骑亲自来看。是夜天晴月朗，直至山下，周围巡哨了一遍，方回。马谡在山上见之，大笑曰：『彼若有命，不来围山！』传令与诸将：『倘兵来，只见山顶上红旗招动，即四面皆下。』

却说司马懿回到寨中，使人打听是何将引兵守街亭。回报曰：『乃马良之弟马谡也。』懿笑曰：『徒有虚名，乃庸才耳！孔明用如此人物，如何不误事！』又问：『街亭左右别有军否？』探马报曰：『离山十里有王平安营。』懿乃命张郃引一军，当住王平来路。又令申耽、申仪引两路兵围山，先断了汲水道路；待蜀兵自乱，然后乘势击之。当夜调度已定。次日天明，张郃引兵先往背后去了。司马懿大驱军马，一拥而进，把山四面围定。马谡在山上看时，只见魏兵漫山遍野，旌旗队伍，甚是严整。蜀兵见之，尽皆丧胆，不敢下山。马谡将红旗招动，军将你我相推，无一人敢动。谡大怒，自杀二将。众军惊惧，只得努力下山来冲魏兵。魏兵端然不动。蜀兵又退上山去。马谡见事不谐，教军紧守寨门，只等外应。

却说王平见魏兵到，引军杀来，正遇张郃；战有数十余合，平力穷势孤，只得退去。魏兵自辰时困至戌时，山上无水，军不得食，寨中大乱。嚷到半夜时分，山南蜀兵大开寨门，下山降魏。马谡禁止不住。司马懿又令人于沿山放火，山上蜀兵愈乱。马谡料守不住，只得驱残兵杀下山西逃奔。司马懿放条大路，让过马谡。背后张郃引兵追来。赶到三十余里，前面鼓角齐鸣，一彪军出，放过马谡，拦住张郃；视之，乃魏延也。延挥刀纵马，直取张郃。郃回军便走。延驱兵赶来，复夺街亭。赶到五十余里，一声喊起，两边伏兵齐出：左边司马懿，右边司马昭，却抄在魏延背后，把延困在垓心。张郃复来，三路兵合在一处。魏延左冲右突，不得脱身，折兵大半。正危急间，忽一彪军杀入，乃王平也。延大喜曰：『吾得生矣！』二将合兵一处，大杀一阵，魏兵方退。二将慌忙奔回寨时，营中皆是魏兵旌旗，申耽、申仪从营中杀出。王平、魏延径奔列柳城，来投高翔。此时高翔闻知街亭有失，尽起列柳城之兵，前来救应，正遇延、平二人，诉说前事。高翔曰：『不如今晚去劫魏寨，再复街亭。』当时三人在山坡下商议已定。待天色将晚，兵分三路。魏延引兵先进，径到街亭，不见一人，心中大疑，未敢轻进，且伏在路口等候。忽见高翔兵到，二人共说魏兵不知在何处。正没理会，又不见王平兵到。忽然一声炮响，火光冲天，鼓声震地：魏兵齐出，把魏延、高翔围在垓心。二人往来冲突，不得脱身。忽听得山坡后喊声若雷，一彪军杀入，乃是王平，救了高、魏二人，径奔列柳城来。比及奔到城下时，城边早有一军杀到，旗上大书『魏都督郭淮』字样。原来郭淮与曹真商议，恐司马懿得了全功，乃分淮来取街亭；闻知司马懿、张郃成了此功，遂引兵径袭列柳城。正遇三将，大杀一阵。蜀兵伤者极多。魏延恐阳平关有失，慌与王平、高翔望阳平关来。

却说郭淮收了军马，乃谓左右曰：『吾虽不得街亭，却取了列柳城，亦是大功。』引兵径到城下叫门，只见城上一声炮响，旗帜皆竖，当头一面大旗，上书『平西都督司马懿』。懿撑起悬空板，倚定护心木栏

第九十五回
马谡拒谏失街亭　武侯弹琴退仲达

干，大笑曰：『郭伯济来何迟也？』淮大惊曰：『仲达神机，吾不及也！』遂入城。相见已毕，懿曰：『今街亭已失，诸葛亮必走。公可速与子丹星夜追之。』郭淮从其言，出城而去。懿唤张郃曰：『子丹、伯济，恐吾全获大功，故来取此城池。吾非独欲成功，乃侥幸而已。吾料魏延、王平、马谡、高翔等辈，必先去据阳平关。吾若去取此关，诸葛亮必随后掩杀，中其计矣。兵法云：「归师勿掩，穷寇莫追。」汝可从小路抄箕谷退兵。吾自引兵当斜谷之兵。若彼败走，不可相拒，只宜中途截住；蜀兵辎重，可尽得也。』张郃受计，引兵一半去了。懿下令：『竟取斜谷，由西城而进。西城虽山僻小县，乃蜀兵屯粮之所，又南安、天水、安定三郡总路。若得此城，三郡可复矣。』于是司马懿留申耽、申仪守列柳城，自领大军望斜谷进发。

却说孔明自令马谡等守街亭去后，犹豫不定。忽报王平使人送图本至。孔明唤入，左右呈上图本。孔明就文几上拆开视之，拍案大惊曰：『马谡无知，坑陷吾军矣！』左右问曰：『丞相何故失惊？』孔明曰：『吾观此图本，失却要路，占山为寨。倘魏兵大至，四面围合，断汲水道路，不须二日，军自乱矣。若街亭有失，吾等安归？』长史杨仪进曰：『某虽不才，愿替马幼常回。』孔明将安营之法，一一分付与杨仪。——正待要行，忽报马到来，说：『街亭、列柳城，尽皆失了！』孔明跌足长叹曰：『大事去矣！此吾之过也！』急唤关兴、张苞分付曰：『汝二人各引三千精兵，投武功山小路而行。如遇魏兵，不可大击，只鼓噪呐喊，为疑兵惊之。彼当自走，亦不可追。待军退尽，便投阳平关去。』又令张翼先引军去修理剑阁，以备归路。又密传号令，教大军暗暗收拾行装，以备起程。又令马岱、姜维断后，先伏于山谷中，待诸军退尽，方始收兵。又差心腹人，分路报与天水、南安、安定三郡官吏军民，皆入汉中。又遣心腹人到冀县搬取姜维老母，送入汉中。

孔明分拨已定，先引五千兵退去西城县搬运粮草。忽然十余次飞马报到，说：『司马懿引大军十五万，望西城蜂拥而来！』时孔明身边别无大将，只有一班文官，所引五千军，已分一半先运粮草去了，只剩二千五百军在城中。众官听得这个消息，尽皆失色。孔明登城望之，果然尘土冲天，魏兵分两路望西城县杀来。孔明传令，教『将旌旗尽皆隐匿；诸军各守城铺，如有妄行出入，及高言大语者，斩之！大开四门，每一门用二十军士，扮作百姓，洒扫街道。如魏兵到时，不可擅动，吾自有计。』孔明乃披鹤氅，戴纶巾，引二小童携琴一张，于城上敌楼前，凭栏而坐，焚香操琴。

却说司马懿前军哨到城下，见了如此模样，皆不敢进，急报与司马懿。懿笑而不信，遂止住三军，自飞马远远望之。果见孔明坐于城楼之上，笑容可掬，焚香操琴。左有一童子，手捧宝剑；右有一童子，手执麈尾。城门内外，有二十余百姓，低头洒扫，傍若无人。懿看毕大疑，便到中军，教后军作前军，前军作后军，望北山路而退。次子司马昭曰：『莫非诸葛亮无军，故作此态？父亲何故便退兵？』懿曰：『亮平生谨慎，不曾弄险。今大开城门，必有埋伏，我兵若进，中其计也。汝辈岂知？宜速退。』于是两路兵尽皆退去。孔明见魏军远去，抚掌而笑，众官无不骇然，乃问孔明曰：『司马懿乃魏之名将，今统十五万精兵到此，见了丞相，便速退去，何也？』孔明曰：『此人料吾生平谨慎，必不弄险；见如此模样，疑有伏兵，所以追去。吾非行险，盖因不得已而用之。此人必引军投山北小路去也。吾已令兴、苞二人在彼等候。』

众皆惊服曰：『丞相之机，神鬼莫测。若某等之见，必弃城而走矣。』孔明曰：『吾兵止有二千五百，若弃城而走，必不能远遁。得不为司马懿所擒乎？』后人有诗赞曰：

瑶琴三尺胜雄师，诸葛西城退敌时。十五万人回马处，土人指点到今疑。

言讫，拍手大笑，曰：『吾若为司马懿，必不便退也。』遂下令，教西城百姓，随军入汉中；司马懿必将复来。于是孔明离西城望汉中而走。天水、安定、南安三郡官吏军民，陆续而来。

却说司马懿望武功山小路而走。忽然山坡后喊杀连天，鼓声震地。懿回顾二子曰：『吾若不走，必中诸葛亮之计矣。』只见大路上一军杀来，旗上大书：『右护卫使虎翼将军张苞』。魏兵皆弃甲抛戈而走。行不到一程，山谷中喊声震地，鼓角喧天，前面一杆大旗，上书：『左护卫使龙骧将军关兴』。山谷应声，不知蜀兵多少；更兼魏军心疑，不敢久停，只得尽弃辎重而去。兴、苞二人皆遵将令，不敢追袭，多得军器粮草而归。司马懿见山谷中皆有蜀兵，不敢出大路，遂回街亭。此时曹真听知孔明退兵，急引兵追赶。山背后一声炮响，蜀兵漫山遍野而来：为首大将，乃是姜维、马岱。真大惊，急退军时，先锋陈造已被马岱所斩。真引兵鼠窜而还。蜀兵连夜皆奔回汉中。

却说赵云、邓芝伏兵于箕谷道中。闻孔明传令回军，云谓芝曰：『魏军知吾兵退，必然来追，吾先引一军伏于其后，公却引兵打吾旗号，徐徐而退。吾一步步自有护送也。』

却说郭淮提兵再回箕谷道中，唤先锋苏颙(yóng)分付曰：『蜀将赵云，英勇无敌。汝可小心提防。彼军若退，

必有计也。』苏颙欣然曰：『都督若肯接应，某当生擒赵云。』遂引前部三千兵，奔入箕谷。看看赶上蜀兵，只见山坡后闪出红旗白字，上书：『赵云』。苏颙急收兵退走。行不到数里，喊声大震，一彪军撞出：为首大将，挺枪跃马，大喝曰：『汝识赵子龙否！』苏颙大惊曰：『如何这里又有赵云？』措手不及，被云一枪刺死于马下。余军溃散。云迤逦前进，背后又一军到，乃郭淮部将万政也。云见魏兵追急，乃勒马挺枪，立于路口，待来将交锋。——蜀兵已去三十余里。——万政认得是赵云，不敢前进。云等得天色黄昏，方才拨回马缓缓而进。郭淮兵到，万政言赵云英勇如旧，因此不敢近前。淮传令教军急赶，政令数百骑壮士赶来。行至一大林，忽听得背后大喝一声曰：『赵子龙在此！』惊得魏兵落马者百余人，余者皆越岭而去。万政勉强来敌，被云一箭射中盔缨，惊跌于涧中。云以枪指之曰：『吾饶汝性命回去！快教郭淮赶来！』万政脱命而回。云护送车仗人马，望汉中而去，沿途并无遗失。曹真、郭淮复夺三郡，以为己功。

却说司马懿分兵而进。此时蜀兵尽回汉中去了，懿引一军复到西城，因问遗下居民及山僻隐者，皆言孔明止有二千五百军在城中，又无武将，只有几个文官，别无埋伏。武功山小民告曰：『关兴、张苞，只各有三千军，转山呐喊，鼓噪惊追，又无别军，并不敢厮杀。』懿悔之不及，仰天叹曰：『吾不如孔明也！』遂安抚了诸处官民，引兵径还长安，朝见魏主。睿曰：『今日复得陇西诸郡，皆卿之功也。』懿奏曰：『今蜀兵皆在汉中，未尽剿灭。臣乞大兵并力收川，以报陛下。』睿大喜，令懿即便兴兵。忽班内一人出奏曰：『臣有一计，足可定蜀降吴。』正是：蜀中将相方归国，魏地君臣又逞谋。未知献计者是谁，且看下文分解。

第九十六回　孔明挥泪斩马谡　周鲂断发赚曹休

却说献计者，乃尚书孙资也。曹睿问曰：『卿有何妙计？』资奏曰：『昔太祖武皇帝收张鲁时，危而后济；常对群臣曰：「南郑之地，真为天狱。」中斜谷道为五百里石穴，非用武之地。今若尽起天下之兵伐蜀，则东吴又将入寇。不如以现在之兵，分命大将据守险要，养精蓄锐。不过数年，中国日盛，吴、蜀二国必自相残害：那时图之，岂非胜算？乞陛下裁之。』睿乃问司马懿曰：『此论若何？』懿奏曰：『孙尚书所言极当。』睿从之，命懿分拨诸将守把险要，留郭淮、张郃守长安。大赏三军，驾回洛阳。

却说孔明回到汉中，计点军士，只少赵云、邓芝，心中甚忧；乃令关兴、张苞，各引一军接应。二人正欲起身，忽报赵云、邓芝到来，并不曾折一人一骑；辎重等器，亦无遗失。孔明大喜，亲引诸将出迎。赵云慌忙下马伏地曰：『败军之将，何劳丞相远接？』孔明急扶起，执手而言曰：『是吾不识贤愚，以致如此！各处兵将败损，惟子龙不折一人一骑，何也？』邓芝告曰：『某引兵先行，子龙独自断后，斩将立功，敌人惊怕，因此军资什物，不曾遗弃。』孔明曰：『真将军也！』遂取金五十斤以赠赵云，又取绢一万匹赏云部卒。云辞曰：『三军无尺寸之功，某等俱各有罪；若反受赏，乃丞相赏罚不明也。且请寄库，候今冬赐与诸军未迟。』孔明叹曰：『先帝在日，常称子龙之德，今果如此！』乃倍加钦敬。

忽报马谡、王平、魏延、高翔至。孔明先唤王平入帐，责之曰：『吾令汝同马谡守街亭，汝何不谏之，

致使失事？』平曰：『某再三相劝，要在当道筑土城，安营守把。参军大怒不从，某因此自引五千军离山十里下寨。魏兵骤至，把山四面围合，某引兵冲杀十余次，皆不能入。次日土崩瓦解，降者无数。某孤军难立，故投魏文长求救。半途又被魏兵困在山谷之中，某奋死杀出。比及归寨，早被魏兵占了。及投列柳城时，路逢高翔，遂分兵三路去劫魏寨，指望克复街亭。因见街亭并无伏路军，以此心疑。登高望之，只见魏延、高翔被魏兵围住，某即杀入重围，救出二将，就同参军并在一处。某恐失却阳平关，因此急来回守。——非某之不谏也。丞相不信，可问各部将校。』孔明喝退，又唤马谡入帐。谡自缚跪于帐前。孔明变色曰：『汝自幼饱读兵书，熟谙战法。吾累次丁宁告戒：街亭是吾根本。汝以全家之命，领此重任。汝若早听王平之言，岂有此祸？今败军折将，失地陷城，皆汝之过也！若不明正军律，何以服众？汝今犯法，休得怨吾。汝死之后，汝之家小，吾按月给与禄粮，汝不必挂心。』叱左右推出斩之。谡泣曰：『丞相视某如子，某以丞相为父。某之死罪，实已难逃；愿丞相思舜帝殛鲧用禹之义，某虽死亦无恨于九泉！』言讫大哭。孔明挥泪曰：『吾与汝义同兄弟，汝之子即吾之子也，不必多嘱。』左右推出马谡于辕门之外，将斩。参军蒋琬自成都至，见武士欲斩马谡，大惊，高叫：『留人！』入见孔明曰：『昔楚杀得臣而文公喜。今天下未定，而戮智谋之臣，岂不可惜乎？』孔明流涕而答曰：『昔孙武所以能制胜于天下者，用法明也。今四方分争，兵戈方始，若复废法，何以讨贼耶？合当斩之。』须臾，武士献马谡首级于阶下。孔明大哭不已。蒋琬问曰：『今幼常得罪，既正军法，丞相何故哭耶？』孔明曰：『吾非为马谡而哭。吾想先帝在白

帝城临危之时，曾嘱吾曰：「马谡言过其实，不可大用。」今果应此言。乃深恨己之不明，追思先帝之言，因此痛哭耳！』大小将士，无不流涕。马谡亡年三十九岁，时建兴六年夏五月也。后人有诗曰：

失守街亭罪不轻，堪嗟马谡枉谈兵。辕门斩首严军法，拭泪犹思先帝明。

却说孔明斩了马谡，将首级遍示各营已毕，用线缝在尸上，具棺葬之，自修祭文享祀；将谡家小加意抚恤，按月给与禄米。于是孔明自作表文，令蒋琬申奏后主，请自贬丞相之职。琬回成都，入见后主，进上孔明表章。后主拆视之。表曰：

臣本庸才，叨窃非据，亲秉旄钺，以励三军。不能训章明法，临事而惧，至有街亭违命之阙，箕谷不戒之失。咎皆在臣，授任无方。臣明不知人，恤事多门暗。《春秋》责帅，臣职是当。请自贬三等，以督厥咎。臣不胜惭愧，俯伏待命！

后主览毕曰：『胜负兵家常事，丞相何出此言？』侍中费祎奏曰：『臣闻治国者，必以奉法为重。法若不行，何以服人？丞相败绩，自行贬降，正其宜也。』后主从之，乃诏贬孔明为右将军，行丞相事，照旧总督军马，就命费祎责诏到汉中。孔明受诏贬降讫，祎恐孔明羞赧，乃贺曰：『蜀中之民，知丞相初拔四县，深以为喜。』孔明变色曰：『是何言也！得而复失，与不得同。公以此贺我，实足使我愧赧耳。』祎又曰：『近闻丞相得姜维，天子甚喜。』孔明怒曰：『兵败师还，不曾夺得寸土，此吾之大罪也。量得一姜维，于魏何损？』祎又曰：『丞相现统雄师数十万，可再伐魏乎？』孔明曰：『昔大军屯于祁山、箕谷之时，我兵多于贼兵，而不能破贼，反为贼所破：此病不在兵之多寡，在主将耳。今欲减兵省将，明罚思过，转变通之道于将来：如其不然，虽兵多何用？自今以后，诸人有远虑于国者，但勤攻吾之阙，责吾之短，则事可定，贼可灭，功可翘足而待矣。』费祎诸将皆服其论。费祎自回成都。孔明在汉中，惜军爱民，励兵讲武，置造攻城渡水之器，聚积粮草，预备战筏，以为后图。细作探知，报入洛阳。

魏主曹睿闻知，即召司马懿商议收川之策。懿曰：『蜀未可攻也。方今天道亢炎，蜀兵必不出；若我军深入其地，彼守其险要，急切难下。』睿曰：『倘蜀兵再来入寇，如之奈何？』懿曰：『臣已算定今番诸葛亮必效韩信暗度陈仓之计。臣举一人往陈仓道口，筑城守御，万无一失：此人身长九尺，猿臂善射，深有谋略。若诸葛亮入寇，此人足可当之。』睿大喜，问曰：『此何人也？』懿奏曰：『乃太原人，姓郝，名昭，字伯道，现为杂号将军，镇守河西。』

睿从之，加郝昭为镇西将军，命守把陈仓道口，遣使持诏去讫。忽报扬州司马大都督曹休上表，说东吴郡鄱阳太守周鲂，愿以郡来降，密遣人陈言七事，说东吴可破，乞早发兵取之。睿就御床上展开，与司马懿同观。懿奏曰：『此言极有理，吴当灭矣！臣愿引一军往助曹休。』忽班中一人进曰：『吴人之言，反覆不一，未可深信。周鲂智谋之上，必不肯降。此特诱兵之诡计也。』众视之，乃建威将军贾逵也。懿曰：『此言亦不可不听，机会亦不可错失。』魏主曰：『仲达可与贾逵同助曹休。』二人领命去讫。于是曹休引大军径取皖城；贾逵引前将军满宠、东莞太守胡质，径取阳城，直向东关；司马懿引本部军径取江陵。

第九十六回 孔明挥泪斩马谡 周鲂断发赚曹休

却说吴主孙权，在武昌东关，会多官商议曰：『今有鄱阳太守周鲂密表，奏称魏扬州都督曹休，有入寇之意。今鲂诈施诡计，暗陈七事，引诱魏兵深入重地，可设伏兵擒之。今魏兵分三路而来，诸卿有何高见？』顾雍进曰：『此大任非陆伯言不敢当也。』权大喜，乃召陆逊，封为辅国大将军、平北都元帅，统御林大兵，摄行王事：授以白旄黄钺，文武百官，皆听约束。权亲自与逊执鞭。逊领命谢恩毕，乃保二人为左右都督，分兵以迎三道。权问何人，逊曰：『奋威将军朱桓，绥南将军全琮，二人可为辅佐。』权从之，即命朱桓为左都督，全琮为右都督。于是陆逊总率江南八十一州并荆湖之众七十余万，令朱桓在左，全琮在右，逊自居中，三路进兵。朱桓献策曰：『曹休以亲见任，非智勇之将也。今听周鲂诱言，深入重地，元帅以兵击之，曹休必败。败后必走两条路：左乃夹石，右乃挂车。此二条路，皆山僻小径，最为险峻。某愿与全子璜各引一军，伏于山险，先以柴木大石塞断其路，曹休可擒矣。若擒了曹休，便长驱直进，唾手而得寿春，以窥许、洛，此万世一时也。』逊曰：『此非善策，吾自有妙用。』于是朱桓怀不平而退。逊令诸葛瑾等拒守江陵，以敌司马懿。诸路俱各调拨停当。

却说曹休兵临皖城，周鲂来迎，径到曹休帐下。休问曰：『近得足下之书，所陈七事，深为有理，奏闻天子，故起大军三路进发。若得江东之地，足下之功不小。有人言足下多谋，诚恐所言不实。吾料足下必不欺我。』周鲂大哭，急掣从人所佩剑欲自刎。休急止之。鲂仗剑而言曰：『吾所陈七事，恨不能吐出心肝。今反生疑，必有吴人使反间之计也。若听其言，吾必死矣。吾之忠心，惟天可表！』言讫，又欲自刎。曹休大惊，慌忙抱住曰：『吾戏言耳，足下何故如此！』鲂乃用剑割发掷于地曰：『吾以忠心待公，公以吾为戏，吾割父母所遗之发，以表此心！』曹休乃深信之，设宴相待。席罢，周鲂辞去。忽报建威将军贾逵来见，休令入，问曰：『汝此来何为？』逵曰：『某料东吴之兵，必尽屯于皖城。都督不可轻进，待某两下夹攻，贼兵可破矣。』休怒曰：『汝欲夺吾功耶？』逵曰：『又闻周鲂截发为誓，此乃诈也，——昔要离断臂，刺杀庆忌。——未可深信。』休大怒曰：『吾正欲进兵，汝何出此言以慢军心！』叱左右推出斩之。众将告曰：『未及进兵，先斩大将，于军不利。且乞暂免。』休从之，将贾逵兵留在寨中调用，自引一军来取东关。时周鲂听知贾逵削去兵权，暗喜曰：『曹休若用贾逵之言，则东吴败矣！今天使我成功也！』即遣人密到皖城，报知陆逊。逊唤诸将听令曰：『前面石亭，虽是山路，足可埋伏。早先去占石亭阔处，布成阵势，以待魏军。』遂令徐盛为先锋，引兵前进。

却说曹休命周鲂引兵而进，正行间，休问曰：『前至何处？』鲂曰：『前面石亭也，堪以屯兵。』休从之，遂率大军并车仗等器，尽赴石亭驻扎。次日，哨马报道：『前面吴兵不知多少，据住山口。』休大惊曰：『周鲂言无兵，为何有准备？』急寻鲂问之。人报周鲂引数十人，不知何处去了。休大悔曰：『吾中贼之计矣！虽然如此，亦不足惧！』遂令大将张普为先锋，引数千兵来与吴兵交战。两阵对圆，张普出马骂曰：『贼将早降！』徐盛出马相迎。战无数合，普抵敌不住，勒马收兵，回见曹休，言徐盛勇不可当。休曰：『吾当以奇兵胜之。』就令张普引二万军伏于石亭之南，又令薛乔引二万军伏于石亭之北，『明日吾自引一千兵搦

战，却佯输诈败，诱到北山之前，放炮为号，三面夹攻，必获大胜。』二将受计，各引二万军到晚埋伏去了。

却说陆逊唤朱桓、全琮分付曰：『汝二人各引三万军，从石亭山路抄到曹休寨后，放火为号；吾亲率大军从中路而进：可擒曹休也。』当日黄昏，二将受计引兵而进。二更时分，朱桓引一军正抄到魏寨后，迎着张普伏兵。普不知是吴兵，径来问时，被朱桓一刀斩于马下。魏兵便走。桓令后军放火。全琮引一军抄到魏寨后，正撞在薛乔阵里，就那里大杀一阵。薛乔败走，魏兵大损，奔回本寨。后面朱桓、全琮两路杀来。曹休寨中大乱，自相冲击。休慌上马，望夹石道奔走。徐盛引大队军马，从正路杀来。魏兵死者不可胜数，逃命者尽弃衣甲。曹休大惊，在夹石道中，奋力奔走。忽见一彪军从小路冲出，为首大将，乃贾逵也。休惊慌少息，自愧曰：『吾不用公言，果遭此败！』逵曰：『都督可速出此道：若被吴兵以木石塞断，吾等皆危矣！』于是曹休骤马而行，贾逵断后。逵于林木盛茂处，及险峻小径，多设旌旗以为疑兵。及至徐盛赶到，见山坡下闪出旗角，疑有埋伏，不敢追赶，收兵而回。因此救了曹休。司马懿听知休败，亦引兵退去。

却说陆逊正望捷音，须臾，徐盛、朱桓、全琮皆到。所得车仗、牛马、驴骡、军资、器械，不计其数，降兵数万余人。逊大喜，即同太守周鲂并诸将班师还吴。吴主孙权，领文武官僚出武昌城迎接，以御盖覆逊而入。诸将尽皆升赏。权见周鲂无发，慰劳曰：『卿断发成此大事，功名当书于竹帛也。』即封周鲂为关内侯；大设筵会，劳军庆贺。陆逊奏曰：『今曹休大败，魏已丧胆；可修国书，遣使入川，教诸葛亮进兵攻之。』权从其言，遂遣使赍书入川去。正是：只因东国能施计，致令西川又动兵。未知孔明再来伐魏，胜负如何，且看下文分解。

第九十七回 讨魏国武侯再上表 破曹兵姜维诈献书

却说蜀汉建兴六年秋九月，魏都督曹休被东吴陆逊大破于石亭，车仗马匹，军资器械，并皆罄尽。休惶恐之甚，气忧成病，到洛阳，疽发背而死。魏主曹睿敕令厚葬。司马懿引兵还，众将接入问曰：『曹都督兵败，即元帅之干系，何故急回耶？』懿曰：『吾料诸葛亮知吾兵败，必乘虚来取长安。倘陇西紧急，何人救之？吾故回耳。』众皆以为惧怯，哂笑而退。

却说东吴遣使致书蜀中，请兵伐魏，并言大破曹休之事：一者显自己威风，二者通和会之好。后主大喜，令人持书至汉中，报知孔明。时孔明兵强马壮，粮草丰足，所用之物，一切完备，正要出师。听知此信，即设宴大会诸将，计议出师。忽一阵大风，自东北角上而起，把庭前松树吹折。众皆大惊。孔明就占一课，曰：『此风主损一大将！』诸将未信。正饮酒间，忽报镇南将军赵云长子赵统、次子赵广，来见丞相。孔明大惊，掷杯于地曰：『子龙休矣！』二子入见，拜哭曰：『某父昨夜三更病重而死。』孔明跌足而哭曰：『子龙身故，国家损一栋梁，吾去一臂也！』众将无不挥涕。孔明令二子入成都面君报丧。后主闻云死，放声大哭曰：『朕昔年幼，非子龙则死于乱军之中矣！』即下诏追赠大将军，谥封顺平侯，敕葬于成都锦屏山之东：建立庙堂，四时享祭。后人有诗曰：

常山有虎将，智勇匹关张：汉水功勋在，当阳姓字彰。

两番扶幼主，一念答先皇。青史书忠烈，应流百世芳。

却说后主思念赵云昔日之功，祭葬甚厚；封赵统为虎贲中郎，赵广为牙门将，就令守坟。二人辞谢而去。忽近臣奏曰：『诸葛丞相将军马分拨已定，即日将出师伐魏。』后主问在朝诸臣，诸臣多言未可轻动。后主疑虑未决。忽奏丞相令杨仪赍出师表至。后主宣入，仪呈上表章。后主就御案上拆视，其表曰：

先帝虑汉、贼不两立，王业不偏安，故托臣以讨贼也。以先帝之明，量臣之才，故知臣伐贼，才弱敌强也。然不伐贼，王业亦亡。惟坐而待亡，孰与伐之？是故托臣而弗疑也。臣受命之日，寝不安席，食不甘味；思惟北征，宜先入南：故五月渡泸，深入不毛，并日而食。臣非不自惜也：顾王业不可偏安于蜀都，故冒危难以奉先帝之遗意。而议者谓为非计。今贼适疲于西，又务于东，兵法『乘劳』：此进趋之时也。谨陈其事如左：

高帝明并日月，谋臣渊深，然涉险被创，危然后安；今陛下未及高帝，谋臣不如良、平，而欲以长策取胜，坐定天下：此臣之未解一也。刘繇、王朗，各据州郡，论安言计，动引圣人，群疑满腹，众难塞胸；今岁不战，明年不征，使孙权坐大，遂并江东：此臣之未解二也。曹操智计，殊绝于人，其用兵也，仿佛孙、吴，然困于南阳，险于乌巢，危于祁连，逼于黎阳，几败北山，殆死潼关，然后伪定一时耳；况臣才弱，而欲以不危而定之：此臣之未解三也。曹操五攻昌霸不下，四越巢湖不成，任用李服而李服图之，委任夏侯而夏侯败亡，先帝每称操为能，犹有此失；况臣驽下，何能必胜：此臣之未解四也。自臣到汉中，中间期年耳，然丧赵云、阳群、马玉、阎芝、丁立、白寿、刘郃、邓铜等，及曲长屯将七十余人，突将无前，賨(cóng)、叟、青羌、

散骑武骑一千余人，此皆数十年之内，所纠合四方之精锐，非一州之所有；若复数年，则损三分之二也。——当何以图敌：此臣之未解五也。今民穷兵疲，而事不可息；事不可息，则住与行，劳费正等；而不及今图之，欲以一州之地，与贼持久：此臣之未解六也。

夫难平者，事也。昔先帝败军于楚，当此之时，曹操拊(fǔ)手，谓天下已定。然后先帝东连吴、越，西取巴、蜀，举兵北征，夏侯授首：此操之失计，而汉事将成也。然后吴更违盟，关羽毁败，秭归蹉跌，曹丕称帝：凡事如是，难可逆见。臣鞠躬尽瘁，死而后已；至于成败利钝，非臣之明所能逆睹也。

后主览表甚喜，即敕令孔明出师。孔明受命，起三十万精兵，令魏延总督前部先锋，径奔陈仓道口而来。早有细作报入洛阳。司马懿奏知魏主，大会文武商议。大将军曹真出班奏曰：『臣昨守陇西，功微罪大，不胜惶恐。今乞引大军往擒诸葛亮。臣近得一员大将，使六十斤大刀，骑千里征駹马，开两石铁胎弓，暗藏三个流星锤，百发百中，有万夫不当之勇，乃陇西狄道人，姓王，名双，字子全。臣保此人为先锋。』

睿大喜，便召王双上殿。视之，身长九尺，面黑睛黄，熊腰虎背。睿笑曰：『朕得此大将，有何虑哉！』遂赐锦袍金甲，封为虎威将军、前部大先锋。曹真为大都督。真谢恩出朝，遂引十五万精兵，会合郭淮、张郃，分道守把隘口。

却说蜀兵前队哨至陈仓，回报孔明，说：『陈仓口已筑起一城，内有大将郝昭守把，深沟高垒，遍排鹿角，十分谨严；不如弃了此城，从太白岭鸟道出祁山甚便。』孔明曰：『陈仓正北是街亭，必得此城，方可进兵。』命魏延引兵到城下，四面攻之。连日不能破。魏延复来告孔明，说城难打。孔明大怒，欲斩魏延。忽帐下一人告曰：『某虽无才，随丞相多年，未尝报效。愿去陈仓城中，说郝昭来降，不用张弓只箭。』众视之，乃部曲靳祥也。孔明曰：『汝用何言以说之？』祥曰：『郝昭与某，同是陇西人氏，自幼交契。某今到彼，以利害说之，必来降矣。』孔明即令前去。靳祥骤马径到城下，叫曰：『郝伯道故人靳祥来见。』城上人报知郝昭。昭令开门放人，登城相见。昭问曰：『故人因何到此？』祥曰：『吾在西蜀孔明帐下，参赞军机，待以上宾之礼。特令某来见公，有言相告。』昭勃然变色曰：『诸葛亮乃我国仇敌也！吾事魏，汝事蜀：各事其主，昔时为昆仲，今时为仇敌！汝再不必多言，便请出城！』靳祥又欲开言，郝昭已出敌楼上了。魏军急催上马，赶出城外。祥回头视之，见昭倚定护心木栏杆。祥勒马以鞭指之曰：『伯道贤弟，何太情薄耶？』昭曰：『魏国法度，兄所知也。吾受国恩，但有死而已，兄不必下说词。早回见诸葛亮，教快来攻城：吾不惧也！』祥回告孔明曰：『郝昭未等某开言，便先阻却。』孔明曰：『汝可再去见他，以利害说之。』祥又到城下，请郝昭相见。昭出到敌楼上。祥勒马高叫曰：『伯道贤弟，听吾忠言：汝据守一孤城，怎拒数十万之众？今不早降，后悔无及！且不顺大汉而事奸魏，抑何不知天命、不辨清浊乎？愿伯道思之。』郝昭大怒，拈弓搭箭，指靳祥而喝曰：『吾前言已定，汝不必再言！可速退！吾不射汝！』

靳祥回见孔明，具言郝昭如此光景。孔明大怒曰：『匹夫无礼太甚！岂欺吾无攻城之具耶？』随叫土人问曰：『陈仓城中，有多少人马？』土人告曰：『虽不知的数，约有三千人。』孔明笑曰：『量此小城，安能御我！休等他救兵到，火速攻之！』于是军中起百乘云梯，一乘上可立十数人，周围用木板遮护。军士各把短梯软索，听军中擂鼓，一齐上城。郝昭在敌楼上，望见蜀兵装起云梯，四面而来，即令三千军各执火箭，分布四面；待云梯近城，一齐射之。孔明只道城中无备，故大造云梯，令三军鼓噪呐喊而进；不期城上火箭齐发，云梯尽着，梯上军士多被烧死。城上矢石如雨，蜀兵皆退。孔明大怒曰：『汝烧吾云梯，吾却用「冲车」之法！』于是连夜安排下冲车。次日，又四面鼓噪呐喊而进。郝昭急命运石凿眼，用葛绳穿定飞打，冲车皆被打折。孔明又令人运土填城壕，教廖化引三千锹军，从夜间掘地道，暗入城去。郝昭又于城中掘重壕横截之。如此昼夜相攻，二十余日，无计可破。孔明正在营中忧闷，忽报：『东边救兵到了，旗上书：「魏先锋大将王双」。』孔明问曰：『谁可迎之？』魏延出曰：『某愿往。』孔明曰：『汝乃先锋大将，未可轻出。』又问：『谁敢迎之？』裨将谢雄应声而出。孔明与三千军去了。孔明又问曰：『谁敢再去？』裨将龚起应声要去。孔明亦与三千兵去了。孔明恐城内郝昭引兵冲出，乃把人马退二十里下寨。

却说谢雄引军前行，正遇王双；战不三合，被双一刀劈死。蜀兵败走，双随后赶来。龚起接着，交马只三合，亦被双所斩。败兵回报孔明。孔明大惊，忙令廖化、王平、张嶷三人出迎，两阵对圆，张嶷出马，王平、廖化压住阵角。王双纵马来与张嶷交马，数合不分胜负。双诈败便走，嶷随后赶去。王平见张嶷中计，忙叫曰：『休赶！』嶷急回马时，王双流星锤早到，正中其背。嶷伏鞍而走，双回马赶来。王平、廖化截住，救得张嶷回阵。王双驱兵大杀一阵，蜀兵折伤甚多。嶷吐血数口，回见孔明，说：『王双英雄无敌；如今将二万兵就陈仓城外下寨，四围立起排栅，筑起重城，深挖壕堑，守御甚严。』孔明见折二将，张嶷又被打伤，即唤姜维曰：『陈仓道口这条路不可行。别求何策？』维曰：『陈仓城池坚固，郝昭守御甚密，又得王双相助，实不可取。不若令一大将，依山傍水，下寨固守；再令良将守把要道，以防街亭之攻；却统大军去袭祁山，某却如此如此用计，可捉曹真也。』孔明从其言，即令王平、李恢，引二枝兵守街亭小路；魏延引一军守陈仓口。马岱为先锋，关兴、张苞为前后救应使，从小径出斜谷望祁山进发。

却说曹真因思前番被司马懿夺了功劳，因此到洛阳分调郭淮、孙礼东西守把；又听的陈仓告急，已令王双去救。闻知王双斩将立功，大喜，乃令中护军大将费耀，权摄前部总督，诸将各自守把隘口。忽报山谷中捉得细作来见。曹真令押入，跪于帐前。其人告曰：『小人不是奸细，有机密来见都督，误被伏路军捉来，乞退左右。』真乃教去其缚，左右暂退。其人曰：『小人乃姜伯约心腹人也。蒙本官遣送密书。』真曰：『书安在？』其人于贴肉衣内取出呈上。真拆视曰：

罪将姜维百拜，书呈大都督曹麾下：维念世食魏禄，忝守边城；叨窃厚恩，无门补报。昨日误遭诸葛亮之计，陷身于巅崖之中。思念旧国，何日忘之！今幸蜀兵西出，诸葛亮甚不相疑。赖都督亲提大兵而来：如遇敌人，可以诈败；维当在后，以举火为号，先烧蜀人粮草，却以大兵翻身掩之，则诸葛亮可擒也。非敢立功报国，实欲自赎前罪。倘蒙照察，速赐来命。

曹真看毕，大喜曰：『天使吾成功也！』遂重赏来人，便令回报，依期会合。真唤费耀商议曰：『今姜维暗献密书，令吾如此如此。』耀曰：『诸葛亮多谋，姜维智广，或者是诸葛亮所使，恐其中有诈。』真曰：『他原是魏人，不得已而降蜀，又何疑乎？』耀曰：『都督不可轻去，只守定本寨。某愿引一军接应姜维。如成功，尽归都督；倘有奸计，某自支当。』真大喜，遂令费耀引五万兵，望斜谷而进。行了两三程，屯下军马，令人哨探。当日申时分，回报：『斜谷道中，有蜀兵来也。』耀忙催兵进。蜀兵未及交战先退。耀引兵追之，蜀兵又来。方欲对阵，蜀兵又退：如此者三次，俄延至次日申时分。魏军一日一夜，不曾敢歇，只恐蜀兵攻击。方欲屯军造饭，忽然四面喊声大震，鼓角齐鸣，蜀兵漫山遍野而来。门旗开处，闪出一辆四轮车，孔明端坐其中，令人请魏军主将答话。耀纵马而出，遥见孔明，心中暗喜，回顾左右曰：『如蜀兵掩至，便退后走。若见山后火起，却回身杀去，自有兵来相应。』分付毕，跃马出呼曰：『前者败将，今何敢又来！』孔明曰：『唤汝曹真来答话！』耀骂曰：『曹都督乃金枝玉叶，安肯与反贼相见耶！』孔明大怒，把羽扇一招，左有马岱，右有张嶷，两路兵冲出。魏兵便退。行不到三十里，望见蜀兵背后火起，

喊声不绝，费耀只道号火，便回身杀来。蜀兵齐退。耀提刀在前，只望喊处追赶。将次近火，山路中鼓角喧天，喊声震地，两军杀出：左有关兴，右有张苞。山上矢石如雨，往下射来。魏兵大败。费耀知是中计，急退军望山谷中而走，人马困乏。背后关兴引生力军赶来，魏兵自相践踏及落涧身死者，不知其数。耀逃命而走，正遇山坡口一彪军，乃是姜维。耀大骂曰：『反贼无信！吾不幸误中汝奸计也！』维笑曰：『吾欲擒曹真，误赚汝矣！速下马受降！』耀骤马夺路，望山谷中而走，忽见谷口火光冲天，背后追兵又至。耀自刎身死，余众尽降。孔明连夜驱兵，直出祁山前下寨，收住军马，重赏姜维。维曰：『某恨不得杀曹真也！』孔明亦曰：『可惜大计小用矣。』

却说曹真听知折了费耀，悔之不及，遂与郭淮商议退兵之策。于是孙礼、辛毗星夜具表申奏魏主，言蜀兵又出祁山，曹真损兵折将，势甚危急。睿大惊，即召司马懿入内曰：『曹真损兵折将，蜀兵又出祁山。卿有何策，可以退之？』懿曰：『臣已有退诸葛亮之计。不用魏军扬武耀威，蜀兵自然走矣。』正是：已见子丹无胜术，全凭仲达有良谋。未知其计如何，且看下文分解。

第九十八回 追汉军王双受诛 袭陈仓武侯取胜

却说司马懿奏曰：『臣尝奏陛下，言孔明必出陈仓，故以郝昭守之，今果然矣。彼若从陈仓入寇，运粮甚便。今幸有郝昭、王双守把，不敢从此路运粮。其余小道，搬运艰难。臣算蜀兵行粮止有一月，利在急战。我军只宜久守。陛下可降诏，令曹真坚守诸路关隘，不要出战。不须一月，蜀兵自走。那时乘虚而击之，诸葛亮可擒也。』睿欣然曰：『卿既有先见之明，何不自引一军以袭之？』懿曰：『臣非惜身重命，实欲存下此兵，以防东吴陆逊耳。孙权不久必将僭号称尊，如称尊号，恐陛下伐之，定先入寇也。臣故欲以兵待之。』正言间，忽近臣奏曰：『曹都督奏报军情。』懿曰：『陛下可即令人告戒曹真：凡追赶蜀兵，必须观其虚实，不可深入重地，以中诸葛亮之计。』睿即时下诏，遣太常卿韩暨持节告戒曹真：『切不可战，务在谨守；只待蜀兵退去，方才击之。』司马懿送韩暨于城外，嘱之曰：『吾以此功让与子丹；公见子丹，休言是吾所陈之意，只道天子降诏，教保守为上。追赶之人，大要仔细，勿遣性急气躁者追之。』暨辞去。

却说曹真正升帐议事，忽报天子遣太常卿韩暨持节至。真出寨接入，受诏已毕，退与郭淮、孙礼计议。淮笑曰：『此乃司马仲达之见也。』真曰：『此见若何？』淮曰：『此言深识诸葛亮用兵之法。久后能御蜀兵者，必仲达也。』真曰：『倘蜀兵不退，又将如何？』淮曰：『可密令人去教王双，引兵于小路巡哨，彼自不敢运粮。待其粮尽兵退，乘势追击，可获全胜。』孙礼曰：『某去祁山虚妆做运粮兵，车上尽装干

柴茅草，以硫黄焰硝灌之，却教人虚报陇西运粮到。若蜀人无粮，必然来抢。待入其中，放火烧车，外以伏兵应之，可胜矣。』真喜曰：『此计大妙！』即令孙礼引兵依计而行。又遣人教王双引兵于小路上巡哨，郭淮引兵提调箕谷、街亭，令诸路军马守把险要。真又令张辽子张虎为先锋，乐进子乐綝为副先锋，同守头营，不许出战。

却说孔明在祁山寨中，每日令人挑战，魏兵坚守不出。孔明唤姜维等商议曰：『魏兵坚守不出，是料吾军中无粮也。今陈仓转运不通，其余小路盘涉艰难，吾算随军粮草，不敷一月用度，如之奈何？』正踌躇间，忽报：『陇西魏军运粮数千车于祁山之西，运粮官乃孙礼也。』孔明曰：『其人如何？』有魏人告

曰：『此人曾随魏主出猎于大石山，忽惊起一猛虎，直奔御前，孙礼下马拔剑斩之。从此封为上将军。乃曹真心腹人也。』孔明笑曰：『此是魏将料吾乏粮，故用此计：车上装载者，必是茅草引火之物。吾平生专用火攻，彼乃欲以此计诱我耶？彼若知吾军去劫粮车，必来劫吾寨矣。可将计就计而行。』遂唤马岱分付曰：『汝引三千军径到魏兵屯粮之所，不可入营，但于上风头放火。若烧着车仗，魏兵必来围吾寨。』又差马忠、张嶷各引五千兵在外围住，内外夹攻。三人受计去了。又唤关兴、张苞分付曰：『魏兵头营接连四通之路。今晚若西山火起，魏兵必来劫吾营。汝二人却伏于魏寨左右，只等他兵出寨，汝二人便可劫之。』又唤吴班、吴懿分付曰：『汝二人各引一军伏于营外。如魏兵到，可截其归路。』孔明分拨已毕，自在祁山上凭高而坐。魏兵探知蜀兵要来劫粮，慌忙报与孙礼。礼令人飞报曹真。真遣人去头营分付张虎、乐綝：『看今夜山西火起，蜀兵必来救应。可以出军，如此如此。』二将受计，令人登楼专看号火。

却说孙礼把军伏于山西，只待蜀兵到。是夜二更，马岱引三千兵来，人皆衔枚，马尽勒口，径到山西。见许多车仗，重重叠叠，攒绕成营，车仗虚插旌旗。正值西南风起，岱令军士径去营南放火，车仗尽着，火光冲天。孙礼只道蜀兵到魏寨内放号火，急引兵一齐掩至。背后鼓角喧天，两路兵杀来：乃是马忠、张嶷，把魏军围在垓心。孙礼大惊。又听的魏军中喊声起，一彪军从火光边杀来，乃是马岱。内外夹攻，魏兵大败。火紧风急，人马乱窜，死者无数。孙礼引中伤军，突烟冒火而走。

却说张虎在营中，望见火光，大开寨门，与乐綝尽引人马，杀奔蜀寨来，寨中却不见一人。急收军回时，吴班、吴懿两路兵杀出，断其归路。张、乐二将急冲出重围，奔回本寨，只见土城之上，箭如飞蝗，原来却被关兴、张苞袭了营寨。魏兵大败，皆投曹真寨来。方欲入寨，只见一彪败军飞奔而来，乃是孙礼；遂同入寨见真，各言中计之事。真听知，谨守大寨，更不出战。蜀兵得胜，回见孔明。

孔明令人密授计与魏延，一面教拔寨齐起。杨仪曰：『今已大胜，挫尽魏兵锐气，何故反欲收军？』孔明曰：『吾兵无粮，利在急战。今彼坚守不出，吾受其病矣。彼今虽暂时兵败，中原必有添益；若以轻骑袭吾粮道，那时要归不能。今乘魏兵新败，不敢正视蜀兵，便可出其不意，乘机退去。所忧者但魏延一军，在陈仓道口拒住王双，急不能脱身，吾已令人授以密计，教斩王双，使魏人不敢来追。只今后队先行。』当夜，孔明只留金鼓守在寨中打更。一夜兵已尽退，只落空营。

却说曹真正在寨中忧闷，忽报左将军张郃领军到。郃下马入帐，谓真曰：『某奉圣旨，特来听调。』真曰：『曾别仲达否？』郃曰：『仲达分付云：「吾军胜，蜀兵必不便去；若吾军败，蜀兵必即去矣。」今吾军失利之后，都督曾往哨探蜀兵消息否？』真曰：『未也。』于是即令人往探之，果是虚营，只插着数十面旌旗，兵已去了二日也。曹真懊悔无及。

且说魏延受了密计，当夜二更拔寨，急回汉中。早有细作报知王双。双大驱军马，并力追赶。追到二十余里，看看赶上，见魏延旗号在前，双大叫曰：『魏延休走！』蜀兵更不回头。双拍马赶来。背后魏

兵叫曰：『城外寨中火起，恐中敌人奸计。』双急勒马回时，只见一片火光冲天，慌令退军。行到山坡左侧，忽一骑马从林中骤出，大喝曰：『魏延在此！』王双大惊，措手不及，被延一刀砍于马下。魏兵疑有埋伏，四散逃走。延手下止有三十骑人马，望汉中缓缓而行。后人有诗赞曰：

孔明妙算胜孙庞，耿若长星照一方。进退行兵神莫测，陈仓道口斩王双。

原来魏延受了孔明密计：先教存下三十骑，伏于王双营边；只待王双起兵赶时，却去他营中放火；待他回寨，出其不意，突出斩之。魏延斩了王双，引兵回到汉中见孔明，交割了人马。孔明设宴大会，不在话下。

且说张郃追蜀兵不上，回到寨中。忽有陈仓城郝昭差人申报，言王双被斩。曹真闻知，伤感不已，因此忧成疾病，遂回洛阳；命郭淮、孙礼、张郃守长安诸道。

却说吴王孙权设朝，有细作人报说：『蜀诸葛丞相出兵两次，魏都督曹真兵损将亡。』于是群臣皆劝吴王兴师伐魏，以图中原。权犹疑未决，张昭奏曰：『近闻武昌东山，凤凰来仪；大江之中，黄龙屡现。主公德配唐、虞，明并文、武：可即皇帝位，然后兴兵。』多官皆应曰：『子布

之言是也。』遂选定夏四月丙寅日，筑坛于武昌南郊。是日，群臣请权登坛即皇帝位，改黄武八年为黄龙元年。谥父孙坚为武烈皇帝，母吴氏为武烈皇后，兄孙策为长沙桓王。立子孙登为皇太子。命诸葛谨长子诸葛恪为太子左辅，张昭次子张休为太子右弼。

恪字元逊，身长七尺，极聪明，善应对。权甚爱之。年六岁时，值东吴筵会，恪随父在座。权见诸葛瑾面长，乃令人牵一驴来，用粉笔书其面曰：『诸葛子瑜』。众皆大笑。恪趋至前，取粉笔添二字于其下曰：『诸葛子瑜之驴』。满座之人，无不惊讶。权大喜，遂将驴赐之。又一日，大宴官僚，权命恪把盏。巡至张昭面前，昭不饮，曰：『此非养老之礼也。』权谓恪曰：『汝能强子布饮乎？』恪领命，乃谓昭曰：『昔姜尚父年九十，秉旄仗钺，未尝言老。今临阵之日，先生在后；饮酒之日，先生在前：何谓不养老也？』昭无言可答，只得强饮。权因此爱之，故命辅太子。张昭佐吴王，位列三公之上，故以其子张休为太子右弼。又以顾雍为丞相，陆逊为上将军，辅太子守武昌。权复还建业。群臣共议伐魏之策。张昭奏曰：『陛下初登宝位，未可动兵。只宜修文偃武，增设学校，以安民心；遣使入川，与蜀同盟，共分天下，缓缓图之。』

权从其言，即令使命星夜入川，来见后主。礼毕，细奏其事。后主闻知，遂与群臣商议。众议皆谓孙权僭逆，宜绝其盟好。蒋琬曰：『可令人问于丞相。』后主即遣使到汉中问孔明。孔明曰：『可令人赍礼物入吴作贺，乞遣陆逊兴师伐魏。魏必命司马懿拒之。懿若南拒东吴，我再出祁山，长安可图也。』后主依言，遂令太尉陈震，将名马、玉带、金珠、宝贝，入吴作贺。震至东吴，见了孙权，呈上国书。权大喜，设宴相待，打发回蜀。权召陆逊入，告以西蜀约会兴兵伐魏之事。逊曰：『此乃孔明惧司马懿之谋也。既与同盟，不得不从。今却虚作起兵之势，遥与西蜀为应。待孔明攻魏急，吾可乘虚取中原也。』即时下令，教荆襄各处都要训练人马，择日兴师。

却说陈震回到汉中，报知孔明。孔明尚忧陈仓不可轻进，先令人去哨探。回报说：『陈仓城中郝昭病重。』孔明曰：『大事成矣。』遂唤魏延、姜维分付曰：『汝二人领五千兵，星夜直奔陈仓城下；如见火起，并力攻城。』二人俱未深信，又来告曰：『何日可行？』孔明曰：『三日都要完备；不须辞我，即便起行。』二人受计去了。又唤关兴、张苞至，附耳低言，如此如此。二人各受密计而去。

且说郭淮闻郝昭病重，乃与张郃商议曰：『郝昭病重，你可速去替他。我自写表申奏朝廷，别行定夺。』张郃引着三千兵，急来替郝昭。时郝昭病危，当夜正呻吟之间，忽报蜀军到城下了。昭急令人上城守把。时各门上火起，城中大乱。昭听知惊死。蜀兵一拥入城。

却说魏延、姜维领兵到陈仓城下看时，并不见一面旗号，又无打更之人。二人惊疑，不敢攻城。忽听得城上一声炮响，四面旗帜齐竖。只见一人纶巾羽扇，鹤氅道袍，大叫曰：『汝二人来的迟了！』二人视之，乃孔明也。二人慌忙下马，拜伏于地曰：『丞相真神计也！』孔明令放入城，谓二人曰：『吾打探得郝昭病重，吾令汝三日内领兵取城，此乃稳众人之心也。吾却令关兴、张苞，只推点军，暗出汉中。吾即藏于军中，星夜倍道径到城下，使彼不能调兵。吾早有细作在城内放火、发喊相助，令魏兵惊疑不定。兵无主

第九十九回　诸葛亮大破魏兵　司马懿入寇西蜀

蜀汉建兴七年夏四月，孔明兵在祁山，分作三寨，专候魏兵。

却说司马懿引兵到长安，张郃接见，备言前事。懿令郃为先锋，戴陵为副将，引十万兵到祁山，于渭水之南下寨。郭淮、孙礼入寨参见。懿问曰：『汝等曾与蜀兵对阵否？』二人答曰：『未也。』懿曰：『蜀兵千里而来，利在速战；今来此不战，必有谋也。陇西诸路，曾有信息否？』淮曰：『已有细作探得各郡十分用心，日夜提防，并无他事。只有武都、阴平二处，未曾回报。』懿曰：『吾自差人与孔明交战。汝二人急从小路去救二郡，却掩在蜀兵之后，彼必自乱矣。』二人受计，引兵五千，从陇西小路来救武都、阴平，就袭蜀兵之后。郭淮于路谓孙礼曰：『仲达比孔明如何？』礼曰：『孔明胜仲达多矣。』淮曰：『孔明虽胜，此一计足显仲达有过人之智。蜀兵如正攻两郡，我等从后抄到，彼岂不自乱乎？』正言间，忽哨马来报：『阴平已被王平打破了，武都已被姜维打破了。前离蜀兵不远。』礼曰：『蜀兵既已打破了城池，如何陈兵于外？必有诈也。不如速退。』郭淮从之。方传令教军退时，忽然一声炮响，山背后闪出一枝军马来，旗上大书：『汉丞相诸葛亮』，中央一辆四轮车，孔明端坐于上，左有关兴，右有张苞。孙、郭二人见之，大惊。孔明大笑曰：『郭淮、孙礼休走！司马懿之计，安能瞒得过吾？他每日令人在前交战，却教汝等袭吾军后。武都、阴平吾已取了。汝二人不早来降，欲驱兵与吾决战耶？』郭淮、孙礼听毕，大慌。忽然背后喊杀连天，王平、姜维引兵从后杀来。兴、苞二将又引军从前面杀来。两下夹攻，魏兵大败。郭、孙二人弃马爬山而走。张苞望见，骤马赶来；不期连人带马，跌入涧内。后军急忙救起，头已跌破。孔明令人送回成都养病。

却说郭、孙二人走脱，回见司马懿曰：『武都、阴平二郡已失。孔明伏于要路，前后攻杀，因此大败，弃马步行，方得逃回。』懿曰：『非汝等之罪，孔明智在吾先。可再引兵守把雍、郿二城，切勿出战。吾自有破敌之策。』二人拜辞而去。懿又唤张郃、戴陵分付曰：『今孔明得了武都、阴平，必然抚百姓以安民心，不在营中矣。汝二人各引一万精兵，今夜起身，抄在蜀兵营后，一齐奋勇杀将过来；吾却引军在前布阵，只待蜀兵势乱，吾大驱士马，攻杀进去：两军并力，可夺蜀寨也。若得此地山势，破敌何难？』二人受计引兵而去。戴陵在左，张郃在右，各取小路进发，深入蜀兵之后。三更时分，来到大路，两军相遇，合兵一处，却从蜀兵背后杀来。行不到三十里，前军不行。张、戴二人自纵马视之，只见数百辆草车横截去路。郃曰：『此必有准备。可急取路而回。』才传令退军，只见满山火光齐明，鼓角大震，伏兵四下皆出，把二人围住。孔明在祁山上大叫曰：『戴陵、张郃可听吾言：司马懿料吾往武都、阴平抚民，不在营中，故令汝二人来劫吾寨，却中吾之计也。汝二人乃无名下将，吾不杀害，下马早降！』郃大怒，指孔明而骂曰：『汝乃山野村夫，侵吾大国境界，如何敢发此言！吾若捉住汝时，碎尸万段！』言讫，纵马挺枪，杀上山来。山上矢石如雨。郃不能上山，乃拍马舞枪，冲出重围，无人敢当。蜀兵困戴陵在垓心。郃杀出旧路，

不见戴陵，即奋勇翻身又杀入重围，救出戴陵而回。孔明在山上，见郃在万军之中，往来冲突，英勇倍加，乃谓左右曰：『尝闻张翼德大战张郃，人皆惊惧。吾今日见之，方知其勇也。若留下此人，必为蜀中之害。吾当除之。』遂收军还营。

却说司马懿引兵布成阵势，只待蜀兵乱动，一齐攻之。忽见张郃、戴陵狼狈而来，告曰：『孔明先如此提防，因此大败而归。』懿大惊曰：『孔明真神人也！不如且退。』即传令教大军尽回本寨，坚守不出。

且说孔明大胜，所得器械、马匹，不计其数，乃引大军回寨。每日令魏延挑战，魏兵不出。一连半月，不曾交兵。孔明正在帐中思虑，忽报天子遣侍中费祎赍诏至。孔明接入营中，焚香礼毕，开诏读曰：

> 街亭之役，咎由马谡；而君引愆，深自贬抑。重违君意，听顺所守。前年耀师，馘斩王双；今岁爰征，郭淮遁走；降集氐、羌，复兴二郡：威震凶暴，功勋显然。方今天下骚扰，元恶未枭，君受大任，干国之重，而久自抑损，非所以光扬洪烈矣。今复君丞相，君其勿辞！

孔明听诏毕，谓费祎曰：『吾国事未成，安可复丞相之职？』坚辞不受。祎曰：『丞相若不受职，拂了天子之意，又冷淡了将士之心。宜且权受。』孔明方才拜受。祎辞去。

孔明见司马懿不出，思得一计，传令教各处皆拔寨而起。当有细作报知司马懿，说孔明退兵了。懿曰：『孔明必有大谋，不可轻动。』张郃曰：『此必因粮尽而回，如何不追？』懿曰：『吾料孔明上年大收，今又麦熟，粮草丰足；虽然转运艰难，亦可支吾半载，安肯便走？彼见吾连日不战，故作此计引诱。可令人远远哨之。』

军士探知，回报说：『孔明离此三十里下寨。』懿曰：『吾料孔明果不走。且坚守寨栅，不可轻进。』住了旬日，绝无音信，不见蜀将来战。懿再令人哨探，回报说：『蜀兵已起营去了。』懿未信，乃更换衣服，杂在军中，亲自来看，果见蜀兵又退三十里下寨。懿回营谓张郃曰：『此乃孔明之计也，不可追赶。』又住了旬日，再令人哨探。回报说：『蜀兵又退三十里下寨。』郃曰：『孔明用缓兵之计，渐退汉中，都督何故怀疑，不早追之？郃愿往决一战！』懿曰：『孔明诡计极多，倘有差失，丧我军之锐气。不可轻进。』郃曰：『某去若败，甘当军令。』懿曰：『既汝要去，可分兵两枝：汝引一枝先行，须要奋力死战；吾随后接应，以防伏兵。汝次日先进，到半途驻扎，后日交战，使兵力不乏。』遂分兵已毕。次日，张郃、戴陵引副将数十员，精兵三万，奋勇先进，到半路下寨。司马懿留下许多军马守寨，只引五千精兵，随后进发。

原来孔明密令人哨探，见魏兵半路而歇。是夜，孔明唤众将商议曰：『今魏兵来追，必然死战，汝等须以一当十，吾以伏兵截其后：非智勇之将，不可当此任。』言毕，以目视魏延。延低头不语。王平出曰：『某愿当之。』孔明曰：『若有失，如何？』平曰：『愿当军令。』孔明叹曰：『王平肯舍身亲冒矢石，真忠臣也！虽然如此，奈魏兵分两枝前后而来，断吾伏兵在中；平纵然智勇，只可当一头，岂可分身两处？须再得一将同去为妙。怎奈军中再无舍死当先之人！』言未毕，一将出曰：『某愿往！』孔明视之，乃张翼也。孔明曰：『张郃乃魏之名将，有万夫不当之勇，汝非敌手。』翼曰：『若有失事，愿献首于帐下。』孔明曰：『汝既敢去，可与王平各引一万精兵伏于山谷中；只待魏兵赶上，任他过尽，汝等却引伏兵从后

掩杀。若司马懿随后赶来，却分兵两头：张翼引一军当住后队，王平引一军截其前队。两军须要死战。吾自有别计相助。』二人受计引兵而去。孔明又唤姜维、廖化分付曰：『与汝二人一个锦囊，引三千精兵，偃旗息鼓，伏于前山之上。如见魏兵围住王平、张翼，十分危急，不必去救，只开锦囊看视，自有解危之策。』二人受计引兵而去。又令吴班、吴懿、马忠、张嶷四将，附耳分付曰：『如来日魏兵到，锐气正盛，不可便迎，且战且走。只看关兴引兵来掠阵之时，汝等便回军赶杀，吾自有兵接应。』四将受计引兵而去。又唤关兴分付曰：『汝引五千精兵，伏于山谷；只看山上红旗飐动，却引兵杀出。』兴受计引兵而去。

却说张郃、戴陵领兵前来，骤如风雨。马忠、张嶷、吴懿、吴班四将接着，出马交锋。张郃大怒，驱兵追杀。蜀兵且战且走。魏兵追赶约有二十余里，时值六月天气，十分炎热，人马汗如泼水。走到五十里外，魏兵尽皆气喘。孔明在山上把红旗一招，关兴引兵杀出。马忠等四将，一齐引兵掩杀回来。张郃、戴陵死战不退。忽然喊声大震，两路军杀出，乃王平、张翼也。各奋勇追杀，截其后路。郃大叫众将曰：『汝等到此，不决一死战，更待何时！』魏兵奋力冲突，不得脱身。忽然背后鼓角喧天，司马懿自领精兵杀到。懿指挥众将，把王平、张翼围在垓心。翼大呼曰：『丞相真神人也！计已算定，必有良谋。吾等当决一死战！』即分兵两路：平引一军截住张郃、戴陵，翼引一军力当司马懿。两头死战，叫杀连天。姜维、廖化在山上探望，见魏兵势大，蜀兵力危，渐渐抵当不住。维谓化曰：『如此，可开锦囊看计。』二人拆开视之，内书云：『若司马懿兵来围王平、张翼至急，汝二人可分兵两枝，竟袭司马懿之营；懿必急退，汝可乘乱

第九十九回

诸葛亮大破魏兵　司马懿入寇西蜀

攻之。营虽不得，可获全胜。』二人大喜，即分兵两路，径袭司马懿营中而去。

原来司马懿亦恐中孔明之计，沿途不住的令人传报。懿正催战间，忽流星马飞报，言蜀兵两路竟取大寨去了。懿大惊失色，乃谓众将曰：『吾料孔明有计，汝等不信，勉强追来，却误了大事！』即提兵急回。军心惶惶乱走。张翼随后掩杀，魏兵大败。张郃、戴陵见势孤，亦望山僻小路而走，蜀兵大胜。背后关兴引兵接应诸路。司马懿大败一阵，奔入寨时，蜀兵已自回去。懿收聚败军，责骂诸将曰：『汝等不知兵法，只凭血气之勇，强欲出战，致有此败。今后切不许妄动，再有不遵，决正军法！』众皆羞惭而退。这一阵，魏军死者极多，遗弃马匹器械无数。

却说孔明收得胜军马入寨，又欲起兵进取。忽报有人自成都来，说张苞身死。孔明闻知，放声大哭，口中吐血，昏绝于地。众人救醒。孔明自此得病卧床不起。诸将无不感激。后人有诗叹曰：

悍勇张苞欲建功，可怜天不助英雄！武侯泪向西风洒，为念无人佐鞠躬。

旬日之后，孔明唤董厥、樊建等入帐分付曰：『吾自觉昏沉，不能理事；不如且回汉中养病，再作良图。汝等切勿走泄：司马懿若知，必来攻击。』遂传号令，教当夜暗暗拔寨，皆回汉中。孔明去了五日，懿方得知，乃长叹曰：『孔明真有神出鬼没之计，吾不能及也！』于是司马懿留诸将在寨中，分兵守把各处隘口；懿自班师回。

却说孔明将大军屯于汉中，自回成都养病；文武官僚出城迎接，送入丞相府中，后主御驾自来问病，

命御医调治，日渐痊可。

建兴八年秋七月，魏都督曹真病可，乃上表说：『蜀兵数次侵界，屡犯中原，若不剿除，必为后患。今时值秋凉，人马安闲，正当征伐。臣愿与司马懿同领大军，径入汉中，殄灭奸党，以清边境。』魏主大喜，问侍中刘晔曰：『子丹劝朕伐蜀，若何？』晔奏曰：『大将军之言是也。今若不剿除，后必为大患。陛下便可行之。』睿点头。晔出内回家，有众大臣相探，问曰：『闻天子与公计议兴兵伐蜀，此事如何？』晔应曰：『无此事也。蜀有山川之险，非可易图；空费军马之劳，于国无益。』众官皆默然而出。杨暨入内奏曰：『昨闻刘晔劝陛下伐蜀；今日与众臣议，又言不可伐：是欺陛下也。陛下何不召而问之？』睿即召刘晔入内问曰：『卿劝朕伐蜀；今又言不可，何也？』晔曰：『臣细详之，蜀不可伐。』睿大笑。少时，杨暨出内。晔奏曰：『臣昨日劝陛下伐蜀，乃国之大事，岂可妄泄于人？夫兵者，诡道也：事未发切宜秘之。』睿大悟曰：『卿言是也。』自此愈加敬重。旬日内，司马懿入朝，魏主将曹真表奏之事，逐一言之。懿奏曰：『臣料东吴未敢动兵，今日正可乘此去伐蜀。』睿即拜曹真为大司马、征西大都督，司马懿为大将军、征西副都督，刘晔为军师。三人拜辞魏主，引四十万大兵，前行至长安，径奔剑阁，来取汉中。其余郭淮、孙礼等，各取路而行。

汉中人报入成都。此时孔明病好多时，每日操练人马，习学八阵之法，尽皆精熟，欲取中原；听得这个消息，遂唤张嶷、王平分付曰：『汝二人先引一千兵去守陈仓古道，以当魏兵；吾却提大兵便来接应。』二人告曰：『人报魏军四十万，诈称八十万，声势甚大，如何只与一千兵去守隘口？倘魏兵大至，何以拒之？』孔明曰：『吾欲多与，恐士卒辛苦耳。』嶷与平面面相觑，皆不敢去。孔明曰：『若有疏失，非汝等之罪。不必多言，可疾去。』二人又哀告曰：『丞相欲杀某二人，就此请杀，只不敢去。』孔明笑曰：『何其愚也！吾令汝等去，自有主见：吾昨夜仰观天文，见毕星躔(chán)于太阴之分，此月内必有大雨淋漓；魏兵虽有四十万，安敢深入山险之地？因此不用多军，决不受害。吾将大军皆在汉中安居一月，待魏兵退，那时以大兵掩之：以逸待劳，吾十万之众可胜魏兵四十万也。』二人听毕，方大喜，拜辞而去。孔明随统大军出汉中，传令教各处隘口，预备干柴草料细粮，俱够一月人马支用，以防秋雨；将大军宽限一月，先给衣食，伺候出征。

却说曹真、司马懿同领大军，径到陈仓城内，不见一间房屋；寻土人问之，皆言孔明回时放火烧毁。曹真便要从陈仓道进发。懿曰：『不可轻进。我夜观天文，见毕星躔于太阴之分，此月内必有大雨；若深入重地，常胜则可，倘有疏虞，人马受苦，要退则难。且宜在城中搭起窝铺住扎，以防阴雨。』真从其言。未及半月，天雨大降，淋漓不止。陈仓城外，平地水深三尺，军器尽湿，人不得睡，昼夜不安。大雨连降三十日，马无草料，死者无数，军士怨声不绝。传入洛阳，魏主设坛，求晴不得。黄门侍郎王肃上疏曰：

前志有之：『千里馈粮，士有饥色；樵苏后爨(cuàn)，师不宿饱。』此谓平途之行军者也。又况于深入险阻，凿路而前，则其为劳，必相百也。今又加之以霖雨，山坂峻滑，众逼而不展，粮远而难继：实行军之大忌也。闻曹真发已逾月，而行方半谷，治道功大，战士悉作：是彼偏得以逸待劳，乃兵家之所惮也。言之前代，则

武王伐纣，出关而复还；论之近事，则武、文征权，临江而不济：岂非顺天知时，通于权变者哉？愿陛下念水雨艰剧之故，休息士卒，后日有衅，乘时用之。所谓『悦以犯难，民忘其死』者也。

魏主览表，正在犹豫，杨阜、华歆亦上疏谏。魏主即下诏，遣使诏曹真、司马懿还朝。

却说曹真与司马懿商议曰：『今连阴三十日，军无战心，各有思归之意，如何禁止？』懿曰：『不如且回。』真曰：『倘孔明追来，怎生退之？』懿曰：『先伏两军断后，方可回兵。』正议间，忽使命来召。二人遂将大军前队作后队，后队作前队，徐徐而退。

却说孔明计算一月秋雨将尽，天尚未晴，自提一军屯于城固，又传令教大军会于赤坡驻扎。孔明升帐唤众将言曰：『吾料魏兵必走，魏主必下诏来取曹真、司马懿兵回。吾若追之，必有准备；不如任他且去，再作良图。』忽王平令人报来，说魏兵已回。孔明分付来人，传与王平：『不可追袭。吾自有破魏兵之策。』

正是：魏兵纵使能埋伏，汉相原来不肯追。未知孔明怎生破魏，且看下文分解。

第一百回 汉兵劫寨破曹真 武侯斗阵辱仲达

却说众将闻孔明不追魏兵，俱入帐告曰：『魏兵苦雨，不能屯扎，因此回去，正好乘势追之。丞相如何不追？』孔明曰：『司马懿善能用兵，今军退必有埋伏。吾若追之，正中其计。不如纵他远去，吾却分兵径出斜谷而取祁山，使魏人不提防也。』众将曰：『取长安之地，别有路途；丞相只取祁山，何也？』孔明曰：『祁山乃长安之首也：陇西诸郡，倘有兵来，必经由此地；更兼前临渭滨，后靠斜谷，左出右入，可以伏兵，乃用武之地。吾故欲先取此，得地利也。』众将皆拜服。孔明令魏延、张嶷、杜琼、陈式出箕谷；马岱、王平、张翼、马忠出斜谷：俱会于祁山。调拨已定，孔明自提大军，令关兴、廖化为先锋，随后进发。

却说曹真、司马懿二人，在后监督人马，令一军入陈仓古道探视，回报说蜀兵不来。又行旬日，后面埋伏众将皆回，说蜀兵全无音耗。真曰：『连绵秋雨，栈道断绝，蜀人岂知吾等退军耶？』懿曰：『蜀兵随后出矣。』真曰：『何以知之？』懿曰：『连日晴明，蜀兵不赶，料吾有伏兵也，故纵我兵远去；待我兵过尽，他却夺祁山矣。』曹真不信。懿曰：『子丹如何不信？吾料孔明必从两谷而来。吾与子丹各守一谷口，十日为期。若无蜀兵来，我面涂红粉，身穿女衣，来营中伏罪。』真曰：『若有蜀兵来，我愿将天子所赐玉带一条、御马一匹与你。』即分兵两路：真引兵屯于祁山之西，斜谷口；懿引军屯于祁山之东，箕谷口。各下寨已毕。懿先引一枝兵伏于山谷中；其余军马，各于要路安营。懿更换衣装，杂在众军之内，

遍观各营。忽到一营，有一偏将仰天而怨曰：『大雨淋了许多时，不肯回去，今又在这里顿住，强要赌赛，却不苦了官军！』懿闻言，归寨升帐，聚众将皆到帐下，挨出那将来。懿叱之曰：『朝廷养军千日，用在一时。汝安敢出怨言，以慢军心！』其人不招。懿叫出同伴之人对证，那将不能抵赖。懿曰：『吾非赌赛；欲胜蜀兵，令汝各人有功回朝。汝乃妄出怨言，自取罪戾！』喝令武士推出斩之。须臾，献首帐下。众将悚然。懿曰：『汝等诸将皆要尽心以防蜀兵。听吾中军炮响，四面皆进。』众将受令而退。

却说魏延、张嶷、陈式、杜琼四将，引二万兵，取箕谷而进。正行之间，忽报参谋邓芝到来。四将问其故，芝曰：『丞相有令：如出箕谷，提防魏兵埋伏，不可轻进。』陈式曰：『丞相用兵何多疑耶？吾料魏兵连遭大雨，衣甲皆毁，必然急归；安得又有埋伏？今吾兵倍道而进，可获大胜，如何又教休进？』芝曰：『丞相计无不中，谋无不成，汝安敢违令？』式笑曰：『丞相若果多谋，不致街亭之失！』魏延想起孔明向日不听其计，亦笑曰：『丞相若听吾言，径出子午谷，此时休说长安，连洛阳皆得矣！今执定要出祁山，有何益耶？既令进兵，今又教休进，何其号令不明！』式曰：『吾自有五千兵，径出箕谷，先到祁山下寨，看丞相羞也不羞！』芝再三阻当，式只不听，径自引五千兵出箕谷去了。邓芝只得飞报孔明。

却说陈式引兵行不数里，忽听的一声炮响，四面伏兵皆出。式急退时，魏兵塞满谷口，围得铁桶相似。式左冲右突，不能得脱。忽闻喊声大震，一彪军杀入，乃是魏延。救了陈式，回到谷中，五千兵只剩得四五百带伤人马。背后魏兵赶来，却得杜琼、张嶷引兵接应，魏兵方退。陈、魏二人方信孔明先见如神，懊悔不及。

且说邓芝回见孔明，言魏延、陈式如此无礼。孔明笑曰：『魏延素有反相，吾知彼常有不平之意；因怜其勇而用之。久后必生患害。』正言间，忽流星马报到，说陈式折了四千余人，止有四五百带伤人马，屯在谷中。孔明令邓芝再来箕谷抚慰陈式，防其生变；一面唤马岱、王平分付曰：『斜谷若有魏兵守把，汝二人引本部军越山岭，夜行昼伏，速出祁山之左，举火为号。』又唤马忠、张翼分付曰：『汝等亦从山僻小路，昼伏夜行，径出祁山之右，举火为号，与马岱、王平会合，共劫曹真营寨。吾自从谷中三面攻之，魏兵可破也。』四人领命分头引兵去了。孔明又唤关兴、廖化分付曰：『如此如此。』二人受了密计，引兵而去。孔明自领精兵倍道而行。正行间，又唤吴班、吴懿授与密计，亦引兵先行。

却说曹真心中不信蜀兵来，以此怠慢，纵令军士歇息；只等十日无事，要羞司马懿。不觉守了七日，忽有人报谷中有些小蜀兵出来。真令副将秦良引五千兵哨探，不许纵令蜀兵近界。秦良领命，引兵刚到谷口，

哨见蜀兵退去。良急引兵赶来，行到五六十里，不见蜀兵，心下疑惑，教军士下马歇息。忽哨马报说："前面有蜀兵埋伏。"良上马看时，只见山中尘土大起，急令军士提防。不一时，四壁厢喊声大震：前面吴班、吴懿引兵杀出，背后关兴、廖化引兵杀来。左右是山，皆无走路。山上蜀兵大叫："下马投降者免死！"魏兵大半多降。秦良死战，被廖化一刀斩于马下。孔明把降兵拘于后军，却将魏兵衣甲与蜀兵五千人穿了，扮作魏兵，令关兴、廖化、吴班、吴懿四将引着，径奔曹真寨来；先令报马入寨说："只有些小蜀兵，尽赶去了。"真大喜。忽报司马都督差心腹人至。真唤入问之。其人告曰："今都督用埋伏计，杀蜀兵四千余人。司马都督致意将军，教休将赌赛为念，务要用心提备。"真曰："吾这里并无一个蜀兵。"遂打发来人回去。忽又报秦良引兵回来了。真自出帐迎之。比及到寨，人报前后两把火起。真急回寨后看时，关兴、廖化、吴班、吴懿四将，指麾蜀军，就营前杀将进来；马岱、王平从后面杀来；马忠、张翼亦引兵杀到。魏军措手不及，各自逃生。众将保曹真望东而走，背后蜀兵赶来。曹真正奔走，忽然喊声大震，一彪军杀到。真胆战心惊，视之，乃司马懿也。懿大战一场，蜀兵方退。真得脱，

汉兵劫寨破曹真

羞惭无地。懿曰："诸葛亮夺了祁山地势，吾等不可久居此处；宜去渭滨安营，再作良图。"真曰："仲达何以知吾遭此大败也？"懿曰："见来人报称子丹说并无一个蜀兵，吾料孔明暗来劫寨，因此知之，故相接应。今果中计。切莫言赌赛之事，只同心报国。"曹真甚是惶恐，气成疾病，卧床不起。兵屯渭滨，懿恐军心有乱，不敢教真引兵。

却说孔明大驱士马，复出祁山。劳军已毕，魏延、陈式、杜琼、张嶷入帐拜伏请罪。孔明曰："是谁失陷了军来？"延曰："陈式不听号令，潜入谷口，以此大败。"式曰："此事魏延教我行来。"孔明曰："他倒救你，你反攀他！将令已违，不必巧说！"即叱武士推出陈式斩之。须臾，悬首于帐前，以示诸将。此时孔明不杀魏延，欲留之以为后用也。孔明既斩了陈式，正议进兵，忽有细作报说曹真卧病不起，现在营中治疗。孔明大喜，谓诸将曰："若曹真病轻，必便回长安。今魏兵不退，必为病重，故留于军中，以安众人之心。吾写下一书，教秦良的降兵持与曹真，真若见之，必然死矣！"遂唤降兵至帐下，问曰："汝等皆是魏军，父母妻子多在中原，不宜久居蜀中。今放汝等回家，若何？"众军泣泪拜谢。孔明曰："曹子丹与吾有约；吾有一书，汝等带回，送与子丹，必有重赏。"魏军领了书，奔回本寨，将孔明书呈与曹真。真扶病而起，拆封视之。其书曰：

汉丞相、武乡侯诸葛亮，致书于大司马曹子丹之前：窃谓夫为将者，能去能就，能柔能刚；能进能退，能弱能强。不动如山岳，难测如阴阳；无穷如天地，充实如太仓；浩渺如四海，眩曜如三光。预知天文之旱涝，

先识地理之平康；察阵势之期会，揣敌人之短长。嗟尔无学后辈，上逆穹苍；助篡国之反贼，称帝号于洛阳；走残兵于斜谷，遭霖雨于陈仓；水陆困乏，人马猖狂；抛盈郊之戈甲，弃满地之刀枪；都督心崩而胆裂，将军鼠窜而狼忙！无面见关中之父老，何颜入相府之厅堂！史官秉笔而记录，百姓众口而传扬：仲达闻阵而惕惕，子丹望风而遑遑！吾军兵强而马壮，大将虎奋以龙骧；扫秦川为平壤，荡魏国作丘荒！

曹真看毕，恨气填胸；至晚，死于军中。司马懿用兵车装载，差人送赴洛阳安葬。魏主闻知曹真已死，即下诏催司马懿出战。懿提大军来与孔明交锋，隔日先下战书。

孔明谓诸将曰：『曹真必死矣。』遂批回『来日交锋』，使者去了。孔明当夜教姜维受了密计：如此而行；又唤关兴分付：如此如此。次日，孔明尽起祁山之兵前到渭滨：一边是河，一边是山，中央平川旷野，好片战场！两军相迎，以弓箭射住阵角。三通鼓罢，魏阵中门旗开处，司马懿出马，众将随后而出。只见孔明端坐于四轮车上，手摇羽扇。懿曰：『吾主上法尧禅舜，相传二帝，坐镇中原，容汝蜀、吴二国者，乃吾主宽慈仁厚，恐伤百姓也。汝乃南阳一耕夫，不识天数，强要相侵，理宜殄灭！如省心改过，宜即早回，各守疆界，以成鼎足之势，免致生灵涂炭，汝等皆得全生！』孔明笑曰：『吾受先帝托孤之重，安肯不倾心竭力以讨贼乎！汝曹氏不久为汉所灭。汝祖父皆为汉臣，世食汉禄，不思报效，反助篡逆，岂不自耻？』懿羞惭满面曰：『吾与汝决一雌雄！汝若能胜，吾誓不为大将！汝若败时，早归故里，吾并不加害。』

孔明曰：『汝欲斗将？斗兵？斗阵法？』懿曰：『先斗阵法。』孔明曰：『先布阵我看。』懿入中军帐下，

三国演义

第一百回 汉兵劫寨破曹真 武侯斗阵辱仲达

手执黄旗招飐，左右军动，排成一阵。复上马出阵，问曰：『汝识吾阵否？』孔明笑曰：『吾军中末将，亦能布之。此乃「混元一气阵」也。』懿曰：『汝布阵我看。』孔明入阵，把羽扇一摇，复出阵前，问曰：『汝识我阵否？』懿曰：『量此「八卦阵」，如何不识！』孔明曰：『识便识了，敢打我阵否？』懿曰：『既识之，如何不敢打！』孔明曰：『汝只管打来。』司马懿回到本阵中，唤戴陵、张虎、乐綝三将，分付曰：『今孔明所布之阵，按休、生、伤、杜、景、死、惊、开八门。汝三人可从正东「生门」打入，往西南「休门」杀出，复从正北「开门」杀入：此阵可破。汝等小心在意！』于是戴陵在中，张虎在前，乐綝在后，各引三十骑，从生门打入。两军呐喊相助。三人杀入蜀阵，只见阵如连城，冲突不出。三人慌引骑转过阵脚，往西南冲去，却被蜀兵射住，冲突不出。阵中重重叠叠，都有门户，那里分东西南北？三将不能相顾，只管乱撞，但见愁云漠漠，惨雾蒙蒙。喊声起处，魏军一个个皆被缚了，送到中军。孔明坐于帐中，左右将张虎、戴陵、乐綝并九十个军，皆缚在帐下。孔明笑曰：『吾纵然捉得汝等，何足为奇！吾放汝等回见司马懿，教他再读兵书，重观战策，那时来决雌雄，未为迟也。汝等性命既饶，当留下军器战马。』遂将众人衣服脱了，以墨涂面，步行出阵。司马懿见之大怒，回顾诸将曰：『如此挫败锐气，有何面目回见中原大臣耶！』即指挥三军，奋死掠阵。懿自拔剑在手，引百余骁将，催督冲杀。两军恰才相会，忽然阵后鼓角齐鸣，喊声大震，一彪军从西南上杀来，乃关兴也。懿分后军当之，复催军向前厮杀。忽然魏兵大乱：原来姜维引一彪军悄地杀来，蜀兵三路夹攻。懿大惊，急忙退军。蜀兵周围杀到，懿引三军望南死命冲出。

魏兵十伤六七。司马懿退在渭滨南岸下寨，坚守不出。

孔明收得胜之兵，回到祁山时，永安城李严遣都尉苟安解送粮米，至军中交割。苟安好酒，于路怠慢，违限十日。孔明大怒曰：『吾军中专以粮为大事，误了三日，便该处斩！汝今误了十日，有何理说？』喝令推出斩之。长史杨仪曰：『苟安乃李严用人，又兼钱粮多出于西川，杀此人，后无人敢送粮也。』孔明乃叱武士去其缚，杖八十放之。苟安被责，心中怀恨，连夜引亲随五六骑，径奔魏寨投降。懿唤入，苟安拜告前事。懿曰：『虽然如此，孔明多谋，汝言难信。汝能为我干一件大功，吾那时奏准天子，保汝为上将。』安曰：『但有甚事，即当效力。』懿曰：『汝可回成都布散流言，说孔明有怨上之意，早晚欲称为帝，使汝主召回孔明：即是汝之功矣。』苟安允诺，径回成都，见了宦官，布散流言，说孔明自倚大功，早晚必将篡国。宦官闻知大惊，即入内奏帝，细言前事。后主惊讶曰：『似此如之奈何？』宦官曰：『可诏还成都，削其兵权，免生叛逆。』后主下诏，宣孔明班师回朝。蒋琬出班奏曰：『丞相自出师以来，累建大功，何故宣回？』后主曰：『朕有机密事，必须与丞相面议。』即遣使赍诏星夜宣孔明回。使命径到祁山大寨，孔明接入，受诏已毕，仰天叹曰：『主上年幼，必有佞臣在侧！吾正欲建功，何故取回？我如不回，是欺主矣。若奉命而退，日后再难得此机会也。』姜维问曰：『若大军退，司马懿乘势掩杀，当复如何？』孔明曰：『吾今退军，可分五路而退。今日先退此营，假如营内一千兵，却掘二千灶，明日掘三千灶，后日掘四千灶：每日退军，添灶而行。』杨仪曰：『昔孙膑擒庞涓，用添兵减灶之法而取胜；今丞相退兵，何故增灶？』孔明曰：『司马懿善能用兵，知吾兵退，必然追赶；心中疑吾有伏兵，定于旧营内数灶；见每日增灶，兵又不知退与不退，则疑而不敢追。吾徐徐而退，自无损兵之患。』遂传令退军。

却说司马懿料苟安行计停当，只待蜀兵退时，一齐掩杀。正踌躇间，忽报蜀寨空虚，人马皆去。懿因孔明多谋，不敢轻追，自引百余骑前来蜀营内踏看，教军士数灶，仍回本寨；次日，又教军士赶到那个营内，查点灶数。回报说：『这营内之灶，比前又增一分。』司马懿谓诸将曰：『吾料孔明多谋，今果添兵增灶，吾若追之，必中其计；不如且退，再作良图。』于是回军不追。孔明不折一人，望成都而去。次后，川口土人来报司马懿，说孔明退兵之时，未见添兵，只见增灶。懿仰天长叹曰：『孔明效虞诩之法，瞒过吾也！其谋略吾不如之！』遂引大军还洛阳。正是：棋逢敌手难相胜，将遇良才不敢骄。未知孔明退回成都，竟是如何，且看下文分解。

第一百零一回　出陇上诸葛妆神　奔剑阁张郃中计

却说孔明用减兵添灶之法，退兵到汉中；司马懿恐有埋伏，不敢追赶，亦收兵回长安去了，因此蜀兵不曾折了一人。孔明大赏三军已毕，回到成都，入见后主，奏曰：“老臣出了祁山，欲取长安，忽承陛下降诏召回，不知有何大事？”后主无言可对；良久，乃曰：“朕久不见丞相之面，心甚思慕，故特诏回，一无他事。”孔明曰：“此非陛下本心，必有奸臣谗谮，言臣有异志也。”后主闻言，默然无语。孔明曰：“老臣受先帝厚恩，誓以死报。今若内有奸邪，臣安能讨贼乎？”后主曰：“朕因过听宦官之言，一时召回丞相。今日茅塞方开，悔之不及矣！”孔明遂唤众宦官究问，方知是苟安流言，急令人捕之，已投魏国去了。孔明将妄奏的宦官诛戮，余皆废出宫外；又深责蒋琬、费祎等不能觉察奸邪，规谏天子。二人唯唯服罪。孔明拜辞后主，复到汉中，一面发檄令李严应付粮草，仍运赴军前；一面再议出师。杨仪曰：“前数兴兵，军力罢敝，粮又不继；今不如分兵两班，以三个月为期：且如二十万之兵，只领十万出祁山，住了三个月，却教这十万替回，循环相转。若此则兵力不乏，然后徐徐而进，中原可图矣。”孔明曰：“此言正合我意。吾伐中原，非一朝一夕之事，正当为此长久之计。”遂下令，分兵两班，限一百日为期，循环相转，违限者按军法处治。

建兴九年春二月，孔明复出师伐魏。时魏太和五年也。魏主曹睿知孔明又伐中原，急召司马懿商议。懿曰：“今子丹已亡，臣愿竭一人之力，剿除寇贼，以报陛下。”睿大喜，设宴待之。次日，人报蜀兵寇急。睿即命司马懿出师御敌，亲排銮驾送出城外。懿辞了魏主，径到长安，大会诸路人马，计议破蜀兵之策。张郃曰：“吾愿引一军去守雍、郿，以拒蜀兵。”懿曰：“吾前军不能独当孔明之众，而又分兵为前后，非胜算也。不如留兵守上邽，余众悉往祁山。公肯为先锋否？”郃大喜曰：“吾素怀忠义，欲尽心报国，惜未遇知己；今都督肯委重任，虽万死不辞！”于是司马懿令张郃为先锋，总督大军。又令郭淮守陇西诸郡，其余众将各分道而进。前军哨马报说：“孔明率大军望祁山进发，前部先锋王平、张嶷，径出陈仓，过剑阁，由散关望斜谷而来。”司马懿谓张郃曰：“今孔明长驱大进，必将割陇西小麦，以资军粮。汝可结营守祁山，吾与郭淮巡略天水诸郡，以防蜀兵割麦。”郃领诺，遂引四万兵守祁山。懿引大军望陇西而去。

却说孔明兵至祁山，安营已毕，见渭滨有魏军提备，乃谓诸将曰：“此必是司马懿也。即今营中乏粮，屡遣人催并李严运米应付，却只是不到。吾料陇上麦熟，可密引兵割之。”于是留王平、张嶷、吴班、吴懿四将守祁山营，孔明自引姜维、魏延等诸将，前到卤城。卤城太守素知孔明，慌忙开城出降。孔明抚慰毕，问曰：“此时何处麦熟？”太守告曰：“陇上麦已熟。”孔明乃留张翼、马忠守卤城，自引诸将并三军望陇上而来。前军回报说：“司马懿引兵在此。”孔明惊曰：“此人预知吾来割麦也！”即沐浴更衣，推过一般三辆四轮车来，车上皆要一样妆饰。此车乃孔明在蜀中预先造下的。当下令姜维引一千军护车，五百军擂鼓，伏在上邽之后；马岱在左，魏延在右，亦各引一千军护车，五百军擂鼓。每一辆车，用二十四人，

皂衣跣足，披发仗剑，手执七星皂旛，在左右推车。三人各受计，引兵推车而去。孔明又令三万军皆执镰刀、驮绳，伺候割麦。却选二十四个精壮之士，各穿皂衣，披发跣足，仗剑簇拥四轮车，为推车使者。令关兴结束做天蓬模样，手执七星皂旛，步行于车前。孔明端坐于上，望魏营而来。

哨探军见之大惊，不知是人是鬼，火速报知司马懿。懿自出营视之，只见孔明簪冠鹤氅，手摇羽扇，端坐于四轮车上；左右二十四人，披发仗剑；前面一人，手执皂旛，隐隐似天神一般。懿曰：『这个又是孔明作怪也！』遂拨二千人马分付曰：『汝等疾去，连车带人，尽情都捉来！』魏兵领命，一齐追赶。孔明见魏兵赶来，便教回车，遥望蜀营缓缓而行。魏兵皆骤马追赶，但见阴风习习，冷雾漫漫。尽力赶了一程，追之不上。各人大惊，都勒住马言曰：『奇怪！我等急急赶了三十里，只见在前，追之不上。如之奈何？』孔明见兵不来，又令推车过来，朝着魏兵歇下。魏兵犹豫良久，又放马赶来。孔明复回车慢慢而行。魏兵又赶了二十里，只见在前，不曾赶上，尽皆痴呆。孔明教回过车，朝着魏军，推车倒行。魏兵又欲追赶。后面司马懿自引一军到，传令：『孔明善会八门遁甲，能驱六丁六甲

之神。此乃六甲天书内「缩地」之法也。众军不可追之。』众军方勒马回时，左势下战鼓大震，一彪军杀来。懿急令兵拒之，只见蜀兵队里二十四人，披发仗剑，皂衣跣足，拥出一辆四轮车；车上端坐孔明，簪冠鹤氅，手摇羽扇。懿大惊曰：『方才那个车上坐着孔明，赶了五十里，追之不上；如何这里又有孔明？怪哉！怪哉！』言未毕，右势下战鼓又鸣，一彪军杀来，四轮车上亦坐着一个孔明，左右亦有二十四人，皂衣跣足，披发仗剑，拥车而来。懿心中大疑，回顾诸将曰：『此必神兵也！』众军心下大乱，不敢交战，各自奔走。

正行之际，忽然鼓声大震，又一彪军杀来：当先一辆四轮车，孔明端坐于上，左右前后推车使者，同前一般。魏兵无不骇然。司马懿不知是人是鬼，又不知多少蜀兵，十分惊惧，急急引兵奔入上邽，闭门不出。此时孔明早令三万精兵将陇上小麦割尽，运赴卤城打晒去了。司马懿在上邽城中，三日不敢出城。后见蜀兵退去，方敢令军出哨；于路捉得一蜀兵，来见司马懿。懿问，其人告曰：『某乃割麦之人，因走失马匹，被捉前来。』懿曰：『前者是何神兵？』答曰：『三路伏兵，皆不是孔明，乃姜维、马岱、魏延也。——每一路只有一千军护车，五百军擂鼓。——只是先来诱阵的车上乃孔明也。』懿仰天长叹曰：『孔明有神出鬼没之机！』忽报副都督郭淮入见。懿接入，礼毕，淮曰：『吾闻蜀兵不多，现在卤城打麦，可以击之。』懿细言前事。淮笑曰：『只瞒过一时；今已识破，何足道哉！吾引一军攻其后，公引一军攻其前，卤城可破，孔明可擒矣。』懿从之，遂分兵两路而来。

却说孔明引军在卤城打晒小麦，忽唤诸将听令曰：『今夜敌人必来攻城。吾料卤城东西麦田之内，足

可伏兵；谁敢为我一往？』姜维、魏延、马忠、马岱四将出曰：『某等愿往。』孔明大喜，乃命姜维、魏延各引二千兵，伏在东南、西北两处；马岱、马忠各引二千兵，伏在西南、东北两处：『只听炮响，四角一齐杀来。』四将受计，引兵去了。孔明自引百余人，各带火炮出城，伏在麦田之内等候。

却说司马懿引兵径到卤城下，日已昏黑，乃谓诸将曰：『若白日进兵，城中必有准备；今可乘夜晚攻之。此处城低壕浅，可便打破。』遂屯兵城外。一更时分，郭淮亦引兵到。两下合兵，一声鼓响，把卤城围得铁桶相似。城上万弩齐发，矢石如雨，魏兵不敢前进。忽然魏军中信炮连声，三军大惊，又不知何处兵来。淮令人去麦田搜时，四角上火光冲天，喊声大震，四路蜀兵，一齐杀至；卤城四门大开，城内兵杀出：里应外合，大杀了一阵，魏兵死者无数。司马懿引败兵奋死突出重围，占住了山头；郭淮亦引败兵奔到山后扎住。孔明入城，令四将于四角下安营。郭淮告司马懿曰：『今与蜀兵相持许久，无策可退；目下又被杀了一阵，折伤三千余人；若不早图，日后难退矣。』懿曰：『当复如何？』淮曰：『可发檄文调雍、凉人马并力剿杀。吾愿引军袭剑阁，截其归路，使彼粮草不通，三军慌乱：那时乘势击之，敌可灭矣。』懿从之，即发檄文星夜往雍、凉调拨人马。不一日，大将孙礼引雍、凉诸郡人马到。懿即令孙礼约会郭淮去袭剑阁。

却说孔明在卤城相拒日久，不见魏兵出战，乃唤姜维、马岱入城听令曰：『今魏兵守住山险，不与我战；一者料吾麦尽无粮；二者令兵去袭剑阁，断吾粮道也。汝二人各引一万军先去守住险要，魏兵见有准备，自然退去。』二人引兵去了。长史杨仪入帐告曰：『向者丞相令大兵一百日一换，今已限足，汉中兵已出川口，前路公文已到，只待会兵交换：现存八万军，内四万该与换班。』孔明曰：『既有令，便教速行。』众军闻知，各各收拾起程。忽报孙礼引雍、凉人马二十万来助战，去袭剑阁，司马懿自引兵来攻卤城了。蜀兵无不惊骇。杨仪入告孔明曰：『魏兵来得甚急，丞相可将换班军且留下退敌，待新来兵到，然后换之。』孔明曰：『不可。吾用兵命将，以信为本；既有令在先，岂可失信？且蜀兵应去者，皆准备归计，其父母妻子倚扉而望；吾今便有大难，决不留他。』即传令教应去之兵，当日便行。众军闻之，皆大呼曰：『丞相如此施恩于众，我等愿且不回，各舍一命，大杀魏兵，以报丞相！』孔明曰：『尔等该还家，岂可复留于此？』众军皆要出战，不愿回家。孔明曰：『汝等既要与我出战，可出城安营，待魏兵到，莫待他息喘，便急攻之：此以逸待劳之法也。』众兵领命，各执兵器，欢喜出城，列阵而待。

却说西凉人马倍道而来，走的人马困乏；方欲下营歇息，被蜀兵一拥而进，人人奋勇，将锐兵骁，雍、凉兵抵敌不住，望后便退。蜀兵奋力追杀，杀得那雍、凉兵尸横遍野，血流成渠。孔明出城，收聚得胜之兵，入城赏劳。忽报永安李严有书告急。孔明大惊，拆封视之。书云：

近闻东吴令人入洛阳，与魏连和；魏令吴取蜀，幸吴尚未起兵。今严探知消息，伏望丞相，早作良图。

孔明览毕，甚是惊疑，乃聚诸将曰：『若东吴兴兵寇蜀，吾须索速回也。』即传令，教祁山大寨人马，且退回西川：『司马懿知吾屯军在此，必不敢追赶。』于是王平、张嶷、吴班、吴懿，分兵两路，徐徐退入西川去了。

张郃见蜀兵退去，恐有计策，不敢来追，乃引兵往见司马懿曰：『今蜀兵退去，不知何意？』懿曰：『孔明诡计极多，不可轻动。不如坚守，待他粮尽，自然退去。』大将魏平出曰：『蜀兵拔祁山之营而退，正可乘势追之，都督按兵不动，畏蜀如虎，奈天下笑何？』懿坚执不从。

却说孔明知祁山兵已回，遂令杨仪、马忠入帐，授以密计，令先引一万弓弩手，去剑阁木门道，两下埋伏；若魏兵追到，听吾炮响，急滚下木石，先截其去路，两头一齐射之。二人引兵去了。又唤魏延、关兴引兵断后，城上四面遍插旌旗，城内乱堆柴草，虚放烟火。大兵尽望木门道而去。

魏营巡哨军来报司马懿曰：『蜀兵大队已退，但不知城中还有多少兵。』懿自往视之，见城上插旗，城中烟起，笑曰：『此乃空城也。』令人探之，果是空城。懿大喜曰：『孔明已退，谁敢追之？』先锋张郃曰：『吾愿往。』懿阻曰：『公性急躁，不可去。』郃曰：『都督出关之时，命吾为先锋；今日正是立功之际，却不用吾，何也？』懿曰：『蜀兵退去，险阻处必有埋伏，须十分仔细，方可追之。』郃曰：『吾已知得，不必挂虑。』懿曰：『公自欲去，莫要追悔。』郃曰：『大丈夫舍身报国，虽万死无恨。』懿曰：『公既坚执要去，可引五千兵先行，却教魏平引二万马步兵后行，以防埋伏。吾却引三千兵随后策应。』张郃领命，引兵火速望前追赶。行到三十余里，忽然背后一声喊起，树林内闪出一彪军，为首大将，横刀勒马大叫曰：『贼将引兵那里去！』郃回头视之，乃魏延也。郃大怒，回马交锋。不十合，延诈败而走。郃又追赶三十余里，勒马回顾，全无伏兵，又策马前追。方转过山坡，忽喊声大起，一彪军闪出，为首大将，乃关兴也，横刀

三国演义

第一百零一回

出陇上诸葛妆神　奔剑阁张郃中计

勒马大叫曰：『张郃休赶！有吾在此！』郃就拍马交锋。不十合，兴拨马便走。郃随后追之。赶到一密林内，郃心疑，令人四下哨探，并无伏兵；于是放心又赶。不想魏延却抄在前面，郃又与战十余合，延又败走。郃奋怒追来，又被关兴抄在前面，截住去路。郃大怒，拍马交锋，战有十合，蜀兵尽弃衣甲什物等件，塞满道路，魏军皆下马争取。延、兴二将，轮流交战，张郃奋勇追赶。看看天晚，赶到木门道口，魏延拨回马，高声大骂曰：『张郃逆贼！吾不与汝相拒，汝只顾赶来，吾今与汝决一死战！』郃十分忿怒，挺枪骤马，直取魏延。延挥刀来迎。战不十合，延大败，尽弃衣甲、头盔，匹马引败兵望木门道中而走。张郃杀得性起，又见魏延大败而逃，乃骤马赶来。此时天色昏黑，一声炮响，山上火光冲天，大石乱柴滚将下来，阻截去路。郃大惊曰：『我中计矣！』急回马时，背后已被木石塞满了归路，中间只有一段空地，两边皆是峭壁，郃进退无路。忽一声梆子响，两下万弩齐发，将张郃并百余个部将，皆射死于木门道中。后人有诗曰：

伏弩齐飞万点星，木门道上射雄兵。至今剑阁行人过，犹说军师旧日名。

却说张郃已死，随后魏兵追到，见塞了道路，已知张郃中计。众军勒回马急退。忽听得山头上大叫曰：『诸葛丞相在此！』众军仰视，只见孔明立于火光之中，指众军而言曰：『吾今日围猎，欲射一「马」，误中一「獐」。汝各人安心而去，上覆仲达：早晚必为吾所擒矣。』魏兵回见司马懿，细告前事。懿悲伤不已，仰天叹曰：『张儁乂身死，吾之过也！』乃收兵回洛阳。魏主闻张郃死，挥泪叹息，令人收其尸，厚葬之。

却说孔明入汉中，欲归成都见后主。都护李严妄奏后主曰：『臣已办备军粮，行将运赶丞相军前，不

知丞相何故忽然班师。』后主闻奏，即命尚书费祎入汉中见孔明，问班师之故。祎至汉中，宣后主之意。孔明大惊曰：『李严发书告急，说东吴将兴兵寇川，因此回师。』费祎曰：『李严奏称军粮已办，丞相无故回师，天子因此命某来问耳。』孔明大怒，令人访察：乃是李严因军粮不济，怕丞相见罪，故发书取回，却又妄奏天子，遮饰己过。孔明大怒曰：『匹夫为一己之故，废国家大事！』令人召至，欲斩之。费祎劝曰：『丞相念先帝托孤之意，姑且宽恕。』孔明从之。费祎即具表启奏后主。后主览表，勃然大怒，叱武士推李严出斩之。参军蒋琬出班奏曰：『李严乃先帝托孤之臣，乞望恩宽恕。』后主从之，即谪为庶人，徙于梓潼郡闲住。

孔明回到成都，用李严子李丰为长史；积草屯粮，讲阵论武，整治军器，存恤将士：三年然后出征。两川人民军士，皆仰其恩德。光阴荏苒，不觉三年：时建兴十二年春二月。孔明入朝奏曰：『臣今存恤军士，已经三年。粮草丰足，军器完备，人马雄壮，可以伐魏。今番若不扫清奸党，恢复中原，誓不见陛下也！』后主曰：『方今已成鼎足之势，吴、魏不曾入寇，相父何不安享太平？』孔明曰：『臣受先帝知遇之恩，梦寐之间，未尝不设伐魏之策，竭力尽忠，为陛下克复中原，重兴汉室：臣之愿也。』言未毕，班部中一人出曰：『丞相不可兴兵。』众视之，乃谯周也。正是：武侯尽瘁惟忧国，太史知机又论天。未知谯周有何议论，且看下文分解。

第一百零二回 司马懿占北原渭桥 诸葛亮造木牛流马

却说谯周官居太史，颇明天文；见孔明又欲出师，乃奏后主曰：『臣今职掌司天台，但有祸福，不可不奏：近有群鸟数万，自南飞来，投于汉水而死，此不祥之兆；臣又观天象，见奎星躔(chán)于太白之分，盛气在北，不利伐魏；又成都人民，皆闻柏树夜哭：有此数般灾异，丞相只宜谨守，不可妄动。』孔明曰：『吾受先帝托孤之重，当竭力讨贼，岂可以虚妄之灾氛，而废国家大事耶！』遂命有司设太牢祭于昭烈之庙，涕泣拜告曰：『臣亮五出祁山，未得寸土，负罪非轻！今臣复统全师，再出祁山，誓竭力尽心，剿灭汉贼，恢复中原，鞠躬尽瘁，死而后已！』祭毕，拜辞后主，星夜至汉中，聚集诸将，商议出师。忽报关兴病亡。孔明放声大哭，昏倒于地，半晌方苏。众将再三劝解，孔明叹曰：『可怜忠义之人，天不与以寿！我今番出师，又少一员大将也！』后人有诗叹曰：

生死人常理，蜉蝣一样空。但存忠孝节，何必寿乔松。

孔明引蜀兵三十四万，分五路而进，令姜维、魏延为先锋，皆出祁山取齐；令李恢先运粮草于斜谷道口伺候。

却说魏国因旧岁有青龙自摩坡井内而出，改为青龙元年；此时乃青龙二年春二月也。近臣奏曰：『边官飞报蜀兵三十余万，分五路复出祁山。』魏主曹睿大惊，急召司马懿至，谓曰：『蜀人三年不曾入寇；

今诸葛亮又出祁山，如之奈何？』懿奏曰：『臣夜观天象，见中原旺气正盛，奎星犯太白，不利于西川。今孔明自负才智，逆天而行，乃自取败亡也。臣托陛下洪福，当往破之。但愿保四人同去。』睿曰：『卿保何人？』懿曰：『夏侯渊有四子：长名霸，字仲权；次名威，字季权；三名惠，字稚权；四名和，字义权。霸、威二人，弓马熟娴；惠、和二人，谙知韬略：此四人常欲为父报仇。臣今保夏侯霸、夏侯威为左右先锋，夏侯惠、夏侯和为行军司马，共赞军机，以退蜀兵。』睿曰：『向者夏侯楙驸马违误军机，失陷了许多人马，至今羞惭不回。今此四人，亦与楙同否？』懿曰：『此四人非夏侯楙所可比也。』睿乃从其请，即命司马懿为大都督，凡将士悉听量才委用，各处兵马皆听调遣。懿受命，辞朝出城。睿又以手诏赐懿曰：

卿到渭滨，宜坚壁固守，勿与交锋。蜀兵不得志，必诈退诱敌，卿慎勿追。待彼粮尽，必将自走，然后乘虚攻之，则取胜不难，亦免军马疲劳之苦：计莫善于此也。

司马懿顿首受诏，即日到长安，聚集各处军马共四十万，皆来渭滨下寨；又拨五万军，于渭水上搭起九座浮桥，令先锋夏侯霸、夏侯威过渭水安营；又于大营之后东原，筑起一城，以防不虞。懿正与众将商议间，忽报郭淮、孙礼来见。懿迎入，礼毕，淮曰：『今蜀兵现在祁山，倘跨渭登原，接连北山，阻绝陇道，大可虞也。』懿曰：『所言甚善。公可就总督陇西军马，据北原下寨，深沟高垒，按兵休动；只待彼兵粮尽，方可攻之。』郭淮、孙礼领命，引兵下寨去了。

却说孔明复出祁山，下五个大寨，按左、右、中、前、后；自斜谷直至剑阁，一连又下十四个大寨，

分屯军马，以为久计。每日令人巡哨。忽报郭淮、孙礼领陇西之兵，于北原下寨。孔明谓诸将曰：『魏兵于北原安营者，惧吾取此路，阻绝陇道也。吾今虚攻北原，却暗取渭滨。令人扎木筏百余只，上载草把，选惯熟水手五千人驾之。我夤夜只攻北原，司马懿必引兵来救。彼若少败，我把后军先渡过岸去，然后把前军下于筏中，休要上岸，顺水取浮桥放火烧断，以攻其后。吾自引一军去取前营之门。若得渭水之南，则进兵不难矣。』诸将遵令而行。早有巡哨军飞报司马懿。懿唤诸将议曰：『孔明如此设施，其中有计：彼以取北原为名，顺水来烧浮桥，乱吾后，却攻吾前也。』即传令与夏侯霸、夏侯威曰：『若听得北原发喊，便提兵于渭水南山之中，待蜀兵至击之。』又令张虎、乐綝，引二千弓弩手伏于渭水浮桥北岸：『若蜀兵乘木筏顺水而来，可一齐射之，休令近桥。』又传令郭淮、孙礼曰：『孔明来北原暗渡渭水，汝新立之营，人马不多，可尽伏于半路。若蜀兵于午后渡水，黄昏时分，必来攻汝。汝诈败而走，蜀兵必追。汝等皆以弓弩射之。吾水陆并进。若蜀兵大至，只看吾指挥而击之。』各处下令已毕，又令二子司马师、司马昭，引兵救应前营。懿自引一军救北原。

却说孔明令魏延、马岱引兵渡渭水攻北原；令吴班、吴懿引木筏兵去烧浮桥；令王平、张嶷为前队，姜维、马忠为中队，廖化、张翼为后队：兵分三路，去攻渭水旱营。是日午时，人马离大寨，尽渡渭水，列成阵势，缓缓而行。却说魏延、马岱将近北原，天色已昏。孙礼哨见，便弃营而走。魏延知有准备，急退军时，四下喊声大震：左有司马懿，右有郭淮，两路兵杀来。魏延、马岱奋力杀出，蜀兵多半落于水中，

余众奔逃无路。幸得吴懿兵杀来，救了败兵过岸拒住。吴班分一半兵撑筏顺水来烧浮桥，却被张虎、乐綝在岸上乱箭射住。吴班中箭，落水而死。余军跳水逃命，木筏尽被魏兵夺去。此时王平、张嶷，不知北原兵败，直奔到魏营，已有二更天气，只听得喊声四起。王平谓张嶷曰：『军马攻打北原，未知胜负。渭南之寨，现在面前，如何不见一个魏兵？莫非司马懿知道了，先作准备也？我等且看浮桥火起，方可进兵。』二人勒住军马，忽背后一骑马来报，说：『丞相教军马急回。北原兵、浮桥兵，俱失了。』王平、张嶷大惊，急退军时，却被魏兵抄在背后，一声炮响，一齐杀来，火光冲天。王平、张嶷引兵相迎，两军混战一场。平、嶷二人奋力杀出，蜀兵折伤大半。孔明回到祁山大寨，收聚败兵，约折了万余人，心中忧闷。

忽报费祎自成都来见丞相，孔明请入。费祎礼毕，孔明曰：『吾有一书，正欲烦公去东吴投递，不知肯去否？』祎曰：『丞相之命，岂敢推辞？』孔明即修书付费祎去了。祎持书径到建业，入见吴主孙权，呈上孔明之书。权拆视之，书略曰：

汉室不幸，王纲失纪，曹贼篡逆，蔓延及今。亮受昭烈皇帝寄托之重，敢不竭力尽忠：今大兵已会于祁山，狂寇将亡于渭水。伏望陛下念同盟之义，命将北征，共取中原，同分天下。书不尽言，万希圣听！

权览毕，大喜，乃谓费祎曰：『朕久欲兴兵，未得会合孔明。今既有书到，即日朕自亲征，入居巢门，取魏新城；再令陆逊、诸葛谨等屯兵于江夏、沔口取襄阳；孙韶、张承等出兵广陵取淮阳等处：三处一齐进军，共三十万，克日兴师。』费祎拜谢曰：『诚如此，则中原不日自破矣！』权设宴款待费祎。饮宴间，权问曰：『丞相军前，用谁当先破敌？』祎曰：『魏延为首。』权笑曰：『此人勇有余，而心不正。若一朝无孔明，彼必为祸。孔明岂未知耶？』祎曰：『陛下之言极当！臣今归去，即当以此言告孔明。』遂拜辞孙权，回到祁山，见了孔明，具言吴主起大兵三十万，御驾亲征，兵分三路而进。孔明又问曰：『吴主别有所言否？』费祎将论魏延之语告之。孔明叹曰：『真聪明之主也！吾非不知此人。——为惜其勇，故用之耳。』祎曰：『丞相早宜区处。』孔明曰：『吾自有法。』祎辞别孔明，自回成都。

孔明正与诸将商议征进，忽报有魏将来投降。孔明唤入问之，答曰：『某乃魏国偏将军郑文也。近与秦朗同领人马，听司马懿调用。不料懿徇私偏向，加秦朗为前将军，而视文如草芥，因此不平，特来投降丞相，愿赐收录。』言未已，人报秦朗引兵在寨外，单搦郑文交战。孔明曰：『此人武艺比汝若何？』郑文曰：『某当立斩之。』孔明曰：『汝若先杀秦朗，吾方不疑。』郑文欣然上马出营，与秦朗交锋。孔明亲自出营视之。只见秦朗挺枪大骂曰：『反贼盗我战马来此，可早早还我！』言讫，直取郑文。文拍马舞刀相迎，只一合，斩秦朗于马下。魏军各自逃走。郑文提首级入营。孔明回到帐中坐定，唤郑文至，勃然大怒，叱左右：『推出斩之！』郑文曰：『小将无罪！』孔明曰：『吾向识秦朗，汝今斩者，并非秦朗。安敢欺我！』文拜告曰：『此实秦朗之弟秦明也。』孔明笑曰：『司马懿令汝来诈降，于中取事，却如何瞒得我过！若不实说，必然斩汝！』郑文只得诉告其实是诈降，泣求免死。孔明曰：『汝既求生，可修书一封，教司马懿自来劫营，吾便饶汝性命。若捉住司马懿，便是汝之功，还当重用。』郑文只得写了一书，呈与孔明。孔明令将

郑文监下。樊建问曰：『丞相何以知此人诈降？』孔明曰：『司马懿不轻用人。若加秦朗为前将军，必武艺高强；今与郑文交马只一合，便为文所杀，必不是秦朗也。以故知其诈。』众皆拜服。

孔明选一舌辩军士，附耳分付如此如此。军士领命，持书径来魏寨，求见司马懿。懿唤入，拆书看毕，问曰：『汝何人也？』答曰：『某乃中原人，流落蜀中：郑文与某同乡。今孔明因郑文有功，用为先锋。郑文特托某来献书，约于明日晚间，举火为号，望乞都督尽提大军前来劫寨，郑文在内为应。』司马懿反覆诘问，又将来书仔细检看，果然是实，即赐军士酒食，分付曰：『本日二更为期，我自来劫寨。大事若成，必重用汝。』军士拜别，回到本寨告知孔明。孔明仗剑步罡，祷祝已毕，唤王平、张嶷分付如此如此；又唤马忠、马岱分付如此如此；又唤魏延分付如此如此。孔明自引数十人，坐于高山之上，指挥众军。

却说司马懿见了郑文之书，便欲引二子提大兵来劫蜀寨。长子司马师谏曰：『父亲何故据片纸而亲入重地？倘有疏虞，如之奈何？不如令别将先去，父亲为后应可也。』懿从之，遂令秦朗引一万兵，去劫蜀

寨，懿自引兵接应。是夜初更，风清月朗；将及二更时分，忽然阴云四合，黑气漫空，对面不见。懿大喜曰：『天使我成功也！』于是人尽衔枚，马皆勒口，长驱大进。秦朗当先，引一万兵直杀入蜀寨中，并不见一人。朗知中计，忙叫退兵。四下火把齐明，喊声震地：左有王平、张嶷，右有马岱、马忠，两路兵杀来。秦朗死战，不能得出。背后司马懿见蜀寨火光冲天，喊声不绝，又不知魏兵胜负，只顾催兵接应，望火光中杀来。忽然一声喊起，鼓角喧天，火炮震地：左有魏延，右有姜维，两路杀出。魏兵大败，十伤八九，四散逃奔。此时秦朗所引一万兵，都被蜀兵围住，箭如飞蝗。秦朗死于乱军之中。司马懿引败兵奔入本寨。

三更以后，天复清朗。孔明在山头上鸣金收军。原来二更时阴云暗黑，乃孔明用遁甲之法；后收兵已了，天复清朗，乃孔明驱六丁六甲扫荡浮云也。

当下孔明得胜回寨，命将郑文斩了，再议取渭南之策。每日令兵搦战，魏军只不出迎。孔明自乘小车，来祁山前、渭水东西，踏看地理。忽到一谷口，见其形如葫芦之状，内中可容千余人；两山又合一谷，可

容四五百人；背后两山环抱，只可通一人一骑。孔明看了，心中大喜，问向导官曰：『此处是何地名？』答曰：『此名上方谷，又号葫芦谷。』孔明回到帐中，唤裨将杜睿、胡忠二人，附耳授以密计。令唤集随军匠作一千余人，入葫芦谷中，制造『木牛』『流马』应用；又令马岱领五百兵守住谷口。孔明嘱马岱曰：『匠作人等，不许放出；外人不许放入。吾还不时自来点视。捉司马懿之计，只在此举。切不可走漏消息。』马岱受命而去。杜睿等二人在谷中监督匠作，依法制造。孔明每日往来指示。

忽一日，长史杨仪入告曰：『即今粮米皆在剑阁，人夫牛马，搬运不便，如之奈何？』孔明笑曰：『吾已运谋多时也。前者所积木料，并西川收买下的大木，教人制造「木牛」「流马」，搬运粮米，甚是便利。牛马皆不水食，可以昼夜转运不绝也。』众皆惊曰：『自古及今，未闻有「木牛」「流马」之事。不知丞相有何妙法，造此奇物？』孔明曰：『吾已令人依法制造，尚未完备。吾今先将造木牛流马之法，尺寸方圆，长短阔狭，开写明白，汝等视之。』众大喜。孔明即手书一纸，付众观看。众将环绕而视。造木牛之法云：

方腹曲头，一脚四足；头入领中，舌着于腹。载多而行少：独行者数十里，群行者二十里。曲者为牛头，双者为牛脚，横者为牛领，转者为牛足，覆者为牛背，方者为牛腹，垂者为牛舌，曲者为牛肋，刻者为牛齿，立者为牛角，细者为牛鞅，摄者为牛鞦轴。牛仰双辕，人行六尺，牛行四步。每牛载十人所食一月之粮，人不大劳，牛不饮食。

造流马之法云：

肋长三尺五寸，广三寸，厚二寸二分：左右同。前轴孔分墨去头四寸，径中二寸。前脚孔分墨二寸，去前轴孔四寸五分，广一寸。前杠孔去前脚孔分墨二寸七分，孔长二寸，广一寸。后轴孔去前杠分墨一尺五分，大小与前同。后脚孔分墨去后轴孔三寸五分，大小与前同。后杠孔去后脚孔分墨二寸七分，后载克去后杠孔分墨四寸五分。前杠长一尺八寸，广二寸，厚一寸五分。后杠与等。板方囊二枚，厚八分，长二尺七寸，高一尺六寸五分，广一尺六寸：每枚受米二斛三斗。从上杠孔去肋下七寸：前后同。上杠孔去下杠孔分墨一尺三寸，孔长一寸五分，广七分：八孔同。前后四脚广二寸，厚一寸五分。形制如象，靬(jiān)长四寸，径面四寸三分。孔径中三脚杠，长二尺一寸，广一寸五分，厚一寸四分，同杠耳。

众将看了一遍，皆拜伏曰：『丞相真神人也！』过了数日，木牛流马皆造完备，宛然如活者一般；上山下岭，各尽其便。众军见之，无不欣喜。孔明令右将军高翔，引一千兵驾着木牛流马，自剑阁直抵祁山大寨，往来搬运粮草，供给蜀兵之用。后人有诗赞曰：

剑关险峻驱流马，斜谷崎岖驾木牛。后世若能行此法，输将安得使人愁？

却说司马懿正忧闷间，忽哨马报说：『蜀兵用木牛流马转运粮草。人不大劳，牛马不食。』懿大惊曰：『吾所以坚守不出者，为彼粮草不能接济，欲待其自毙耳。今用此法，必为久远之计，不思退矣。如之奈何？』急唤张虎、乐綝二人分付曰：『汝二人各引五百军，从斜谷小路抄出；待蜀兵驱过木牛流马，任他过尽，一齐杀出，不可多抢，只抢三五匹便回。』二人依令，各引五百军，扮作蜀兵，夜间偷过小路，伏

在谷中，果见高翔引兵驱木牛流马而来。将次过尽，两边一齐鼓噪杀出。蜀兵措手不及，弃下数匹，张虎、乐綝欢喜，驱回本寨。司马懿看了，果然进退如活的一般，乃大喜曰：『汝会用此法，难道我不会用！』便令巧匠百余人，当面拆开，分付依其尺寸长短厚薄之法，一样制造木牛流马。不消半月，造成二千余只，与孔明所造者一般法则，亦能奔走。遂令镇远将军岑威，引一千军驱驾木牛流马，去陇西搬运粮草，往来不绝。魏营军将，无不欢喜。

却说高翔回见孔明，说魏兵抢夺木牛流马各五六匹去了。孔明笑曰：『吾正要他抢去。——我只费了几匹木牛流马，却不久便得军中许多资助也。』诸将问曰：『丞相何以知之？』孔明曰：『司马懿见了木牛流马，必然仿我法度，一样制造。那时我又有计策。』数日后，人报魏兵也会造木牛流马，往陇西搬运粮草。孔明大喜曰：『不出吾之算也。』便唤王平分付曰：『汝引一千兵，扮作魏人，星夜偷过北原，只说是巡粮军，径到运粮之所，将护粮之人尽皆杀散；却驱木牛流马而回，径奔过北原来：此处必有魏兵追赶，汝便将木牛流马口内舌头扭转，牛马就不能行动，汝等竟弃之而走。背后魏兵赶到，牵拽不动，扛抬不去。吾再有兵到，汝却回身再将牛马舌扭过来，长驱大行。魏兵必疑为怪也！』王平受计引兵而去。

孔明又唤张嶷分付曰：『汝引五百军，都扮作六丁六甲神兵，鬼头兽身，用五彩涂面，妆作种种怪异之状；一手执绣旗，一手仗宝剑；身挂葫芦，内藏烟火之物，伏于山傍。待木牛流马到时，放起烟火，一齐拥出，驱牛马而行。魏人见之，必疑是神鬼，不敢来追赶。』张嶷受计引兵而去。孔明又唤魏延、姜维分付曰：『汝二人同引一万兵，去北原寨口接应木牛流马，以防交战。』又唤廖化、张翼分付曰：『汝二人引五千兵，去断司马懿来路。』又唤马忠、马岱分付曰：『汝二人引二千兵去渭南搦战。』六人各各遵令而去。

且说魏将岑威引军驱木牛流马，装载粮米，正行之间，忽报前面有兵巡粮。岑威令人哨探，果是魏兵，遂放心前进。两军合在一处。忽然喊声大震，蜀兵就本队里杀起，大呼：『蜀中大将王平在此！』魏兵措手不及，被蜀兵杀死大半。岑威引败兵抵敌，被王平一刀斩了，余皆溃散。王平引兵尽驱木牛流马而回。败兵飞奔报入北原寨内。郭淮闻军粮被劫，疾忙引军来救。王平令兵扭转木牛流马舌头，皆弃于道上，且战且走。郭淮教且莫追，只驱回木牛流马。众军一齐驱赶，却那里驱得动？郭淮心中疑惑，正无奈何，忽鼓角喧天，喊声四起，两路兵杀来，乃魏延、姜维也。王平复引兵杀回。三路夹攻，郭淮大败而走。王平令军士将牛马舌头，重复扭转，驱赶而行。郭淮望见，方欲回兵再追，只见山后烟云突起，一队神兵拥出，一个个手执旗剑，怪异之状，驱驾木牛流马如风拥而去。郭淮大惊曰：『此必神助也！』众军见了，无不惊畏，不敢追赶。

却说司马懿闻北原兵败，急自引军来救。方到半路，忽一声炮响，两路兵自险峻处杀出，喊声震地。旗上大书：『汉将张翼、廖化』。司马懿见了大惊。魏军着慌，各自逃窜。正是：路逢神将粮遭劫，身遇奇兵命又危。未知司马懿怎地抵敌，且看下文分解。

却说司马懿被张翼、廖化一阵杀败，匹马单枪，望密林间而走。张翼收住后军，廖化当先追赶。看看赶上，懿着慌，绕树而转。化一刀砍去，正砍在树上；及拔出刀时，懿已走出林外。廖化随后赶出，却不知去向，但见树林之东，落下金盔一个。廖化取盔捎在马上，一直望东追赶。原来司马懿把金盔弃于林东，却反向西走去了。廖化追了一程，不见踪迹，奔出谷口，遇见姜维，同回寨见孔明。张嶷早驱木牛流马到寨，交割已毕，获粮万余石。廖化献上金盔，录为头功。魏延心中不悦，口出怨言。孔明只做不知。

且说司马懿逃回寨中，心甚恼闷。忽使命赍诏至，言东吴三路入寇，朝廷正议命将抵敌，令懿等坚守勿战。懿受命已毕，深沟高垒，坚守不出。

却说曹睿闻孙权分兵三路而来，亦起兵三路迎之：令刘劭引兵救江夏，田豫引兵救襄阳，睿自与满宠率大军救合淝。满宠先引一军至巢湖口，望见东岸战船无数，旌旗整肃。宠入军中奏魏主曰：『吴人必轻我远来，未曾提备；今夜可乘虚劫其水寨，必得全胜。』魏主曰：『汝言正合朕意。』即令骁将张球领五千兵，各带火具，从湖口攻之；满宠引兵五千，从东岸攻之。是夜二更时分，张球、满宠各引军悄悄望湖口进发；将近水寨，一齐呐喊杀入。吴兵慌乱，不战而走；被魏军四下举火，烧毁战船、粮草、器具不计其数。诸葛瑾率败兵逃走沔口。魏兵大胜而回。次日，哨军报知陆逊。逊集诸将议曰：『吾当作表申奏主上，请撤新城之围，以兵断魏军归路，吾率众攻其前：彼首尾不敌，一鼓可破也。』众服其言。陆逊即具表，遣一小校密地赍往新城。小校领命，赍着表文，行至渡口，不期被魏军伏路的捉住，解赴军中见魏主曹睿。睿搜出陆逊表文，览毕，叹曰：『东吴陆逊真妙算也！』遂命将吴卒监下，令刘劭谨防孙权后兵。

却说诸葛瑾大败一阵，又值暑天，人马多生疾病；乃修书一封，令人转达陆逊，议欲撤兵还国。逊看书毕，谓来人曰：『拜上将军：吾自有主意。』使者回报诸葛瑾。瑾问：『陆将军作何举动？』使者曰：『但见陆将军催督众人于营外种豆菽，自与诸将在辕门射戏。』瑾大惊，亲自往陆逊营中，与逊相见，问曰：『今曹睿亲来，兵势甚盛，都督何以御之？』逊曰：『吾前遣人奉表于主上，不料为敌人所获。机谋既泄，彼必知备；与战无益，不如且退。已差人奉表约主上缓缓退兵矣。』瑾曰：『都督既有此意，即宜速退，何又迟延？』逊曰：『吾军欲退，当徐徐而动。今若便退，魏人必乘势追赶：此取败之道也。足下宜先督船只诈为拒敌之意，吾悉以人马向襄阳而进，为疑敌之计，然后徐徐退归江东，魏兵自不敢近耳。』瑾依其计，辞逊归本营，整顿船只，预备起行。陆逊整肃部伍，张扬声势，望襄阳进发。早有细作报知魏主，说吴兵已动，须用提防。魏将闻之，皆要出战。魏主素知陆逊之才，谕众将曰：『陆逊有谋，莫非用诱敌之计？不可轻进。』众将乃止。数日后，哨卒报来：『东吴三路兵马皆退矣。』魏主未信，再令人探之，回报果然尽退。魏主曰：『陆逊用兵，不亚孙、吴。东南未可平也。』因敕诸将，各守险要，自引大军屯合淝，以伺其变。

却说孔明在祁山，欲为久驻之计，乃令蜀兵与魏民相杂种田：军一分，民二分，并不侵犯，魏民皆安心乐业。司马师入告其父曰：『蜀兵劫去我许多粮米，今又令蜀兵与我民相杂屯田于渭滨，以为久计：似此真为国家大患。父亲何不与孔明约期大战一场，以决雌雄？』懿曰：『吾奉旨坚守，不可轻动。』正议间，忽报魏延将着元帅前日所失金盔，前来骂战。众将忿怒，俱欲出战。懿笑曰：『圣人云：「小不忍则乱大谋。」但坚守为上。』诸将依令不出。魏延辱骂良久方回。孔明见司马懿不肯出战，乃密令马岱造成木栅，营中掘下深堑，多积干柴引火之物；周围山上，多用柴草虚搭窝铺，内外皆伏地雷。置备停当，孔明附耳嘱之曰：『可将葫芦谷后路塞断，暗伏兵于谷中。若司马懿追到，任他入谷，便将地雷干柴一齐放起火来。』又令军士昼举七星号带于谷口，夜设七盏明灯于山上，以为暗号。马岱受计引兵而去。孔明又唤魏延分付曰：『汝可引五百兵去魏寨讨战，务要诱司马懿出战。不可取胜，只可诈败。懿必追赶，汝却望七星旗处而入；若是夜间，则望七盏灯处而走。只要引得司马懿入葫芦谷内，吾自有擒之之计。』魏延受计，引兵而去。孔明又唤高翔分付曰：『汝将木牛流马或二三十为一群，或四五十为一群，各装米粮，于山路往来行走。如魏兵抢去，便是汝之功。』高翔领计，驱驾木牛流马去了。孔明将祁山兵一一调去，只推屯田；分付：『如别兵来战，只许诈败；若司马懿自来，方并力只攻渭南，断其归路。』孔明分拨已毕，自引一军近上方谷下营。

且说夏侯惠、夏侯和二人入寨告司马懿曰：『今蜀兵四散结营，各处屯田，以为久计；若不趁此时除之，纵令安居日久，深根固蒂，难以摇动。』懿曰：『此必又是孔明之计。』二人曰：『都督若如此疑虑，寇敌何时得灭？我兄弟二人，当奋力决一死战，以报国恩。』懿曰：『既如此，汝二人可分头出战。』遂令夏侯惠、夏侯和，各引五千兵去讫。懿坐待回音。

却说夏侯惠、夏侯和二人分兵两路，正行之间，忽见蜀兵驱木牛流马而来。二人一齐杀将过去，蜀兵大败奔走，木牛流马尽被魏兵抢获，解送司马懿营中。次日又劫掳得人马百余，亦解赴大寨。懿将解到蜀兵，诘审虚实。蜀兵告曰：『孔明只料都督坚守不出，尽命我等四散屯田，以为久计。不想却被擒获。』懿即将蜀兵尽皆放回。夏侯和曰：『何不杀之？』懿曰：『量此小卒，杀之无益。放归本寨，令说魏将宽厚仁慈，释彼战心：此吕蒙取荆州之计也。』遂传令今后凡有擒到蜀兵，俱当善遣之。——仍重赏有功将吏。诸将皆听令而去。

却说孔明令高翔佯作运粮，驱驾木牛流马，往来于上方谷内；夏侯惠等不时截杀，半月之间，连胜数阵。司马懿见蜀兵屡败，心中欢喜。一日，又擒到蜀兵数十人。懿唤至帐下问曰：『孔明今在何处？』众告曰：『诸葛丞相不在祁山，在上方谷西十里下营安住，今每日运粮屯于上方谷。』懿备细问了，即将众人放去，乃唤诸将分付曰：『孔明今不在祁山，在上方谷安营。汝等于明日，可一齐并力攻取祁山大寨。吾自引兵来接应。』众将领命，各各准备出战。司马师曰：『父亲何故反欲攻其后？』懿曰：『祁山乃蜀人之根本，若见我兵攻之，各营必尽来救；我却取上方谷烧其粮草，使彼首尾不接：必大败也。』司马师拜服。懿即

发兵起行，令张虎、乐綝各引五千兵，在后救应。

且说孔明正在山上，望见魏兵或三五千一行，或一二千一行，队伍纷纷，前后顾盼，料必来取祁山大寨，乃密传令众将：『若司马懿自来，汝等便往劫魏寨，夺了渭南。』众将各各听令。

却说魏兵皆奔祁山寨来，蜀兵四下一齐呐喊奔走，虚作救应之势。司马懿见蜀兵都去救祁山寨，便引二子并中军护卫人马，杀奔上方谷来。魏延在谷口，只盼司马懿到来，忽见一枝魏兵杀到，延纵马向前视之，正是司马懿。延大喝曰：『司马懿休走！』舞刀相迎。懿挺枪接战。不上三合，延拨回马便走，懿随后赶来。延只望七星旗处而走。懿见魏延只一人，军马又少，放心追之；令司马师在左，司马昭在右，懿自居中，一齐攻杀将来。魏延引五百兵皆退入谷中去。懿追到谷口，先令人入谷中哨探。回报谷内并无伏兵，山上皆是草房。懿曰：『此必是积粮之所也。』遂大驱士马，尽入谷中。懿忽见草房上尽是干柴，前面魏延已不见了。懿心疑，谓二子曰：『倘有兵截断谷口，如之奈何？』言未已，只听得喊声大震，山上一齐丢下火把来，烧断谷口。魏兵奔逃无路。山上火箭射下，地雷一齐突出，草房内干柴都着，刮刮杂杂，火势冲天。司马懿惊得手足无措，乃下马抱二子大哭曰：『我父子三人皆死于此处矣！』正哭之间，忽然狂风大作，黑气漫空，一声霹雳响处，骤雨倾盆。满谷之火，尽皆浇灭：地雷不震，火器无功。司马懿大喜曰：『不就此时杀出，更待何时！』即引兵奋力冲杀。张虎、乐綝亦各引兵杀来接应。马岱军少，不敢追赶。司马懿父子与张虎、乐綝合兵一处，同归渭南大寨，——不想寨栅已被蜀兵夺了。郭淮、孙礼正在

浮桥上与蜀兵接战。司马懿等引兵杀到，蜀兵退去。懿烧断浮桥，据住北岸。

且说魏兵在祁山攻打蜀寨，听知司马懿大败，失了渭南营寨，军心慌乱，急退时，四面蜀兵冲杀将来，魏兵大败，十伤八九，死者无数，余众奔过渭北逃生。孔明在山上见魏延诱司马懿入谷，一霎时火光大起，心中甚喜，以为司马懿此番必死。不期天降大雨，火不能着，哨马报说司马懿父子俱逃去了。孔明叹曰：『谋事在人，成事在天。不可强也！』后人有诗叹曰：

谷口风狂烈焰飘，何期骤雨降青霄。武侯妙计如能就，安得山河属晋朝！

却说司马懿在渭北寨内传令曰：『渭南寨栅，今已失了。诸将如再言出战者斩。』众将听令，据守不出。郭淮入告曰：『近日孔明引兵巡哨，必将择地安营。』懿曰：『孔明若出武功，依山而东，我等皆危矣；若出渭南，西止五丈原，方无事也。』令人探之，回报果屯五丈原。司马懿以手加额曰：『大魏皇帝之洪福也！』遂令诸将：『坚守勿出，彼久必自变。』

且说孔明自引一军屯于五丈原，累令人搦战，魏兵只不出。孔明乃取巾帼并妇人缟素之服，盛于大盒之内，修书一封，遣人送至魏寨。诸将不敢隐蔽，引来使入见司马懿。懿对众启盒视之，内有巾帼妇人之衣，并书一封。懿拆视其书，略曰：

仲达既为大将，统领中原之众，不思披坚执锐，以决雌雄，乃甘窟守土巢，谨避刀箭，与妇人又何异哉！今遣人送巾帼素衣至，如不出战，可再拜而受之。倘耻心未泯，犹有男子胸襟，早与批回，依期赴敌。

司马懿看毕，心中大怒，乃佯笑曰：「孔明视我为妇人耶！」即受之，令重待来使。懿问曰：「孔明寝食及事之烦简若何？」使者曰：「丞相夙兴夜寐，罚二十以上皆亲览焉。所啖之食，日不过数升。」懿顾谓诸将曰：「孔明食少事烦，其能久乎？」使者辞去，回到五丈原，见了孔明，具说：「司马懿受了巾帼女衣，看了书札，并不嗔怒，只问丞相寝食及事之烦简，绝不提起军旅之事。某如此应对，彼言：『食少事烦，岂能长久？』」孔明叹曰：「彼深知我也！」主簿杨颙谏曰：「某见丞相常自校簿书，窃以为不必。夫为治有体，上下不可相侵。譬之治家之道，必使仆执耕，婢典爨，私业无旷，所求皆足，其家主从容自在，高枕饮食而已。若皆身亲其事，将形疲神困，终无一成。岂其智之不如婢仆哉？失为家主之道也。是故古人称：坐而论道，谓之三公；作而行之，谓之士大夫。昔丙吉忧牛喘，而不问横道死人；陈平不知钱谷之数，曰：『自有主者。』今丞相亲理细事，汗流终日，岂不劳乎？司马懿之言，真至言也。」孔明泣曰：「吾非不知。但受先帝托孤之重，惟恐他人不似我尽心也！」众皆垂泪。自此孔明自觉神思不宁。诸将因此未敢进兵。

却说魏将皆知孔明以巾帼女衣辱司马懿，懿受之不战。众将不忿，入帐告曰：「我等皆大国名将，安忍受蜀人如此之辱！即请出战，以决雌雄。」懿曰：「吾非不敢出战，而甘心受辱也。奈天子明诏，令坚守勿动。今若轻出，有违君命矣。」众将俱忿怒不平。懿曰：「汝等既要出战，待我奏准天子，同力赴敌，何如？」众皆允诺。懿乃写表遣使，直至合淝军前，奏闻魏主曹睿。睿拆表览之。表略曰：

臣才薄任重，伏蒙明旨，令臣坚守不战，以待蜀人之自敝；奈今诸葛亮遗臣以巾帼，待臣如妇人，耻辱至甚！臣谨先达圣聪：旦夕将效死一战，以报朝廷之恩，以雪三军之耻。臣不胜激切之至！

睿览讫，乃谓多官曰：「司马懿坚守不出，今何故又上表求战？」卫尉辛毗曰：「司马懿本无战心，必因诸葛亮耻辱，众将忿怒之故，特上此表，欲更乞明旨，以遏诸将之心耳。」睿然其言，即令辛毗持节至渭北寨传谕，令勿出战。司马懿接诏入帐，辛毗宣谕曰：「如再有敢言出战者，即以违旨论。」众将只得奉诏。懿暗谓辛毗曰：「公真知我心也！」于是令军中传说：魏主命辛毗持节，传谕司马懿勿得出战。蜀将闻知此事，报与孔明。孔明笑曰：「此乃司马懿安三军之法也。」姜维曰：「丞相何以知之？」孔明曰：「彼本无战心，所以请战者，以示武于众耳。岂不闻：『将在外，君命有所不受。』安有千里而请战者乎？此乃司马懿因将士忿怒，故借曹睿之意，以制众人。今又播传此言，欲懈我军心也。」

正论间，忽报费祎到。孔明请入问之，祎曰：「魏主曹睿闻东吴三路进兵，乃自引大军至合淝，令满宠、田豫、刘劭分兵三路迎敌。满宠设计尽烧东吴粮草战具，吴兵多病。陆逊上表于吴王，约会前后夹攻，不意赍表人中途被魏兵所获，因此机关泄漏，吴兵无功而退。」孔明听知此信，长叹一声，不觉昏倒于地；众将急救，半晌方苏。孔明叹曰：「吾心昏乱，旧病复发，恐不能生矣！」是夜，孔明扶病出帐，仰观天文，十分惊慌；入帐谓姜维曰：「吾命在旦夕矣！」维曰：「丞相何出此言？」孔明曰：「吾见三台星中，客星倍明，主星幽隐，相辅列曜，其光昏暗：天象如此，吾命可知！」维曰：「天象虽则如此，丞相何不用

祈禳之法挽回之？』孔明曰：『吾素谙祈禳之法，但未知天意若何。汝可引甲士四十九人，各执皂旗，穿皂衣，环绕帐外；我自于帐中祈禳北斗。若七日内主灯不灭，吾寿可增一纪；如灯灭，吾必死矣。闲杂人等，休教放入。凡一应需用之物，只令二小童搬运。』姜维领命，自去准备。时值八月中秋，是夜银河耿耿，玉露零零，旌旗不动，刁斗无声。姜维在帐外引四十九人守护。孔明自于帐中设香花祭物，地上分布七盏大灯，外布四十九盏小灯，内安本命灯一盏。孔明拜祝曰：『亮生于乱世，甘老林泉；承昭烈皇帝三顾之恩，托孤之重，不敢不竭犬马之劳，誓讨国贼。不意将星欲坠，阳寿将终。谨书尺素，上告穹苍：伏望天慈，俯垂鉴听，曲延臣算，使得上报君恩，下救民命，克复旧物，永延汉祀。非敢妄祈，实由情切。』拜祝毕，就帐中俯伏待旦。次日，扶病理事，吐血不止。日则计议军机，夜则步罡踏斗。

却说司马懿在营中坚守，忽一夜仰观天文，大喜，谓夏侯霸曰：『吾见将星失位，孔明必然有病，不久便死。你可引一千军去五丈原哨探。若蜀人攘乱，不出接战，孔明必然患病矣。吾当乘势击之。』霸引兵而去。孔明在帐中祈禳已及六夜，见主灯明亮，心中甚喜。姜维入帐，正见孔明披发仗剑，踏罡步斗，压镇将星。忽听得寨外呐喊，方欲令人出问，魏延飞步入告曰：『魏兵至矣！』延脚步急，竟将主灯扑灭，孔明弃剑而叹曰：『死生有命，不可得而禳也！』魏延惶恐，伏地请罪；姜维忿怒，拔剑欲杀魏延。正是：

万事不由人做主，一心难与命争衡。

未知魏延性命如何，且看下文分解。

第一百零四回　陨大星汉丞相归天　见木像魏都督丧胆

却说姜维见魏延踏灭了灯，心中忿怒，拔剑欲杀之。孔明止之曰：『此吾命当绝，非文长之过也。』维乃收剑。孔明吐血数口，卧倒床上，谓魏延曰：『此是司马懿料吾有病，故令人来探视虚实。汝可急出迎敌。』魏延领命，出帐上马，引兵杀出寨来。夏侯霸见了魏延，慌忙引军退走。延追赶二十余里方回。孔明令魏延自回本寨把守。

姜维入帐，直至孔明榻前问安。孔明曰：『吾本欲竭忠尽力，恢复中原，重兴汉室；奈天意如此，吾旦夕将死。吾平生所学，已著书二十四篇，计十万四千一百一十二字，内有八务、七戒、六恐、五惧之法。吾遍观诸将，无人可授，独汝可传我书。切勿轻忽！』维哭拜而受。孔明又曰：『吾有「连弩」之法，不曾用得。其法矢长八寸，一弩可发十矢，皆画成图本。汝可依法造用。』维亦拜受。孔明又曰：『蜀中诸道，皆不必多忧；惟阴平之地，切须仔细。此地虽险峻，久必有失。』又唤马岱入帐，附耳低言，授以密计；嘱曰：『我死之后，汝可依计行之。』岱领计而出。少顷，杨仪入。孔明唤至榻前，授与一锦囊，密嘱曰：『我死，魏延必反；待其反时，汝与临阵，方开此囊。那时自有斩魏延之人也。』孔明一一调度已毕，便昏然而倒，至晚方苏，便连夜表奏后主。后主闻奏大惊，急命尚书李福，星夜至军中问安，兼询后事。李福领命，趱程赴五丈原，入见孔明，传后主之命，问安毕。孔明流涕曰：『吾不幸中道丧亡，虚废

殒大星汉丞相归天

国家大事，得罪于天下。我死后，公等宜竭忠辅主。国家旧制，不可改易；吾所用之人，亦不可轻废。吾兵法皆授与姜维，他自能继吾之志，为国家出力。吾命已在旦夕，当即有遗表上奏天子也。』李福领了言语，匆匆辞去。

孔明强支病体，令左右扶上小车，出寨遍观各营；自觉秋风吹面，彻骨生寒，乃长叹曰：『再不能临阵讨贼矣！悠悠苍天，曷此其极！』叹息良久。回到帐中，病转沉重，乃唤杨仪分付曰：『王平、廖化、张嶷、张翼、吴懿等，皆忠义之士，久经战阵，多负勤劳，堪可委用。我死之后，凡事俱依旧法而行。缓缓退兵，不可急骤。汝深通谋略，不必多嘱。姜伯约智勇足备，可以断后。』杨仪泣拜受命。孔明令取文房四宝，于卧榻上手书遗表，以达后主。表略曰：

伏闻生死有常，难逃定数；死之将至，愿尽愚忠：臣亮赋性愚拙，遭时艰难，分符拥节，专掌钧衡，兴师北伐，未获成功；何期病入膏肓，命垂旦夕，不及终事陛下，饮恨无穷！伏愿陛下：清心寡欲，约己爱民；达孝道于先皇，布仁恩于宇下；提拔幽隐，以进贤良；屏斥奸邪，以厚风俗。

臣家成都，有桑八百株，薄田十五顷，子弟衣食，自有余饶。至于臣在外任，别无调度，随身衣食，悉仰于官，不别治生，以长尺寸。臣死之日，不使内有余帛，外有赢财，以负陛下也。

孔明写毕，又嘱杨仪曰：『吾死之后，不可发丧。可作一大龛，将吾尸坐于龛中；以米七粒，放吾口内；脚下用明灯一盏；军中安静如常，切勿举哀：则将星不坠。吾阴魂更自起镇之。司马懿见将星不坠，必然惊疑。吾军可令后寨先行，然后一营一营缓缓而退。若司马懿来追，汝可布成阵势，回旗返鼓。等他来到，却将我先时所雕木像，安于车上，推出军前，令大小将士，分列左右。懿见之必惊走矣。』杨仪一一领诺。是夜，孔明令人扶出，仰观北斗，遥指一星曰：『此吾之将星也。』众视之，见其色昏暗，摇摇欲坠。孔明以剑指之，口中念咒。咒毕急回帐时，不省人事。众将正慌乱间，忽尚书李福又至；见孔明昏绝，口不能言，乃大哭曰：『我误国家之大事也！』须臾，孔明复醒，开目遍视，见李福立于榻前。孔明曰：『吾已知公复来之意。』福谢曰：『福奉天子命，问丞相百年后，谁可任大事者。适因匆遽，失于谘请，故复来耳。』孔明曰：『吾死之后，可任大事者：蒋公琰其宜也。』福曰：『公琰之后，谁可继之？』孔明曰：『费文伟可继之。』福又问：『文伟之后，谁当继者？』孔明不答。众将近前视之，已薨矣。时建兴十二年秋八月二十三日也，寿五十四岁。后杜工部有诗叹曰：

长星昨夜坠前营，讣报先生此日倾。虎帐不闻施号令，麟台惟显著勋名。
空余门下三千客，辜负胸中十万兵。好看绿阴清昼里，于今无复雅歌声！

白乐天亦有诗曰：

先生晦迹卧山林，三顾那逢圣主寻。鱼到南阳方得水，龙飞天汉便为霖。
托孤既尽殷勤礼，报国还倾忠义心。前后出师遗表在，令人一览泪沾襟。

初，蜀长水校尉廖立，自谓才名宜为孔明之副，尝以职位闲散，怏怏不平，怨谤无已。于是孔明废之为庶人，徙之汶山。及闻孔明亡，乃垂泣曰：『吾终为左衽矣！』李严闻之，亦大哭病死。盖严尝望孔明复收己，得自补前过；度孔明死后，人不能用之故也。后元微之有赞孔明诗曰：

拨乱扶危主，殷勤受托孤。英才过管乐，妙策胜孙吴。
凛凛《出师表》，堂堂八阵图。如公全盛德，应叹古今无！

是夜，天愁地惨，月色无光，孔明奄然归天。姜维、杨仪遵孔明遗命，不敢举哀，依法成殓，安置龛中，令心腹将卒三百人守护；随传密令，使魏延断后，各处营寨一一退去。

却说司马懿夜观天文，见一大星，赤色，光芒有角，自东北方流于西南方，坠于蜀营内，三投再起，隐隐有声。懿惊喜曰：『孔明死矣！』即传令起大兵追之。方出寨门，忽又疑虑曰：『孔明善会六丁六甲之法，今见我久不出战，故以此术诈死，诱我出耳。今若追之，必中其计。』遂复勒马回寨不出，只令夏侯霸暗引数十骑，往五丈原山僻哨探消息。

却说魏延在本寨中，夜作一梦，梦见头上忽生二角，醒来甚是疑异。次日，行军司马赵直至，延请入问曰：『久知足下深明《易》理。吾夜梦头生二角，不知主何吉凶？烦足下为我决之。』赵直想了半晌，答曰：『此大吉之兆：麒麟头上有角，苍龙头上有角，乃变化飞腾之象也。』延大喜曰：『如应公言，当有重谢！』直辞去，行不数里，正遇尚书费祎。祎问何来。直曰：『适至魏文长营中，文长梦头生角，令我决其吉凶。此本非吉兆，但恐直言见怪，因以麒麟苍龙解之。』祎曰：『足下何以知非吉兆？』直曰：『角之字形，乃「刀」下「用」也。今头上用刀，其凶甚矣！』祎曰：『君且勿泄漏。』

直别去。费祎至魏延寨中，屏退左右，告曰：『昨夜三更，丞相已辞世矣。临终再三嘱付，令将军断后以当司马懿，缓缓而退，不可发丧。今兵符在此，便可起兵。』延曰：『何人代理丞相之大事？』祎曰：『丞相一应大事，尽托与杨仪；用兵密法，皆授与姜伯约。此兵符乃杨仪之令也。』延曰：『丞相虽亡，吾今现在。杨仪不过一长史，安能当此大任？他只宜扶柩入川安葬。我自率大兵攻司马懿，务要成功。岂可因丞相一人而废国家大事耶？』祎曰：『丞相遗令，教且暂退，不可有违。』延怒曰：『丞相当时若依我计，取长安久矣！吾今官任前将军、征西大将军、南郑侯，安肯与长史断后！』祎曰：『将军之言虽是，然不可轻动，令敌人耻笑。待吾往见杨仪，以利害说之，令彼将兵权让与将军，何如？』延依其言。

祎辞延出营，急到大寨见杨仪，具述魏延之语。仪曰：「丞相临终，曾密嘱我曰：『魏延必有异志。』今我以兵符往，实欲探其心耳。今果应丞相之言。吾自令伯约断后可也。」于是杨仪领兵扶柩先行，令姜维断后；依孔明遗令，徐徐而退。魏延在寨中，不见费祎来回覆，心中疑惑，乃令马岱引十数骑往探消息。回报曰：「后军乃姜维总督，前军大半退入谷中去了。」延大怒曰：「竖儒安敢欺我！我必杀之！」因顾谓岱曰：「公肯相助否？」岱曰：「某亦素恨杨仪，今愿助将军攻之。」延大喜，即拔寨引本部兵望南而行。

却说夏侯霸引军至五丈原看时，不见一人，急回报司马懿曰：「蜀兵已尽退矣。」懿跌足曰：「孔明真死矣！可速追之！」夏侯霸曰：「都督不可轻追。当令偏将先往。」懿曰：「此番须吾自行。」遂引兵同二子一齐杀奔五丈原来，呐喊摇旗，杀人蜀寨时，果无一人。懿顾二子曰：「汝急催兵赶来，吾先引军前进。」于是司马师、司马昭在后催军；懿自引军当先，追到山脚下，望见蜀兵不远，乃奋力追赶。忽然山后一声炮响，喊声大震，只见蜀兵俱回旗返鼓，树影中飘出中军大旗，上书一行大字曰：「汉丞相武乡侯诸葛亮」。懿大惊失色。定睛看时，只见中军数十员上将，拥出一辆四轮车来；车上端坐孔明：纶巾羽扇，鹤氅皂绦。懿大惊曰：「孔明尚在！吾轻入重地，堕其计矣！」急勒回马便走。背后姜维大叫：「贼将休走！你中了我丞相之计也！」魏兵魂飞魄散，弃甲丢盔，抛戈撇戟，各逃性命，自相践踏，死者无数。司马懿奔走了五十余里，背后两员魏将赶上，扯住马嚼环叫曰：「都督勿惊。」懿用手摸头曰：「我有头否？」二将曰：「都督休怕，蜀兵去远了。」懿喘息半晌，神色方定；睁目视之，乃夏侯霸、夏侯惠也；乃徐徐按辔，与二将寻小路奔归本寨，使众将引兵四散哨探。

过了两日，乡民奔告曰：「蜀兵退入谷中之时，哀声震地，军中扬起白旗：孔明果然死了，止留姜维引一千兵断后。前日车上之孔明，乃木人也。」懿叹曰：「吾能料其生，不能料其死也！」因此蜀中人谚曰：「死诸葛能走生仲达。」后人有诗叹曰：

长星半夜落天枢，奔走还疑亮未殂。关外至今人冷笑，头颅犹问有和无！

司马懿知孔明死信已确，乃复引兵追赶。行到赤岸坡，见蜀兵已去远，乃引还，顾谓众将曰：「孔明已死，我等皆高枕无忧矣！」遂班师回。一路上见孔明安营下寨之处，前后左右，整整有法，懿叹曰：「此天下奇才也！」于是引兵回长安，分调众将，各守隘口。懿自回洛阳面君去了。

却说杨仪、姜维排成阵势，缓缓退入栈阁道口，然后更衣发丧，扬幡举哀。蜀军皆撞跌而哭，至有哭死者。蜀兵前队正回到栈阁道口，忽见前面火光冲天，喊声震地，一彪军拦路。众将大惊，急报杨仪。正是：

已见魏营诸将去，不知蜀地甚兵来。未知来者是何处军马，且看下文分解。

第一百零五回　武侯预伏锦囊计　魏主拆取承露盘

却说杨仪闻报前路有兵拦截，忙令人哨探。回报说魏延烧绝栈道，引兵拦路。仪大惊曰：『丞相在日，料此人久后必反，谁想今日果然如此！今断吾归路，当复如何？』费祎曰：『此人必先捏奏天子，诬吾等造反，故烧绝栈道，阻遏归路，吾等亦当表奏天子，陈魏延反情，然后图之。』姜维曰：『此间有一小径，名槎(chú)山，虽崎岖险峻，可以抄出栈道之后。』一面写表奏闻天子，一面将人马望槎山小道进发。

且说后主在成都，寝食不安，动止不宁；夜作一梦，梦见成都锦屏山崩倒；遂惊觉，坐而待旦，聚集文武，入朝圆梦。谯周曰：『臣昨夜仰观天文，见一星，赤色，光芒有角，自东北落于西南，主丞相有大凶之事。今陛下梦山崩，正应此兆。』后主愈加惊怖。忽报李福到，后主急召入问之。福顿首泣奏丞相已亡；将丞相临终言语，细述一遍。后主闻言大哭曰：『天丧我也！』哭倒于龙床之上。侍臣扶入后宫。吴太后闻之，亦放声大哭不已。多官无不哀恸，百姓人人涕泣。后主连日伤感，不能设朝。忽报魏延表奏杨仪造反，群臣大骇，入宫启奏后主。——时吴太后亦在宫中。——后主闻奏大惊，命近臣读魏延表。其略曰：

征西大将军、南郑侯臣魏延，诚惶诚恐，顿首上言：杨仪自总兵权，率众造反，劫丞相灵柩，欲引敌人入境。臣先烧绝栈道，以兵守御。谨此奏闻。

读毕，后主曰：『魏延乃勇将，足可拒杨仪等众，何故烧绝栈道？』吴太后曰：『尝闻先帝有言：孔明识魏延脑后有反骨，每欲斩之；因怜其勇，故姑留用。今彼奏杨仪等造反，未可轻信。杨仪乃文人，丞相委以长史之任，必其人可用。今日若听此一面之词，杨仪等必投魏矣。此事当深虑远议，不可造次。』众官正商议间，忽报：长史杨仪有紧急表到。近臣拆表读曰：

长史、绥军将军臣杨仪，诚惶诚恐，顿首谨表：丞相临终，将大事委于臣，照依旧制，不敢变更，使魏延断后、姜维次之。今魏延不遵丞相遗语，自提本部人马，先入汉中，放火烧断栈道，劫丞相灵车，谋为不轨。变起仓卒，谨飞章奏闻。

太后听毕，问：『卿等所见若何？』蒋琬奏曰：『以臣愚见：杨仪为人虽禀性过急，不能容物，至于筹度粮草，参赞军机，与丞相办事多时，今丞相临终，委以大事，决非背反之人。魏延平日恃功务高，人皆下之；仪独不假借，延心怀恨；今见仪总兵，心中不服，故烧栈道，断其归路，又诬奏而图陷害。臣愿将全家良贱，保杨仪不反。——实不敢保魏延。』董允亦奏曰：『魏延自恃功高，常有不平之心，口出怨言。向所以不即反者，惧丞相耳。今丞相新亡，乘机为乱，势所必然。若杨仪，才干敏达，为丞相所任用，必不背反。』后主曰：『若魏延果反，当用何策御之？』蒋琬曰：『丞相素疑此人，必有遗计授与杨仪。若仪无恃，安能退入谷口乎？延必中计矣。陛下宽心。』不多时，魏延又表至，告称杨仪背反。正览表之间，杨仪又表到，奏称魏延背反，二人接连具表，各陈是非。忽报费祎到。后主召入，祎细奏魏延反情。后主曰：『若如此，且令董允假节释劝，用好言抚慰。』允奉诏而去。

却说魏延烧断栈道，屯兵南谷，把住隘口，自以为得计；不想杨仪、姜维星夜引兵抄到南谷之后。仪恐汉中有失，令先锋何平引三千兵先行。仪同姜维等引兵扶柩望汉中而来。

且说何平引兵径到南谷之后，擂鼓呐喊。哨马飞报魏延，说杨仪令先锋何平引兵自槎山小路抄来搦战。延大怒，急披挂上马，提刀引兵来迎。两阵对圆，何平出马大骂曰：『反贼魏延安在？』延亦骂曰：『汝助杨仪造反，何敢骂我！』平叱曰：『丞相新亡，骨肉未寒，汝焉敢造反！』乃扬鞭指川兵曰：『汝等军士，皆是西川之人，川中多有父母妻子，兄弟亲朋；丞相在日，不曾薄待汝等，今不可助反贼，宜各回家乡，听候赏赐。』众军闻言，大喊一声，散去大半。延大怒，挥刀纵马，直取何平。平挺枪来迎。战不数合，平诈败而走，延随后赶来。众军弓弩齐发，延拨马而回。见众军纷纷溃散，延转怒，拍马赶上，杀了数人，却只止遏不住；只有马岱所领三百人不动。延谓岱曰：『公真心助我，事成之后，决不相负。』遂与马岱追杀何平。平引兵飞奔而去。魏延收聚残军，与马岱商议曰：『我等投魏，若何？』岱曰：『将军之言，不智甚也。大丈夫何不自图霸业，乃轻屈膝于人耶？吾观将军智勇足

备，两川之士，谁敢抵敌？吾誓同将军先取汉中，随后进攻西川。』

延大喜，遂同马岱引兵直取南郑。姜维在南郑城上，见魏延、马岱耀武扬威，风拥而来。维急令拽起吊桥。延、岱二人大叫：『早降！』姜维令人请杨仪商议曰：『魏延勇猛，更兼马岱相助，虽然军少，何计退之？』仪曰：『丞相临终，遗一锦囊，嘱曰：「若魏延造反，临阵对敌之时，方可开拆，便有斩魏延之计。」今当取出一看。』遂出锦囊拆封看时，题曰：『待与魏延对敌，马上方许拆开。』维大喜曰：『既丞相有戒约，长史可收执。吾先引兵出城，列为阵势，公可便来。』姜维披挂上马，绰枪在手，引三千军，开了城门，一齐冲出，鼓声大震，排成阵势。维挺枪立马于门旗之下，高声大骂曰：『反贼魏延！丞相不曾亏你，今日如何背反？』延横刀勒马而言曰：『伯约，不干你事。只教杨仪来！』仪在门旗影里，拆开锦囊视之，如此如此。仪大喜，轻骑而出，立马阵前，手指魏延而笑曰：『丞相在日，知汝久后必反，教我提备，今果应其言。汝敢在马上连叫三声「谁敢杀我」，便是真大丈夫，吾就献汉中城池与汝。』延大笑曰：『杨仪匹夫听着！若孔明在日，吾尚惧他三分；他今已亡，天下谁敢敌我？休道连叫三声，便叫三万声，亦有何难！』遂提刀按辔，于马上大叫曰：『谁敢杀我？』一声未毕，脑后一人厉声而应曰：『吾敢杀汝！』手起刀落，斩魏延于马下。众皆骇然。斩魏延者，乃马岱也。原来孔明临终之时，授马岱以密计，只待魏延喊叫时，便出其不意斩之；当日，杨仪读罢锦囊计策，已知伏下马岱在彼，故依计而行，果然杀了魏延。后人有诗曰：

诸葛先机识魏延，已知日后反西川。锦囊遗计人难料，却见成功在马前。

却说董允未及到南郑，马岱已斩了魏延，与姜维合兵一处。杨仪具表星夜奏闻后主。后主降旨曰：『既已名正其罪，仍念前功，赐棺椁葬之。』杨仪等扶孔明灵柩到成都。后主引文武官僚，尽皆挂孝，出城二十里迎接。后主放声大哭。上至公卿大夫，下及山林百姓，男女老幼，无不痛哭，哀声震地。后主命扶柩入城，停于丞相府中。其子诸葛瞻守孝居丧。

后主还朝，杨仪自缚请罪。后主令近臣去其缚曰：『若非卿能依丞相遗教，灵柩何日得归，魏延如何得灭。大事保全，皆卿之力也。』遂加杨仪为中军师。马岱有讨逆之功，即以魏延之爵爵之。仪呈上孔明遗表。后主览毕，大哭，降旨卜地安葬。费祎奏曰：『丞相临终，命葬于定军山，不用墙垣砖石，亦不用一切祭物。』后主从之。择本年十月吉日，后主自送灵柩至定军山安葬。后主降诏致祭，谥号忠武侯；令建庙于沔阳，四时享祭。后杜工部有诗曰：

丞相祠堂何处寻，锦官城外柏森森。映阶碧草自春色，隔叶黄鹂空好音。
三顾频烦天下计，两朝开济老臣心。出师未捷身先死，长使英雄泪满襟！

又杜工部诗曰：

诸葛大名垂宇宙，宗臣遗像肃清高。三分割据纡筹策，万古云霄一羽毛。
伯仲之间见伊吕，指挥若定失萧曹。运移汉祚终难复，志决身歼军务劳。

却说后主回到成都，忽近臣奏曰：『边庭报来，东吴令全琮引兵数万，屯于巴丘界口，未知何意。』

后主惊曰：『丞相新亡，东吴负盟侵界，如之奈何？』蒋琬奏曰：『臣敢保王平、张嶷引兵数万屯于永安，以防不测。陛下再命一人去东吴报丧，以探其动静。』后主曰：『须得一舌辩之士为使。』一人应声而出曰：『微臣愿往。』众视之，乃南阳安众人，姓宗，名预，字德艳，官任参军、右中郎将。后主大喜，即命宗预往东吴报丧，兼探虚实。

宗预领命，径到金陵，入见吴主孙权。礼毕，只见左右人皆着素衣。权作色而言曰：『吴、蜀已为一家，卿主何故而增白帝之守也？』预曰：『臣以为东益巴丘之戍，西增白帝之守，皆事势宜然，俱不足以相问也。』权笑曰：『卿不亚于邓芝。』乃谓宗预曰：『朕闻诸葛丞相归天，每日流涕，令官僚尽皆挂孝。朕恐魏人乘丧取蜀，故增巴丘守兵万人，以为救援，别无他意也。』预顿首拜谢。权曰：『朕既许以同盟，安有背义之理？』预曰：『天子因丞相新亡，特命臣来报丧。』权遂取金鈚箭一技折之，设誓曰：『朕若负前盟，子孙绝灭！』又命使赍香帛奠仪，入川致祭。

宗预拜辞吴主，同吴使还成都，入见后主，奏曰：『吴主因丞相新亡，亦自流涕，令群臣皆挂孝。其益兵巴丘者，恐魏人乘虚而入，别无异心。今折箭为誓，并不背盟。』后主大喜，重赏宗预，厚待吴使去讫，遂依孔明遗言，加蒋琬为丞相、大将军，录尚书事；加费祎为尚书令，同理丞相事；加吴懿为车骑将军，假节督汉中；姜维为辅汉将军、平襄侯，总督诸处人马，同吴懿出屯汉中，以防魏兵。其余将校，各依旧职。

杨仪自以为年宦先于蒋琬，而位出琬下；且自恃功高，未有重赏，口出怨言，谓费祎曰：『昔日丞相

初亡，吾若将全师投魏，宁当寂寞如此耶！』费祎乃将此言具表密奏后主。后主大怒，命将杨仪下狱勘问，欲斩之。蒋琬奏曰：『仪虽有罪，但日前随丞相多立功劳，未可斩也，当废为庶人。』后主从之，遂贬杨仪赴汉嘉郡为民。仪羞惭自刎而死。

蜀汉建兴十三年，魏主曹睿青龙三年，吴主孙权嘉禾四年，三国各不兴兵。单说魏主封司马懿为太尉，总督军马，安镇诸边。懿拜谢回洛阳去讫，魏主在许昌，大兴土木，建盖宫殿；又于洛阳造朝阳殿、太极殿，筑总章观，俱高十丈；又立崇华殿、青霄阁、凤凰楼、九龙池，命博士马钧监造，极其华丽：雕梁画栋，碧瓦金砖，光辉耀日。选天下巧匠三万余人，民夫三十余万，不分昼夜而造。民力疲困，怨声不绝。

睿又降旨起土木于芳林园，使公卿皆负土树木于其中。司徒董寻上表切谏曰：

伏自建安以来，野战死亡，或门殚户尽；虽有存者，遗孤老弱。若今宫室狭小，欲广大之，犹宜随时，不妨农务。——况作无益之物乎？陛下既尊群臣，显以冠冕，被以文绣，载以华舆，所以异于小人也。——今又使负木担土，沾体涂足，毁国之光，以崇无益：甚无谓也。孔子云：『君使臣以礼，臣事君以忠。』无忠无礼，国何以立？臣知言出必死，而自比于牛之一毛，生既无益，死亦何损。秉笔流涕，心与世辞。臣有八子，臣死之后，累陛下矣。不胜战慄待命之至！

睿览表怒曰：『董寻不怕死耶！』左右奏请斩之。睿曰：『此人素有忠义，今且废为庶人。再有妄言者必斩！』时有太子舍人张茂，字彦材，亦上表切谏，睿命斩之。即日召马钧问曰：『朕建高台峻阁，欲与神仙往来，以求长生不老之方。』钧奏曰：『汉朝二十四帝，惟武帝享国最久，寿算极高，盖因服天上日精月华之气也：尝于长安宫中，建柏梁台：台上立一铜人，手捧一盘，名曰「承露盘」，接三更北斗所降沆瀣(xiè)之水——其名曰「天浆」，又曰「甘露」。取此水用美玉为屑，调和服之，可以反老还童。』睿大喜曰：『汝今可引人夫星夜至长安，拆取铜人，移置芳林园中。』

钧领命，引一万人至长安，令周围搭起木架，上柏梁台去。不移时间，五千人连绳引索，旋环而上。那柏梁台高二十丈，铜柱圆十围。马钧教先拆铜人。多人并力拆下铜人来，只见铜人眼中潸然泪下。众皆大惊。忽然台边一阵狂风起处，飞砂走石，急若骤雨；一声响亮，就如天崩地裂：台倾柱倒，压死千余人。钧取铜人及金盘回洛阳，入见魏主，献上铜人、承露盘。魏主问曰：『铜柱安在？』钧奏曰：『柱重百万斤，不能运至。』睿令将铜柱打碎，运来洛阳，铸成两个铜人，号为『翁仲』，列于司马门外；又铸铜龙凤两个：龙高四丈，凤高三丈余，立在殿前。又于上林苑中，种奇花异木，蓄养珍禽怪兽。少傅杨阜上表谏曰：

臣闻尧尚茅茨，而万国安居；禹卑宫室，而天下乐业；及至殷、周，或堂崇三尺，度以九筵耳：古之圣帝明王，未有极宫室之高丽，以凋敝百姓之财力者也。桀作璇室、象廊，纣为倾宫、鹿台，以丧其社稷；楚灵以筑章华而身受其祸；秦始皇作阿房而殃及其子，天下叛之，二世而灭：夫不度万民之力，以从耳目之欲，未有不亡者也。陛下当以尧、舜、禹、汤、文、武为法则，以桀、纣、楚、秦为深诫。——而乃自暇自逸，惟宫台是饰，必有危亡之祸矣。君作元首，臣为股肱，存亡一体，得失同之。臣虽驽怯，敢忘诤臣之义？言

不切至，不足以感寤陛下。谨叩棺沐浴，伏俟重诛。

表上，睿不省，只催督马钧建造高台，安置铜人、承露盘，又降旨广选天下美女，入芳林园中。众官纷纷上表谏诤，睿俱不听。

却说曹睿之后毛氏，乃河内人也；先年睿为平原王时，最相恩爱；及即帝位，立为后；后睿因宠郭夫人，毛后失宠。郭夫人美而慧，睿甚嬖之，每日取乐，月余不出宫闼(tà)，是岁春三月，芳林园中百花争放，睿同郭夫人到园中赏玩饮酒。郭夫人曰：『何不请皇后同乐？』睿曰：『若彼在，朕涓滴不能下咽也。』遂传谕宫娥，不许令毛后知道。毛后见睿月余不入正宫，是日引十余宫人，来翠花楼上消遣，只听的乐声嘹亮，乃问曰：『何处奏乐？』一宫官启曰：『乃圣上与郭夫人于御花园中赏花饮酒。』毛后闻之，心中烦恼，回宫安歇。次日，毛皇后乘小车出宫游玩，正迎见睿于曲廊之间，乃笑曰：『陛下昨游北园，其乐不浅也！』睿大怒，即命擒昨日侍奉诸人到，叱曰：『昨游北园，朕禁左右不许使毛后知道，何得又宣露！』喝令宫官将诸侍奉人尽斩之。毛后大惊，回车至宫，睿即降诏赐毛皇后死，立郭夫人为皇后。朝臣莫敢谏者。

忽一日，幽州刺史丘俭上表，报称辽东公孙渊造反，自号为燕王，改元绍汉元年，建宫殿，立官职，兴兵入寇，摇动北方。睿大惊，即聚文武官僚，商议起兵退渊之策。正是：才将土木劳中国，又见干戈起外方。

未知何以御之，且看下文分解。

第一百零六回 公孙渊兵败死襄平 司马懿诈病赚曹爽

却说公孙渊乃辽东公孙度之孙，公孙康之子也。建安十二年，曹操追袁尚，未到辽东，康斩尚首级献操，操封康为襄平侯；后康死，有二子：长曰晃，次曰渊，皆幼；康弟公孙恭继职。曹丕时封恭为车骑将军、襄平侯。太和二年，渊长大，文武兼备，性刚好斗，夺其叔公孙恭之位，曹睿封渊为扬烈将军、辽东太守。后孙权遣张弥、许晏赍金珠珍玉赴辽东，封渊为燕王。渊惧中原，乃斩张、许二人，送首与曹睿。睿封渊为大司马、乐浪公。渊心不足，与众商议，自号为燕王，改元绍汉元年。副将贾范谏曰：『中原待主公以上公之爵，不为卑贱，今若背反，实为不顺。更兼司马懿善能用兵，西蜀诸葛武侯且不能取胜，何况主公乎？』渊大怒，叱左右缚贾范，将斩之。参军伦直谏曰：『贾范之言是也。圣人云：「国家将亡，必有妖孽。」今国中屡见怪异之事：近有犬戴巾帻，身披红衣，上屋作人行；又城南乡民造饭，饭甑之中，忽有一小儿蒸死于内；襄平北市中，地忽陷一穴，涌出一块肉，周围数尺，头面眼耳口鼻都具，独无手足，刀箭不能伤，不知何物。卜者占之曰：「有形不成，有口无声；国家亡灭，故现其形。」有此三者，皆不祥之兆也。主公宜避凶就吉，不可轻举妄动。』渊勃然大怒，叱武士绑伦直并贾范同斩于市。令大将军卑衍为元帅，杨祚为先锋，起辽兵十五万，杀奔中原来。

边官报知魏主曹睿。睿大惊，乃召司马懿入朝计议。懿奏曰：『臣部下马步官军四万，足可破贼。』睿曰：

『卿兵少路远，恐难收复。』懿曰：『兵不在多，在能设奇用智耳。臣托陛下洪福，必擒公孙渊以献陛下。』睿曰：『卿料公孙渊作何举动？』懿曰：『渊若弃城预走，是上计也；守辽东拒大军，是中计也；坐守襄平，是为下计，——必被臣所擒矣。』睿曰：『此去往复几时？』懿曰：『四千里之地，往百日，攻百日，还百日，休息六十日，大约一年足矣。』睿曰：『倘吴、蜀入寇，如之奈何？』懿曰：『臣已定下守御之策，陛下勿忧。』睿大喜，即命司马懿兴师征讨公孙渊。懿辞朝出城，令胡遵为先锋，引前部兵先到辽东下寨。哨马飞报公孙渊。渊令卑衍、杨祚分八万兵屯于辽隧，围堑二十余里，环绕鹿角，甚是严密。胡遵令人报知司马懿。懿笑曰：『贼不与我战，欲老我兵耳。我料贼众大半在此，其巢穴空虚，不若弃却此处，径奔襄平；贼必往救，却于中途击之，必获全功。』于是勒兵从小路向襄平进发。

却说卑衍与杨祚商议曰：『若魏兵来攻，休与交战。彼千里而来，粮草不继，难以持久，粮尽必退；待他退时，然后出奇兵击之，司马懿可擒也。昔司马懿与蜀兵相拒，坚守渭南，孔明竟卒于军中：今日正与此理相同。』二人正商议间，忽报：『魏兵往南去了。』卑衍大惊曰：『彼知吾襄平军少，去袭老营也。若襄平有失，我等守此处无益矣。』遂拔寨随后而起。早有探马飞报司马懿。懿笑曰：『中吾计矣！』乃令夏侯霸、夏侯威，各引一军伏于辽水之滨：『如辽兵到，两下齐出。』二人受计而往。早望见卑衍、杨祚引兵前来。一声炮响，两边鼓噪摇旗：左有夏侯霸，右有夏侯威，一齐杀出。卑、杨二人，无心恋战，夺路而走；奔至首山，正逢公孙渊兵到，合兵一处，回马再与魏兵交战。卑衍出马骂曰：『贼将休使诡计！汝敢出战否？』夏侯霸纵马挥刀来迎。战不数合，被夏侯霸一刀斩卑衍于马下，辽兵大乱。霸驱兵掩杀，公孙渊引败兵奔入襄平城去，闭门坚守不出。魏兵四面围合。

时值秋雨连绵，一月不止，平地水深三尺，运粮船自辽河口直至襄平城下。魏兵皆在水中，行坐不安。左都督裴景入帐告曰：『雨水不住，营中泥泞，军不可停，请移于前面山上。』懿怒曰：『捉公孙渊只在旦夕，安可移营？如有再言移营者斩！』裴景喏喏而退。少顷，右都督仇连又来告曰：『军士苦水，乞太尉移营高处。』懿大怒曰：『吾军令已发，汝何敢故违！』即命推出斩之，悬首于辕门外。于是军心震慑。

懿令南寨人马暂退二十里，纵城内军民出城樵采柴薪，牧放牛马。司马陈群问曰：『前太尉攻上庸之时，

兵分八路，八日赶至城下，遂生擒孟达而成大功；今带甲四万，数千里而来，不令攻打城池，却使久居泥泞之中，又纵贼众樵牧。某实不知太尉是何主意？』懿笑曰：『公不知兵法耶？昔孟达粮多兵少，我粮少兵多，故不可不速战；出其不意，突然攻之，方可取胜。今辽兵多，我兵少，贼饥我饱，何必力攻？正当任彼自走，然后乘机击之。我今放开一条路，不绝彼之樵牧，是容彼自走也。』

陈群拜服。

于是司马懿遣人赴洛阳催粮。魏主曹睿设朝，群臣皆奏曰：『近日秋雨连绵，一月不止，人马疲劳，可召回司马懿，权且罢兵。』睿曰：『司马太尉善能用兵，临危制变，多有良谋，捉公孙渊计日而待。卿等何必忧也？』遂不听群臣之谏，使人运粮解至司马懿军前。懿在寨中，又过数日，雨止天晴。是夜，懿出帐外，仰观天文，忽见一星，其大如斗，流光数丈，自首山东北，坠于襄平东南。各营将士，无不惊骇。懿见之大喜，乃谓众将曰：『五日之后，星落处必斩公孙渊矣。来日可并力攻城。』

众将得令，次日侵晨，引兵四面围合，筑土山，掘地道，立炮架，装云梯，日夜攻打不息，箭如急雨，射入城去。公孙渊在城中粮尽，皆宰牛马为食。人人怨恨，各无守心，欲斩渊首，献城归降。渊闻之，甚是惊忧，慌令相国王建、御史大夫柳甫，往魏寨请降。二人自城上系下，来告司马懿曰：『请太尉退二十里，我君臣自来投降。』懿大怒曰：『公孙渊何不自来？殊为无理！』叱武士推出斩之，将首级付与从人。从人回报，公孙渊大惊，又遣侍中卫演来到魏营。司马懿升帐，聚众将立于两边。演膝行而进，跪于帐下，告曰：『愿太尉息雷霆之怒。克日先送世子公孙修为质当，然后君臣自缚来降。』懿曰：『军事大要有五：能战当战，不能战当守，不能守当走，不能走当降，不能降当死耳！何必送子为质当？』叱卫演回报公孙渊。演抱头鼠窜而去，归告公孙渊。渊大惊，乃与子公孙修密议停当，选下一千人马，当夜二更时分，开了南门，往东南而走。渊见无人，心中暗喜。行不到十里，忽听得山上一声炮响，鼓角齐鸣：一枝兵拦住，

中央乃司马懿也；左有司马师，右有司马昭，二人大叫曰：『反贼休走！』渊大惊，急拨马寻路欲走。早有胡遵兵到；左有夏侯霸、夏侯威，右有张虎、乐綝：四面围得铁桶相似。公孙渊父子，只得下马纳降。懿在马上顾诸将曰：『吾前夜丙寅日，见大星落于此处，今夜壬申日应矣。』众将称贺曰：『太尉真神机也！』懿传令斩之。公孙渊父子对面受戮。司马懿遂勒兵来取襄平。未及到城下时，胡遵早引兵入城。城中人民焚香拜迎，魏兵尽皆入城。懿坐于衙上，将公孙渊宗族，并同谋官僚人等，俱杀之，计首级七十余颗。出榜安民。人告懿曰：『贾范、伦直苦谏渊不可反叛，俱被渊所杀。』懿遂封其墓而荣其子孙。就将库内财物，赏劳三军，班师回洛阳。

却说魏主在宫中，夜至三更，忽然一阵阴风，吹灭灯光，只见毛皇后引数十个宫人哭至座前索命。睿因此得病。病渐沉重，命侍中光禄大夫刘放、孙资，掌枢密院一切事务；又召文帝子燕王曹宇为大将军，佐太子曹芳摄政。宇为人恭俭温和，未肯当此大任，坚辞不受。睿召刘放、孙资问曰：『宗族之内，何人可任？』二人久得曹真之惠，乃保奏曰：『惟曹子丹之子曹爽可也。』睿从之。二人又奏曰：『欲用曹爽，当遣燕王归国。』睿然其言。二人遂请睿降诏，赍出谕燕王曰：『有天子手诏，命燕王归国，限即日就行；若无诏不许入朝。』燕王涕泣而去。遂封曹爽为大将军，总摄朝政。睿病渐危，急令使持节诏司马懿还朝。懿受命，径到许昌，入见魏主。睿曰：『朕惟恐不得见卿；今日得见，死无恨矣。』懿顿首奏曰：『臣在途中，闻陛下圣体不安，恨不肋生两翼，飞至阙下。今日得睹龙颜，臣之幸也。』睿宣太子曹芳，大将军

曹爽，侍中刘放、孙资等，皆至御榻之前。睿执司马懿之手曰：『昔刘玄德在白帝城病危，以幼子刘禅托孤于诸葛孔明，孔明因此竭尽忠诚，至死方休：偏邦尚然如此，何况大国乎？朕幼子曹芳，年才八岁，不堪掌理社稷。幸太尉及宗兄元勋旧臣，竭力相辅，无负朕心！』又唤芳曰：『仲达与朕一体，尔宜敬礼之。』遂命懿携芳近前。芳抱懿颈不放。睿曰：『太尉勿忘幼子今日相恋之情！』言讫，潸然泪下。懿顿首流涕。魏主昏沉，口不能言，只以手指太子，须臾而卒，在位十三年，寿三十六岁，时魏景初三年春正月下旬也。

当下司马懿、曹爽，扶太子曹芳即皇帝位。芳字兰卿，乃睿乞养之子，秘在宫中，人莫知其所由来。于是曹芳谥睿为明帝，葬于高平陵；尊郭皇后为皇太后；改元正始元年。司马懿与曹爽辅政。爽事懿甚谨，一应大事，必先启知。爽字昭伯，自幼出入宫中；明帝见爽谨慎，甚是爱敬。爽门下有客五百人，内有五人以浮华相尚：一是何晏，字平叔；一是邓飏(yáng)，字玄茂，乃邓禹之后；一是李胜，字公昭；一是丁谧，字彦靖；一是毕轨，字昭先。又有大司农桓范字元则，颇有智谋，人多称为『智囊』。此数人皆爽所信任。何晏告爽曰：『主公大权，不可委托他人，恐生后患。』爽曰：『司马公与我同受先帝托孤之命，安忍背之？』晏曰：『昔日先公与仲达破蜀兵之时，累受此人之气，因而致死。主公如何不察也？』爽猛然省悟，遂与多官计议停当，入奏魏主曹芳曰：『司马懿功高德重，可加为太傅。』芳从之，自是兵权皆归于爽。爽命弟曹羲为中领军，曹训为武卫将军，曹彦为散骑常侍，各引三千御林军，任其出入禁宫。又用何晏、邓飏、丁谧为尚书，毕轨为司隶校尉，李胜为河南尹：此五人日夜与爽议事。于是曹爽门下宾客日盛。司马懿推病不出，二子亦皆退职闲居。爽每日与何晏等饮酒作乐：凡用衣服器皿，与朝廷无异；各处进贡玩好珍奇之物，先取上等者入己，然后进宫；佳人美女，充满府院。黄门张当，谄事曹爽，私选先帝侍妾七八人，送入府中；爽又选善歌舞良家子女三四十人，为家乐。又建重楼画阁，造金银器皿，用巧匠数百人，昼夜工作。

却说何晏闻平原管辂明数术，请与论《易》。时邓飏在座，问辂曰：『君自谓善《易》，而语不及《易》中词义，何也？』辂曰：『夫善《易》者，不言《易》也。』晏笑而赞之曰：『可谓要言不烦。』因谓辂曰：『试为我卜一卦：可至三公否？』又问：『连梦青蝇数十，来集鼻上，此是何兆？』辂曰：『元、恺辅舜，周公佐周，皆以和惠谦恭，享有多福。今君侯位尊势重，而怀德者鲜，畏威者众，殆非小心求福之道。且鼻者，山也；山高而不危，所以长守贵也。今青蝇臭恶而集焉。位峻者颠，可不惧乎？愿君裒(póu)多益寡，非礼勿履：然后三公可至，青蝇可驱也。』邓飏怒曰：『此老生之常谈耳！』辂曰：『老生者见不生，常

谈者见不谈。」遂拂袖而去。二人大笑曰：『真狂士也！』辂到家，与舅言之。舅大惊曰：『何、邓二人，威权甚重，汝奈何犯之？』辂曰：『吾与死人语，何所畏耶！』舅问其故。辂曰：『邓飏行步，筋不束骨，脉不制肉，起立倾倚，若无手足：此为「鬼躁」之相。何晏视候，魂不守宅，血不华色，精爽烟浮，容若槁木：此为「鬼幽」之相。二人早晚必有杀身之祸，何足畏也！』其舅大骂辂为狂子而去。

却说曹爽尝与何晏、邓飏等畋猎。其弟曹羲谏曰：『兄威权太甚，而好出外游猎，倘为人所算，悔之无及。』爽叱曰：『兵权在吾手中，何惧之有！』司农桓范亦谏，不听。时魏主曹芳，改正始十年为嘉平元年。曹爽一向专权，不知仲达虚实，适魏主除李胜为荆州刺史，即令李胜往辞仲达，就探消息。胜径到太傅府中，早有门吏报入。司马懿谓二子曰：『此乃曹爽使来探吾病之虚实也。』乃去冠散发，上床拥被而坐，又令二婢扶策，方请李胜入府。胜至床前拜曰：『一向不见太傅，谁想如此病重。今天子命某为荆州刺史，特来拜辞。』懿佯答曰：『并州近朔方，好为之备。』胜曰：『除荆州刺史，非「并州」也。』懿笑曰：『你方从并州来？』胜曰：『汉上荆州耳。』懿大笑曰：『你从荆州来也！』胜曰：『太傅如何病得这等了？』左右曰：『太傅耳聋。』胜曰：『乞纸笔一用。』左右取纸笔与胜。胜写毕，呈上。懿看之，笑曰：『吾病的耳聋了。此去保重。』言讫，以手指口。侍婢进汤，懿将口就之，汤流满襟，乃作哽噎之声曰：『吾今衰老病笃，死在旦夕矣。二子不肖，望君教之。君若见大将军，千万看觑二子！』言讫，倒在床上，声嘶气喘。李胜拜辞仲达，回见曹爽，细言其事。爽大喜曰：『此老若死，吾无忧矣！』

司马懿见李胜去了，遂起身谓二子曰：『李胜此去，回报消息，曹爽必不忌我矣。只待他出城畋猎之时，方可图之。』不一日，曹爽请魏主曹芳去谒高平陵，祭祀先帝。大小官僚，皆随驾出城。爽引三弟，并心腹人何晏等，及御林军护驾正行，司农桓范叩马谏曰：『主公总典禁兵，不宜兄弟皆出。倘城中有变，如之奈何？』爽以鞭指而叱之曰：『谁敢为变！再勿乱言！』当日，司马懿见爽出城，心中大喜，即起旧日手下破敌之人，并家将数十，引二子上马，径来谋杀曹爽。正是：闭户忽然有起色，驱兵自此逞雄风。

未知曹爽性命如何，且看下文分解。

第一百零七回　魏主政归司马氏　姜维兵败牛头山

却说司马懿闻曹爽同弟曹羲、曹训、曹彦并心腹何晏、邓飏、丁谧、毕轨、李胜等及御林军，随魏主曹芳，出城谒明帝墓，就去畋猎。懿大喜，即到省中，令司徒高柔，假以节钺行大将军事，先据曹爽营；又令太仆王观行中领军事，据曹羲营。懿引旧官入后宫奏郭太后，言爽背先帝托孤之恩，奸邪乱国，其罪当废。郭太后大惊曰：『天子在外，如之奈何？』懿曰：『臣有奏天子之表，诛奸臣之计。太后勿忧。』太后惧怕，只得从之。懿急令太尉蒋济、尚书令司马孚，一同写表，遣黄门赍出城外，径至帝前申奏。懿自引大军据武库。早有人报知曹爽家。其妻刘氏急出厅前，唤守府官问曰：『今主公在外，仲达起兵何意？』守门将潘举曰：『夫人勿惊，我去问来。』乃引弓弩手数十人，登门楼望之。正见司马懿引兵过府前，举令人乱箭射下，懿不得过。偏将孙谦在后止之曰：『太傅为国家大事，休得放箭。』连止三次，举方不射。司马昭护父司马懿而过，引兵出城屯于洛河，守住浮桥。

且说曹爽手下司马鲁芝，见城中事变，来与参军辛敞商议曰：『今仲达如此变乱，将如之何？』敞曰：『可引本部兵出城去见天子。』芝然其言。敞急入后堂。其姊辛宪英见之，问曰：『汝有何事，慌速如此？』敞告曰：『天子在外，太傅闭了城门，必将谋逆。』宪英曰：『司马公未必谋逆，特欲杀曹将军耳。』敞惊曰：『此事未知如何？』宪英曰：『曹将军非司马公之对手，必然败矣。』敞曰：『今鲁司马教我同去，未知可去否？』宪英曰：『职守，人之大义也。凡人在难，犹或恤之；执鞭而弃其事，不祥莫大焉。』敞从其言，乃与鲁芝引数十骑，斩关夺门而出。人报知司马懿。懿恐桓范亦走，急令人召之。范与其子商议。其子曰：『车驾在外，不如南出。』范从其言，乃上马至平昌门，城门已闭，把门将乃桓范旧吏司蕃也。范袖中取出一竹版曰：『太后有诏，可即开门。』司蕃曰：『请诏验之。』

范叱曰：『汝是吾故吏，何敢如此！』蕃只得开门放出。范出的城外，唤司蕃曰：『太傅造反，汝可速随我去。』蕃大惊，追之不及。人报知司马懿。懿大惊曰：『「智囊」泄矣！如之奈何？』蒋济曰：『驽马恋栈豆，必不能用也。』懿乃召许允、陈泰，曰：『汝去见曹爽，说太傅别无他事，只是削汝兄弟兵权而已。』许、陈二人去了。又召殿中校尉尹大目至；令蒋济作书，与目持去见爽。懿分付曰：『汝与爽厚，可领此任。汝见爽，说吾与蒋济指洛水为誓，只因兵权之事，别无他意。』尹大目依令而去。

却说曹爽正飞鹰走犬之际，忽报城内有变，太傅有表。爽大惊，几乎落马。黄门官捧表跪于天子之前。爽接表拆封，令近臣读之。表略曰：

征西大都督、太傅臣司马懿，诚惶诚恐，顿首谨表：臣昔从辽东还，先帝诏陛下与秦王及臣等，升御床，把臣臂，深以后事为念。今大将军曹爽，背弃顾命，败乱国典；内则僭拟，外专威权；以黄门张当为都监，专共交关；看察至尊，候伺神器；离间二宫，伤害骨肉；天下汹汹，人怀危惧：此非先帝诏陛下及嘱臣之本意也。

臣虽朽迈，敢忘往言？太尉臣济、尚书令臣孚等，皆以爽为有无君之心，兄弟不宜典兵宿卫，奏永宁宫，皇太后令，敕臣如奏施行。臣辄敕主者及黄门令，罢爽、羲、训吏兵，以侯就第，不得逗留，以稽车驾；敢有稽留，便以军法从事。臣辄力疾将兵，屯于洛水浮桥，伺察非常。谨此上闻，伏于圣听。

魏主曹芳听毕，乃唤曹爽曰：『太傅之言若此，卿如何裁处？』爽手足失措，回顾二弟曰：『为之奈何？』羲曰：『劣弟亦曾谏兄，兄执迷不听，致有今日。司马懿谲诈无比，孔明尚不能胜，况我兄弟乎？不如自缚见之，以免一死。』言未毕，参军辛敞、司马鲁芝到。爽问之。二人告曰：『城中把得铁桶相似，太傅引兵屯于洛水浮桥，势将不可复归。宜早定大计。』正言间，司农桓范骤

马而至，谓爽曰：『太傅已变，将军何不请天子幸许都，调外兵以讨司马懿耶？』爽曰：『吾等全家皆在城中，岂可投他处求援？』范曰：『匹夫临难，尚欲望活！今主公身随天子，号令天下，谁敢不应？岂可自投死地乎？』爽闻言不决，惟流涕而已。范又曰：『此去许都，不过中宿。城中粮草，足支数载。今主公别营兵马，近在阙南，呼之即至。大司马之印，某将在此。主公可急行，迟则休矣！』爽曰：『多官勿太催逼，待吾细细思之。』少顷，侍中许允、尚书陈泰至。二人告曰：『太傅只为将军权重，不过要削去兵权，别无他意。将军可早归城中。』爽默然不语。又只见殿中校尉尹大目到。目曰：『太傅指洛水为誓，并无他意。有蒋太尉书在此。将军可削去兵权，早归相府。』爽信为良言。桓范又告曰：『事急矣，休听外言而就死地！』

是夜，曹爽意不能决，乃拔剑在手，嗟叹寻思；自黄昏直流泪到晓，终是狐疑不定。桓范入帐催之曰：『主公思虑一昼夜，何尚不能决？』爽掷剑而叹曰：『我不起兵，情愿弃官，但为富家翁足矣！』范大哭，出帐曰：『曹子丹以智谋自矜！今兄弟三人，真豚犊耳！』痛哭不已。许允、陈泰令爽先纳印绶与司马懿。爽令将印送去，主簿杨综扯住印绶而哭曰：『主公今日舍兵权自缚去降，不免东市受戮也！』爽曰：『太傅必不失信于我。』于是曹爽将印绶与许、陈二人，先赍与司马懿。众军见无将印，尽皆四散。爽手下只有数骑官僚。到浮桥时，懿传令，教曹爽兄弟三人，且回私宅；余皆发监，听候敕旨。爽等入城时，并无一人侍从。桓范至浮桥边，懿在马上以鞭指之曰：『桓大夫何故如此？』范低头不语，入城而去。

于是司马懿请驾拔营入洛阳。曹爽兄弟三人回家之后，懿用大锁锁门，令居民八百人围守其宅。曹爽心中忧闷。羲谓爽曰：『今家中乏粮，兄可作书与太傅借粮。如肯以粮借我，必无相害之心。』爽乃作书令人持去。司马懿览毕，遂遣人送粮一百斛，运至曹爽府内。爽大喜曰：『司马公本无害我之心也！』遂不以为忧。原来司马懿先将黄门张当捉下狱中问罪。当曰：『非我一人，更有何晏、邓飏、李胜、毕轨、丁谧等五人，同谋篡逆。』懿取了张当供词，却捉何晏等勘问明白：皆称三月间欲反。懿用长枷钉了。城门守将司蕃告称：『桓范矫诏出城，口称太傅谋反。』懿曰：『诬人反情，抵罪反坐。』亦将桓范等皆下狱，然后押曹爽兄弟三人并一干人犯，皆斩于市曹，灭其三族；其家产财物，尽抄入库。

时有曹爽从弟文叔之妻，乃夏侯令女也：早寡而无子，其父欲改嫁之，女截耳自誓。及爽被诛，其父复将嫁之，女又断去其鼻。其家惊惶，谓之曰：『人生世间，如轻尘栖弱草，何至自苦如此？且夫家又被司马氏诛戮已尽，守此欲谁为哉？』女泣曰：『吾闻「仁者不以盛衰改节，义者不以存亡易心」。曹氏盛时，尚欲保终；况今灭亡，何忍弃之？此禽兽之行，吾岂为乎！』懿闻而贤之，听使乞子以养，为曹氏后。后人有诗曰：

弱草微尘尽达观，夏侯有女义如山。丈夫不及裙钗节，自顾须眉亦汗颜。

却说司马懿斩了曹爽，太尉蒋济曰：『尚有鲁芝、辛敞斩关夺门而出，杨综夺印不与，皆不可纵。』懿曰：『彼各为其主，乃义人也。』遂复各人旧职。辛敞叹曰：『吾若不问于姊，失大义矣！』后人有诗

赞辛宪英曰：

为臣食禄当思报，事主临危合尽忠。辛氏宪英曾劝弟，故令千载颂高风。

司马懿饶了辛敞等，仍出榜晓谕：但有曹爽门下一应人等，尽皆免死；有官者照旧复职。军民各守家业，内外安堵。何、邓二人死于非命，果应管辂之言。后人有诗赞管辂曰：

传得圣贤真妙诀，平原管辂相通神。『鬼幽』『鬼躁』分何邓，未丧先知是死人。

却说魏主曹芳封司马懿为丞相，加九锡。懿固辞不肯受。芳不准，令父子三人同领国事。懿忽然想起：『曹爽全家虽诛，尚有夏侯玄守备雍州等处，系爽亲族，倘骤然作乱，如何提备？必当处置。』即下诏遣使往雍州，取征西将军夏侯玄赴洛阳议事。玄叔夏侯霸听知大惊，便引本部三千兵造反。有镇守雍州刺史郭淮，听知夏侯霸反，即率本部兵来，与夏侯霸交战。淮出马大骂曰：『汝既是大魏皇族，天子又不曾亏汝，何故背反？』霸亦骂曰：『吾祖父于国家多建勤劳，今司马懿何等匹夫，灭吾兄曹爽宗族，又来取我，早晚必思篡位。吾仗义讨贼，何反之有？』淮大怒，挺枪骤马，直取夏侯霸。霸挥刀纵马来迎。战不十合，淮败走，霸随后赶来。忽听的后军呐喊，霸急回马时，陈泰引兵杀来。郭淮复回，两路夹攻。霸大败而走，折兵大半；寻思无计，遂投汉中来降后主。

有人报与姜维，维心不信，令人体访得实，方教入城。霸拜见毕，哭告前事。维曰：『昔微子去周，成万古之名：公能匡扶汉室，无愧古人也。』遂设宴相待。维就席问曰：『今司马懿父子掌握重权，有窥

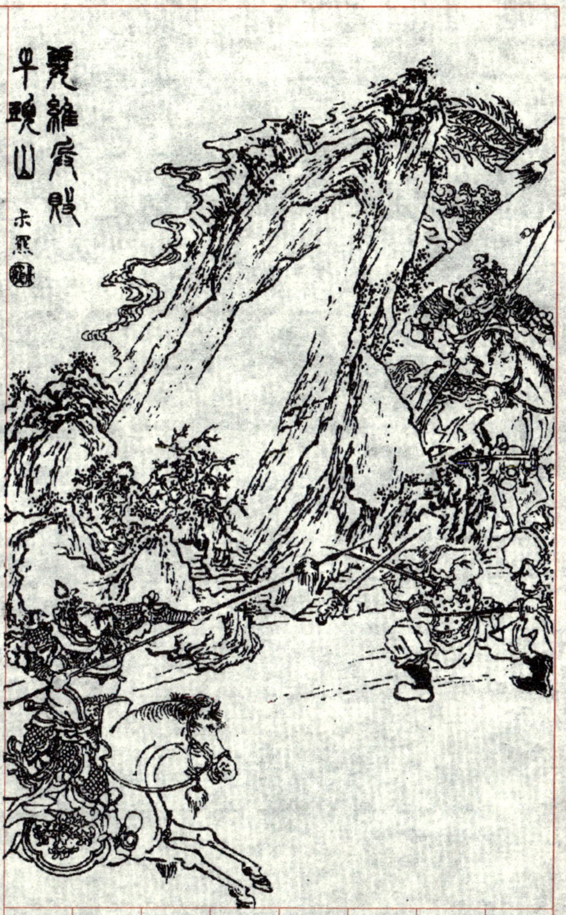

我国之志否？」霸曰：「老贼方图谋逆，未暇及外。但魏国新有二人，正在妙龄之际，若使领兵马，实吴、蜀之大患也。」维问：「二人是谁？」霸告曰：「一人现为秘书郎，乃颍川长社人，姓钟，名会，字士季，太傅钟繇之子，幼有胆智。繇尝率二子见文帝，——会时年七岁，其兄毓年八岁——毓见帝惶惧，汗流满面。帝问毓曰：「卿何以汗？」毓对曰：「战战惶惶，汗出如浆。」帝问会曰：「卿何以不汗？」会对曰：「战战栗栗，汗不敢出。」帝独奇之。及稍长，喜读兵书，深明韬略；司马懿与蒋济皆奇其才。一人现为掾吏，乃义阳人也，姓邓，名艾，字士载，幼年失父，素有大志，但见高山大泽，辄窥度指画，何处可以屯兵，何处可以积粮，何处可以埋伏。人皆笑之，独司马懿奇其才，遂令参赞军机。艾为人口吃，每奏事必称「艾……艾……」。懿戏谓曰：「卿称艾艾，当有几艾？」艾应声曰：「凤兮凤兮，故是一凤。」其资性敏捷，大抵如此。此二人深可畏也。」维笑曰：「量此孺子，何足道哉！」

于是姜维引夏侯霸至成都，入见后主。维奏曰：「司马懿谋杀曹爽，又来赚夏侯霸，霸因此投降。目今司马懿父子专权，曹芳懦弱，魏国将危。臣在汉中有年，兵精粮足，臣愿领王师，即以霸为向导官，克服中原，重兴汉室：以报陛下之恩，以终丞相之志。」尚书令费祎谏曰：「近者，蒋琬、董允皆相继而亡，内治无人。伯约只宜待时，不宜轻动。」维曰：「不然。人生如白驹过隙，似此迁延岁月，何日恢复中原乎？」祎又曰：「孙子云：『知彼知己，百战百胜。』我等皆不如丞相远甚，丞相尚不能恢复中原，何况我等？」维曰：「吾久居陇上，深知羌人之心；今若结羌人为援，虽未能克复中原，自陇而西，可断而有也。」后主曰：「卿既欲伐魏，可尽忠竭力，勿堕锐气，以负朕命。」于是姜维领敕辞朝，同夏侯霸径到汉中，计议起兵。维曰：「可先遣使去羌人处通盟，然后出西平，近雍州。先筑二城于麴山之下，令兵守之，以为掎角之势。我等尽发粮草于川口，依丞相旧制，次第进兵。」是年秋八月，先差蜀将句安、李歆同引一万五千兵，往麴山前连筑二城：句安守东城，李歆守西城。

早有细作报与雍州刺史郭淮。淮一面申报洛阳，一面遣副将陈泰引兵五万，来与蜀兵交战。句安、李歆各引一军出迎；因兵少不能抵敌，退入城中。泰令兵四面围住攻打，又以兵断其汉中粮道。句安、李歆城中粮缺。郭淮自引兵亦到，看了地势，忻然而喜，回到寨中，乃与陈泰计议曰：「此城山势高阜，必然水少，须出城取水；若断其上流，蜀兵皆渴死矣。」遂令军士掘土堰断上流。城中果然无水。李歆引兵出城取水，雍州兵围困甚急。歆死战不能出，只得退入城去。句安城中亦无水，乃会了李歆，引兵出城，并在一处；大战良久，又败入城去。军士枯渴。安与歆曰：「姜都督之兵，至今未到，不知何故。」歆曰：「我当舍命杀出求救。」遂引数十骑，开了城门，杀将出来。雍州兵四面围合，歆奋死冲突，方才得脱；只落

得独自一人，身带重伤，余皆没于乱军之中。是夜北风大起，阴云布合，天降大雪，因此城内蜀兵分粮化雪而食。

却说李歆撞出重围，从西山小路行了两日，正迎着姜维人马。歆下马伏地告曰：『麴山二城，皆被魏兵围困，绝了水道。幸得天降大雪，因此化雪度日。甚是危急。』维曰：『吾非来迟，为聚羌兵未到，因此误了。』遂令人送李歆入川养病。维问夏侯霸曰：『羌兵未到，魏兵围困麴山甚急，将军有何高见？』霸曰：『若等羌兵到，麴山二城皆陷矣。吾料雍州兵，必尽来麴山攻打，雍州城定然空虚。将军可引兵径往牛头山，抄在雍州之后：郭淮、陈泰必回救雍州，则麴山之围自解矣。』维大喜曰：『此计最善！』于是姜维引兵望牛头山而去。

却说陈泰见李歆杀出城去了，乃谓郭淮曰：『李歆若告急于姜维，姜维料吾大兵皆在麴山，必抄牛头山袭吾之后。将军可引一军去取洮水，断绝蜀兵粮道；吾分兵一半，径往牛头山击之。彼若知粮道已绝，必然自走矣。』郭淮从之，遂引一军暗取洮水。陈泰引一军径往牛头山来。

却说姜维兵至牛头山，忽听的前军发喊，报说魏兵截住去路。维慌忙自到军前视之。陈泰大喝曰：『汝欲袭吾雍州！吾已等候多时了！』维大怒，挺枪纵马，直取陈泰。泰挥刀而迎。战不三合，泰败走，维挥兵掩杀。雍州兵退回，占住山头。维收兵就牛头山下寨。维每日令兵搦战，不分胜负。夏侯霸谓姜维曰：『此处不是久停之所。连日交战，不分胜负，乃诱兵之计耳，必有异谋。不如暂退，再作良图。』正言间，忽报郭淮引一军取洮水，断了粮道。维大惊，急令夏侯霸先退，维自断后。陈泰分兵五路赶来。维独拒五路总口，战住魏兵。泰勒兵上山，矢石如雨。维急退到洮水之时，郭淮引兵杀来。维引兵往来冲突。魏兵阻其去路，密如铁桶。维奋死杀出，折兵大半，飞奔上阳平关来。前面又一军杀到；为首一员大将，纵马横刀而出。那人生得圆面大耳，方口厚唇，左目下生个黑瘤，瘤上生数十根黑毛，乃司马懿长子骠骑将军司马师也。维大怒曰：『孺子焉敢阻吾归路！』拍马挺枪，直来刺师。师挥刀相迎。只三合，杀败了司马师，维脱身径奔阳平关来。城上人开门放入姜维。司马师也来抢关，两边伏弩齐发，一弩发十矢，乃武侯临终时所遗『连弩』之法也。正是：难支此日三军败，独赖当年十矢传。未知司马师性命如何，且看下文分解。

第一百零八回　丁奉雪中奋短兵　孙峻席间施密计

却说姜维正走，遇着司马师引兵拦截。原来姜维取雍州之时，郭淮飞报入朝，魏主与司马懿商议停当，懿遣长子司马师引兵五万，前来雍州助战；师听知郭淮敌退蜀兵，师料蜀兵势弱，就来半路击之。直赶到阳平关，却被姜维用武侯所传连弩法，于两边暗伏连弩百余张，一弩发十矢，皆是药箭，两边弩箭齐发，前军连人带马射死不知其数。司马师于乱军之中，逃命而回。

却说麴山城中蜀将句安，见援兵不至，乃开门降魏。姜维折兵数万，领败兵回汉中屯扎。司马师自还洛阳。至嘉平三年秋八月，司马懿染病，渐渐沉重，乃唤二子至榻前嘱曰：『吾事魏历年，官授太傅，人臣之位极矣；人皆疑吾有异志，吾尝怀恐惧。吾死之后，汝二人善理国政，慎之！慎之！』言讫而亡。长子司马师，次子司马昭，二人申奏魏主曹芳。芳厚加祭葬，优锡赠谥；封师为大将军，总领尚书机密大事，昭为骠骑上将军。

却说吴主孙权，先有太子孙登，乃徐夫人所生，于吴赤乌四年身亡，遂立次子孙和为太子，乃琅琊王夫人所生。和因与全公主不睦，被公主所谮，权废之，和忧恨而死，又立三子孙亮为太子，乃潘夫人所生。此时陆逊、诸葛瑾皆亡，一应大小事务，皆归于诸葛恪。太元元年秋八月初一日，忽起大风，江海涌涛，平地水深八尺。吴主先陵所种松柏，尽皆拔起，直飞到建业城南门外，倒卓于道上。权因此受惊成病。至次年四月内，病势沉重，乃召太傅诸葛恪、大司马吕岱至榻前，嘱以后事。嘱讫而薨。在位二十四年，寿七十一岁，乃蜀汉延熙十五年也。后人有诗曰：

紫髯碧眼号英雄，能使臣僚肯尽忠。二十四年兴大业，龙盘虎踞在江东。

孙权既亡，诸葛恪立孙亮为帝，大赦天下，改元建兴元年；谥权曰大皇帝，葬于蒋陵。早有细作探知其事，报入洛阳。司马师闻孙权已死，遂议起兵伐吴。尚书傅嘏(gǔ)曰：『吴有长江之险，先帝屡次征伐，皆不遂意；不如各守边疆，乃为上策。』师曰：『天道三十年一变，岂得常为鼎峙乎？吾欲伐吴。』昭曰：『今孙权新亡，孙亮幼懦，其隙正可乘也。』遂令征南大将军王昶引兵十万攻南郡，征东将军胡遵引兵十万攻东兴，镇南都督毋丘俭引兵十万攻武昌：三路进发。又遣弟司马昭为大都督，总领三路军马。是年冬十二月，司马昭兵至东吴边界，屯住人马，唤王昶、胡遵、毋丘俭到帐中计议曰：『东吴最紧要处，惟东兴郡也。今他筑起大堤，左右又筑两城，以防巢湖后面攻击，诸公须要仔细。』遂令王昶、毋丘俭各引一万兵，列在左右：『且勿进发；待取了东兴郡，那时一齐进兵。』昶、俭二人受令而去。昭又令胡遵为先锋，总领三路兵前去：『先搭浮桥，取东兴大堤；若夺得左右二城，便是大功。』遵领兵来搭浮桥。

却说吴太傅诸葛恪，听知魏兵三路而来，聚众商议。平北将军丁奉曰：『东兴乃东吴紧要处所，若有失，则南郡、武昌危矣。』恪曰：『此论正合吾意。公可就引三千水兵从江中去，吾随后令吕据、唐咨、留赞各引一万马步兵，分三路来接应。但听连珠炮响，一齐进兵。——吾自引大兵后至。』丁奉得令，即

引三千水兵，分作三十只船，望东兴而来。

却说胡遵渡过浮桥，屯军于堤上，差桓嘉、韩综攻打二城。左城中乃吴将全端守把，右城中乃吴将留略守把。此二城高峻坚固，急切攻打不下。全、留二人见魏兵势大，不敢出战，死守城池。胡遵在徐塘下寨。时值严寒，天降大雪，胡遵与众将设席高会。忽报水上有三十只战船来到。遵出寨视之，见船将次傍岸，每船上约有百人。遂还帐中，谓诸将曰：『不过三千人耳，何足惧哉！』只令部将哨探，仍前饮酒。丁奉将船一字儿抛在水上，乃谓部将曰：『大丈夫立功名，取富贵，正在今日！』遂令众军脱去衣甲，卸了头盔，不用长枪大戟，止带短刀。魏兵见之大笑，更不准备。忽然连珠炮响了三声，丁奉扯刀当先，一跃上岸。众军皆拔短刀，随奉上岸，砍入魏寨，魏兵措手不及。韩综急拔帐前大戟迎之，早被丁奉抢入怀内，手起刀落，砍翻在地。桓嘉从左边转出，忙绰枪刺丁奉，被奉挟住枪杆。嘉弃枪而走，奉一刀飞去，正中左肩，嘉望后便倒。奉赶上，就以枪刺之。三千吴兵，在魏寨中左冲右突。胡遵急上马夺路而走。魏兵齐奔上浮桥，浮桥已断，大半落水而死；杀倒在雪地者，不知其数。车仗马匹军器，皆被吴兵所获。司马昭、王昶、毋丘俭听知东兴兵败，亦勒兵而退。

却说诸葛恪引兵至东兴，收兵赏劳了毕，乃聚诸将曰：『司马昭兵败北归，正好乘势进取中原。』遂一面遣人赍书入蜀，求姜维进兵攻其北，许以平分天下；一面起大兵二十万，来伐中原。临行时，忽见一道白气，从地而起，遮断三军，对面不见。蒋延曰：『此气乃白虹也，主丧兵之兆。太傅只可回朝，不可

伐魏。』恪大怒曰：『汝安敢出不利之言，以慢吾军心！』叱武士斩之。众皆告免，恪乃贬蒋延为庶人，仍催兵前进。丁奉曰：『魏以新城为总隘口，若先取得此城，司马师破胆矣。』恪大喜，即趱兵直至新城。守城牙门将军张特，见吴兵大至，闭门坚守。恪令兵四面围定。早有流星马报入洛阳。主簿虞松告司马师曰：『今诸葛恪困新城，且未可与战。吴兵远来，人多粮少，粮尽自走矣。待其将走，然后击之，必得全胜。但恐蜀兵犯境，不可不防。』师然其言，遂令司马昭引一军助郭淮防姜维；毋丘俭、胡遵拒住吴兵。

却说诸葛恪连月攻打新城不下，下令众将：『并力攻城，怠慢者立斩。』于是诸将奋力攻打，城东北角将陷。张特在城中定下一计：乃令一舌辩之士，赍捧册籍，赴吴寨见诸葛恪，告曰：『魏国之法：若敌人困城，守城将坚守一百日，而无救兵至，然后出城降敌者，家族不坐罪。今将军围城已九十余日；望乞再容数日，某主将尽率军民出城投降。今先具册籍呈上。』恪深信之，收了军马，遂不攻城。原来张特用缓兵之计，哄退吴兵，遂拆城中房屋，于破城处修补完备，乃登城大骂曰：『吾城中尚有半年之粮，岂肯降吴狗耶！尽战无妨！』恪大怒，催兵打城。城上乱箭射下。恪额上正中一箭，翻身落马。诸将救起还寨，金疮举发。众军皆无战心；又因天气亢炎，军士多病。恪金疮稍可，欲催兵攻城。营吏告曰：『人人皆病，安能战乎？』恪大怒曰：『再说病者斩之！』众军闻知，逃者无数。忽报都督蔡林引本部军投魏去了。恪大惊，自乘马遍视各营，果见军士面色黄肿，各带病容。遂勒兵还吴。早有细作报知毋丘俭。俭尽起大兵，随后掩杀。吴兵大败而归。恪甚羞惭，托病不朝。吴主孙亮自幸其宅问安，文武官僚皆来拜见。恪恐人议论，

先搜求众官将过失，轻则发遣边方，重则斩首示众。于是内外官僚，无不悚惧。又令心腹将张约、朱恩管御林军，以为牙爪。

却说孙峻字子远，乃孙坚弟孙静曾孙，孙恭之子也；孙权存日，甚爱之，命掌御林军马。今闻诸葛恪令张约、朱恩二人掌御林军，夺其权，心中大怒。太常卿滕胤，素与诸葛恪有隙，乃乘间说峻曰：『诸葛恪专权恣虐，杀害公卿，将有不臣之心。公系宗室，何不早图之？』峻曰：『我有是心久矣，今当即奏天子，请旨诛之。』

于是孙峻、滕胤入见吴主孙亮，密奏其事。亮曰：『朕见此人，亦甚恐怖；常欲除之，未得其便。今卿等果有忠义，可密图之。』胤曰：『陛下可设席召恪，暗伏武士于壁衣中，掷杯为号，就席间杀之，以绝后患。』亮从之。

却说诸葛恪自兵败回朝，托病居家，心神恍惚。一日，偶出中堂，忽见一人穿麻挂孝而入。恪叱问之，其人大惊无措。恪令拿下拷问，其人问曰：『某因新丧父亲，入城请僧追荐；初见是寺院而入，却不想是太傅之府。却怎生来到此处也？』恪大怒，召守门军士问之。军士告曰：『某等数十人，皆荷戈把门，未尝暂离，并不见一人入来。』恪大怒，尽数斩之。是夜，恪睡卧不安，忽听得正堂中声响如霹雳。恪自出视之，见中梁折为两段。恪惊归寝室，忽然一阵阴风起处，见所杀披麻人与守门军士数十人，各提头索命。恪惊倒在地，良久方苏。次早洗面，闻水甚血臭。恪叱侍婢，连换数十盆，皆臭无异。恪正惊疑间，忽报

天子有使至，宣太傅赴宴。恪令安排车仗。方欲出府，有黄犬衔住衣服，嘤嘤作声，如哭之状。恪怒曰：『犬戏我也！』叱左右逐去之，遂乘车出府。行不数步，见车前一道白虹，自地而起，如白练冲天而去。恪甚惊怪。心腹将张约进车前密告曰：『今日宫中设宴，未知好歹，主公不可轻入。』恪听罢，便令回车。行不到十余步，孙峻、滕胤乘马至车前曰：『太傅何故便回？』恪曰：『吾忽然腹痛，不可见天子。』胤曰：『朝廷为太傅军回，不曾面叙，故特设宴相召，兼议大事。太傅虽感贵恙，还当勉强一行。』恪从其言，遂同孙峻、滕胤入宫，——张约亦随入。恪见吴主孙亮，施礼毕，就席而坐。亮命进酒，恪心疑，辞曰：『病躯不胜杯酌。』孙峻曰：『太傅府中常服药酒，可取饮乎？』恪曰：『可也。』遂令从人回府取自制药酒到，恪方才放心饮之。酒至数巡，吴主孙亮托事先起。孙峻下殿，脱了衣服，着短衣，内披环甲，手提利刃，上殿大呼曰：『天子有诏诛逆贼！』诸葛恪大惊，掷杯于地，欲拔剑迎之，头已落地。张约见峻斩恪，挥刀来迎。峻急闪过，刀尖伤其左指。峻转身一刀，砍中张约右臂。武士一齐拥出，砍倒张约，剁为肉泥。孙峻一面令武士收恪家眷，一面令人将张约并诸葛恪尸首，用芦席包裹，以小车载出，弃于城南门外石子岗乱冢坑内。

却说诸葛恪之妻正在房中心神恍惚，动止不宁，忽一婢女入房。恪妻问曰：『汝遍身如何血臭？』其婢忽然反目切齿，飞身跳跃，头撞屋梁，口中大叫：『吾乃诸葛恪也！被奸贼孙峻谋杀！』恪合家老幼，惊惶号哭。不一时，军马至，围住府第，将恪全家老幼，俱缚至市曹斩首。时吴建兴二年冬十月也。昔诸

葛瑾存日，见恪聪明尽显于外，叹曰：『此子非保家之主也！』又魏光禄大夫张缉，曾对司马师曰：『诸葛恪不久死矣。』师问其故，缉曰：『威震其主，何能久乎？』至此果中其言。却说孙峻杀了诸葛恪，吴主孙亮封峻为丞相、大将军、富春侯，总督中外诸军事。自此权柄尽归孙峻矣。

且说姜维在成都，接得诸葛恪书，欲求相助伐魏，遂入朝，奏准后主，复起大兵，北伐中原。正是：

一度兴师未奏绩，两番讨贼欲成功。未知胜负如何，且看下文分解。

第一百零九回 困司马汉将奇谋 废曹芳魏家果报

蜀汉延熙十六年秋，将军姜维起兵二十万，令廖化、张翼为左右先锋，夏侯霸为参谋，张嶷为运粮使，大兵出阳平关伐魏。维与夏侯霸商议曰：『向取雍州，不克而还；今若再出，必又有准备。公有何高见？』霸曰：『陇上诸郡，只有南安钱粮最广；若先取之，足可为本。向者不克而还，盖因羌兵不至。今可先遣人会羌人于陇右，然后进兵出石营，从董亭直取南安。』维大喜曰：『公言甚妙！』遂遣郤正为使，赍金珠蜀锦入羌，结好羌王。羌王迷当，得了礼物，便起兵五万，令羌将俄何烧戈为大先锋，引兵南安来。

魏左将军郭淮闻报，飞奏洛阳。司马师问诸将曰：『谁敢去敌蜀兵？』辅国将军徐质曰：『某愿往。』师素知徐质英勇过人，心中大喜，即令徐质为先锋，令司马昭为大都督，领兵望陇西进发。军至董亭，正遇姜维，两军列成阵势。徐质使开山大斧，出马挑战。蜀阵中廖化出迎。战不数合，化拖刀败回。张翼纵马挺枪而迎，不数合，又败入阵。徐质驱兵掩杀，蜀兵大败，退三十余里。

困司馬漢將奇謀

司马昭亦收兵回，各自下寨。

姜维与夏侯霸商议曰：『徐质勇甚，当以何策擒之？』霸曰：『来日诈败，以埋伏之计胜之。』维曰：『司马昭乃仲达之子，岂不知兵法？若见地势掩映，必不肯追。吾见魏兵累次断吾粮道，今却用此计诱之，可斩徐质矣。』遂唤廖化分付如此如此，又唤张翼分付如此如此：二人领兵去了。一面令军士于路撒下铁蒺藜，寨外多排鹿角，示以久计。

徐质连日引兵搦战，蜀兵不出。哨马报司马昭说：『蜀兵在铁笼山后，用木牛流马搬运粮草，以为久计，只待羌兵策应。』昭唤徐质曰：『昔日所以胜蜀者，因断彼粮道也。今蜀兵在铁笼山后运粮，汝今夜引兵五千，断其粮道，蜀兵自退矣。』徐质领令，初更时分，引兵望铁笼山来，果见蜀兵二百余人，驱百余头木牛流马，装载粮草而行。魏兵一声喊起，徐质当先拦住。蜀兵尽弃粮草而走。质分兵一半，押送粮草回寨；自引兵一半追来。追不到十里，前面车仗横截去路。质令军士下马拆开车仗，只见两边忽然火起。质急勒马回走，后面山僻窄狭处，亦有车仗截路，火光迸起。质等冒烟突火，纵马而出。一声炮响，两路军杀来：左有廖化，右有张翼，大杀一阵，魏兵大败。徐质奋死只身而走，人困马乏。

正奔走间，前面一枝兵杀到，乃姜维也。质大惊无措，被维一枪刺倒坐下马，徐质跌下马来，被众军乱刀砍死。质所分一半押粮兵，亦被夏侯霸所擒，尽降其众。霸将魏兵衣甲马匹，令蜀兵穿了，就令骑坐，打着魏军旗号，从小路径奔回魏寨来。魏军见本部兵回，开门放入，蜀兵就寨中杀起。司马昭大惊，慌忙上马走时，前面廖化杀来。昭不能前进，急退时，姜维引兵从小路杀到。昭四下无路，只得勒兵上铁笼山据守。原来此山只有一条路，四下皆险峻难上；其上惟有一泉，止够百人之饮，此时昭手下有六千人，被姜维绝其路口，山上泉水不敷，人马枯渴。昭仰天长叹曰：『吾死于此地矣！』后人有诗曰：

妙算姜维不等闲，魏师受困铁笼间：庞涓始入马陵道，项羽初围九里山。

主簿王韬曰：『昔日耿恭受困，拜井而得甘泉；将军何不效之？』昭从其言，遂上山顶泉边，再拜而祝曰：『昭奉诏来退蜀兵，若昭合死，令甘泉枯竭，昭自当刎颈，教部军尽降；如寿禄未终，愿苍天早赐甘泉，以活众命！』祝毕，泉水涌出，取之不竭，因此人马不死。

却说姜维在山下困住魏兵，谓众将曰：『昔日丞相在上方谷，不曾捉住司马懿，吾深为恨；今司马昭必被吾擒矣。』

却说郭淮听知司马昭困于铁笼山上，欲提兵来。陈泰曰：『姜维会合羌兵，欲先取南安。今羌兵已到，将军若撤兵去救，羌兵必乘虚袭我后也。可先令人诈降羌人，于中取事；若退了此兵，方可救铁笼之围。』郭淮从之，遂令陈泰引五千兵，径到羌王寨内，解甲而入，泣拜曰：『郭淮妄自尊大，常有杀泰之心，故来投降。郭淮军中虚实，某俱知之。只今夜愿引一军前去劫寨，便可成功。如兵到魏寨，自有内应。』迷当大喜，遂令俄何烧戈同陈泰来劫魏寨。俄何烧戈教泰降兵在后，令泰引羌兵为前部。是夜二更，竟到魏寨，寨门大开。陈泰一骑马先入。俄何烧戈骤马挺枪入寨之时，只叫得一声苦，连人带马，跌在陷坑里。陈泰

兵从后面杀来，郭淮从左边杀来，羌兵大乱，自相践踏，死者无数，生者尽降。俄何烧戈自刎而死。郭淮、陈泰引兵直杀到羌人寨中，迷当大王急出帐上马时，被魏兵生擒活捉，来见郭淮。淮慌下马，亲去其缚，用好言抚慰曰：『朝廷素以公为忠义，今何故助蜀人也？』迷当惭愧伏罪。淮乃说迷当曰：『公今为前部，去解铁笼山之围，退了蜀兵，吾奏准天子，自有厚赐。』

迷当从之，遂引羌兵在前，魏兵在后，径奔铁笼山。时值三更，先令人报知姜维。维大喜，教请入相见。魏兵多半杂在羌人部内；行到蜀寨前，维令大兵皆在寨外屯扎，迷当引百余人到中军帐前。姜维、夏侯霸二人出迎。魏将不等迷当开言，就从背后杀将起来。维大惊，急上马而走。羌、魏之兵，一齐杀入。蜀兵四分五落，各自逃生。维手无器械，腰间止有一副弓箭，走得慌忙，箭皆落了，只有空壶。维望山中而走，背后郭淮引兵赶来；见维手无寸铁，乃骤马挺枪追之。看看至近，维虚拽弓弦，连响十余次。淮连躲数番，不见箭到，知维无箭，乃挂住钢枪，拈弓搭箭射之。维急闪过，顺手接了，就扣在弓弦上；待淮追近，望面门上尽力射去，淮应弦落马。维勒回马来杀郭淮，魏军骤至。维下手不及，只掣得淮枪而去。魏兵不敢追赶，急救淮归寨，拔出箭头，血流不止而死。司马昭下山引兵追赶，半途而回。夏侯霸随后逃至，与姜维一齐奔走。维折了许多人马，一路收扎不住，自回汉中。虽然兵败，却射死郭淮，杀死徐质，挫动魏国之威，将功补罪。

却说司马昭犒劳羌兵，发遣回国去讫，班师还洛阳，与兄司马师专制朝权，群臣莫敢不服。魏主曹芳

每见师入朝，战栗不已，如针刺背。一日，芳设朝，见师带剑上殿，慌忙下榻迎之。师笑曰：『岂有君迎臣之礼也，请陛下稳便。』须臾，群臣奏事，司马师俱自剖断，并不启奏魏主。少时朝退，师昂然下殿，乘车出内，前遮后拥，不下数千人马。芳退入后殿，顾左右止有三人：乃太常夏侯玄，中书令李丰，光禄大夫张缉——缉乃张皇后之父，曹芳之皇丈也。芳叱退近侍，同三人至密室商议。芳执张缉之手而哭曰：『司马师视朕如小儿，觑百官如草芥，社稷早晚必归此人矣！』言讫大哭。李丰奏曰：『陛下勿忧。臣虽不才，愿以陛下之明诏，聚四方之英杰，以剿此贼。』夏侯玄奏曰：『臣叔夏侯霸降蜀，因惧司马兄弟谋害故耳；今若剿除此贼，臣叔必回也。臣乃国家旧戚，安敢坐视奸贼乱国，愿同奉诏讨之。』芳曰：『但恐不能耳。』三人哭奏曰：『臣等誓当同心灭贼，以报陛下！』芳脱下龙凤汗衫，咬破指尖，写了血诏，授与张缉，乃嘱曰：『朕祖武皇帝诛董承，盖为机事不密也。卿等须谨细，勿泄于外。』丰曰：『陛下何出此不利之言？臣等非董承之辈，司马师安比武祖也？陛下勿疑。』三人辞出，至东华门左侧，正见司马师带剑而来，从者数百人，皆持兵器。三人立于道傍。师问曰：『汝三人退朝何迟？』李丰曰：『圣上在内廷观书，我三人侍读故耳。』师曰：『所看何书？』丰曰：『乃夏、商、周三代之书也。』师曰：『上见此书，问何故事？』丰曰：『天子所问伊尹扶商、周公摄政之事，我等皆奏曰：「今司马大将军，即伊尹、周公也。」』师冷笑曰：『汝等岂将吾比伊尹、周公！其心实指吾为王莽、董卓！』三人皆曰：『我等皆将军门下之人，安敢如此？』师大怒曰：『汝等乃口谀之人！适间与天子在密室中所哭何事？』三人曰：『实无此状。』

师吒曰：『汝三人泪眼尚红，如何抵赖！』夏侯玄知事已泄，乃厉声大骂曰：『吾等所哭者，为汝威震其主，将谋篡逆耳！』师大怒，叱武士捉夏侯玄。玄揎拳裸袖，径击司马师，却被武士擒住。师令将各人搜捡，于张缉身畔搜出一龙凤汗衫，上有血字。左右呈与司马师。师视之，乃密诏也。诏曰：

司马师弟兄，共持大权，将图篡逆。所以诏制，皆非朕意。各部官兵将士，可同仗忠义，讨灭贼臣，匡扶社稷。功成之日，重加爵赏。

司马师看毕，勃然大怒曰：『原来汝等正欲谋害吾兄弟！情理难容！』遂令将三人腰斩于市，灭其三族。三人骂不绝口。比临东市中，牙齿尽被打落，各人含糊数骂而死。师直入后宫。魏主曹芳正与张皇后商议此事。皇后曰：『内廷耳目甚多，倘事泄露，必累妾矣！』

正言间，忽见师入，皇后大惊。师按剑谓芳曰：『臣父立陛下为君，功德不在周公之下；臣事陛下，亦与伊尹何别乎？今反以恩为仇，以功为过，欲与二三小臣，谋害臣兄弟，何也？』芳曰：『朕无此心。』师袖中取出汗衫，掷之

于地曰：『此谁人所作耶！』芳魂飞天外，魄散九霄，战栗而答曰：『此皆为他人所逼故也。朕岂敢兴此心？』师曰：『妄诬大臣造反，当加何罪？』芳跪告曰：『朕合有罪，望大将军恕之！』师曰：『陛下请起。国法未可废也。』乃指张皇后曰：『此是张缉之女，理当除之！』芳大哭求免，师不从，叱左右将张后捉出，至东华门内，用白练绞死。后人有诗曰：

当年伏后出宫门，跣足哀号别至尊。
司马今朝依此例，天教还报在儿孙。

次日，司马师大会群臣曰：『今主上荒淫无道，亵近娼优，听信谗言，闭塞贤路：其罪甚于汉之昌邑，不能主天下。吾谨按伊尹、霍光之法，别立新君，以保社稷，以安天下，如何？』众皆应曰：『大将军行伊、霍之事，所谓应天顺人，谁敢违命。』师遂同多官入永宁宫，奏闻太后。太后曰：『大将军欲立何人为君？』师曰：『臣观彭城王曹据，聪明仁孝，可以为天下之主。』太后曰：『彭城王乃老身之叔，今立为君，我何以当之？今有高贵乡公曹髦，乃文皇帝之孙；此人温恭克让，可以立之。卿等大臣，从长计议。』一人奏曰：『太后之言是也。便可立之。』众视之，乃司马师宗叔司马孚也。师遂遣使往元城召高贵乡公；请太后升太极殿，召芳责之曰：『汝荒淫无度，亵近娼优，不可承天下；当纳下玺绶，复齐王之爵，目下起程，非宣召不许入朝。』芳泣拜太后，纳了国宝，乘王车大哭而去。只有数员忠义之臣，含泪而送。后人有诗曰：

昔日曹瞒相汉时，欺他寡妇与孤儿。
谁知四十余年后，寡妇孤儿亦被欺。

却说高贵乡公曹髦，字彦士，乃文帝之孙，东海定王霖之子也。当日，司马师以太后命宣至，文武官

僚备銮驾于西掖门外拜迎。髦慌忙答礼。太尉王肃曰：『主上不当答礼。』髦曰：『吾亦人臣也，安得不答礼乎？』文武扶髦上辇入宫，髦辞曰：『太后诏命，不知为何，吾安敢乘辇而入？』遂步行至太极东堂。司马师迎着，髦先下拜，师急扶起。问候已毕，引见太后。后曰：『吾见汝年幼时，有帝王之相；汝今可为天下之主：务须恭俭节用，布德施仁，勿辱先帝也。』髦再三谦辞。师令文武请髦出太极殿，是日立为新君，改嘉平六年为正元元年，大赦天下，假大将军司马师黄钺，入朝不趋，奏事不名，带剑上殿。文武百官，各有封赐。

正元二年春正月，有细作飞报，说镇东将军毋丘俭、扬州刺史文钦，以废主为名，起兵前来。司马师大惊。正是：汉臣曾有勤王志，魏将还兴讨贼师。未知如何迎敌，且看下文分解。

第一百一十回 文鸯单骑退雄兵 姜维背水破大敌

却说魏正元二年正月，扬州都督、镇东将军、领淮南军马毋丘俭，字仲恭，河东闻喜人也。闻司马师擅行废立之事，心中大怒。长子毋丘甸曰：『父亲官居方面，司马师专权废主，国家有累卵之危，安可宴然自守？』俭曰：『吾儿之言是也。』遂请刺史文钦商议。钦乃曹爽门下客，当日闻俭相请，即来拜谒。俭邀入后堂，礼毕，说话间，俭流泪不止。钦问其故，俭曰：『司马师专权废主，天地反覆，安得不伤心乎！』钦曰：『都督镇守方面，若肯仗义讨贼，钦愿舍死相助。钦中子文淑，小字阿鸯，有万夫不当之勇，常欲杀司马师兄弟，与曹爽报仇，今可令为先锋。』俭大喜，即时酹酒为誓。二人诈称太后有密诏，令淮南大小官兵将士，皆入寿春城，立一坛于西，宰白马歃血为盟，宣言司马师大逆不道，今奉太后密诏，令尽起淮南军马，仗义讨贼。众皆悦服。俭提六万兵，屯于项城。文钦领兵二万在外为游兵，往来接应。俭移檄诸郡，令各起兵相助。

却说司马师左眼肉瘤，不时痛痒，乃命医官割之，以药封闭，连日在府养病，忽闻淮南告急，乃请太尉王肃商议。肃曰：『昔关云长威震华夏，孙权令吕蒙袭取荆州，抚恤将士家属，因此关公军势瓦解。今淮南将士家属，皆在中原，可急抚恤，更以兵断其归路：必有土崩之势矣。』师曰：『公言极善。但吾新割目瘤，不能自往。若使他人，心又不稳。』时中书侍郎钟会在侧，进言曰：『淮楚兵强，其锋甚锐；若遣人领兵去退，多是不利。倘有疏虞，则大事废矣。』师蹶然起曰：『非吾自往，不可破贼！』遂留弟司

马昭守洛阳，总摄朝政。师乘软舆，带病东行。令镇东将军诸葛诞，总督豫州诸军，从安风津取寿春；又令征东将军胡遵，领青州诸军，出谯、宋之地，绝其归路；又遣荆州刺史、监军王基，领前部兵，先取镇南之地。师领大军屯于襄阳，聚文武于帐下商议。光禄勋郑袤曰：『毋丘俭好谋而无断，文钦有勇而无智。今大军出其不意，江、淮之卒锐气正盛，不可轻敌；只宜深沟高垒，以挫其锐。此亚夫之长策也。』监军王基曰：『不可。淮南之反，非军民思乱也；皆因毋丘俭势力所逼，不得已而从之。若大军一临，必然瓦解。』师曰：『此言甚妙。』遂进兵于㶏水之上，中军屯于㶏桥。基曰：『南顿极好屯兵，可提兵星夜取之。若迟则毋丘俭必先至矣。』师遂令王基前部兵来南顿城下寨。

却说毋丘俭在项城，闻知司马师自来，乃聚众商议。先锋葛雍曰：『南顿之地，依山傍水，极好屯兵；若魏兵先占，难以驱遣，可速取之。』俭然其言，起兵投南顿来。正行之间，前面流星马报说，南顿已有人马下寨。俭不信，自到军前视之。果然旌旗遍野，营寨齐整。俭回到军中，无计可施。忽哨马飞报：『东吴孙峻提兵渡江袭寿春来了。』俭大惊曰：『寿春若失，吾归何处！』是夜退兵于项城。

司马师见毋丘俭军退，聚多官商议。尚书傅嘏曰：『今俭兵退者，忧吴人袭寿春也。必回项城分兵拒守。将军可令一军取乐嘉城，一军取项城，一军取寿春，则淮南之卒必退矣。兖州刺史邓艾，足智多谋；若领兵径取乐嘉，更以重兵应之，破贼不难也。』师从之，急遣使持檄文，教邓艾起兖州之兵破乐嘉城。师随后引兵到彼会合。

却说毋丘俭在项城，不时差人去乐嘉城哨探，只恐有兵来。请文钦到营共议，钦曰：『都督勿忧。我与拙子文鸯，只消五千兵，敢保乐嘉城。』俭大喜。钦父子引五千兵投乐嘉来。前军报说：『乐嘉城西，皆是魏兵，约有万余。遥望中军，白旄黄钺，皂盖朱幡，簇拥虎帐，内竖一面锦绣帅字旗，必是司马师也。安立营寨，尚未完备。』时文鸯悬鞭立于父侧，闻知此语，乃告父曰：『趁彼营寨未成，可分兵两路，左右击之，可全胜也。』钦曰：『何时可去？』鸯曰：『今夜黄昏，父引二千五百兵，从城南杀来；儿引二千五百兵，从城北杀来：三更时分，要在魏寨会合。』钦从之，当晚分兵两路。且说文鸯年方十八岁，身长八尺，全装惯甲，腰悬钢鞭，绰枪上马，遥望魏寨而进。

是夜，司马师兵到乐嘉，立下营寨，等邓艾未至。师为眼下新割肉瘤，疮口疼痛，卧于帐中，令数百甲士环立护卫。三更时分，忽然寨内喊声大震，人马大乱。师急问之，人报曰：『一军从寨北斩围直入，为首一将，勇不可当！』师大惊，心如火烈，眼珠从肉疮口内迸出，血流遍地，疼痛难当；又恐有乱军心，只咬被头而忍，被皆咬烂。原来文鸯军马先到，一拥而进，在寨中左冲右突；所到之处，人不敢当，有相拒者，枪搠鞭打，无不被杀。鸯只望父到，以为外应，并不见来。数番杀到中军，皆被弓弩射回。鸯直杀到天明，只听得北边鼓角喧天。鸯回顾从者曰：『父亲不在南面为应，却从北至，何也？』鸯纵马看时，只见一军行如猛风，为首一将，乃邓艾也，跃马横刀，大呼曰：『反贼休走！』鸯大怒，挺枪迎之。战有五十合，不分胜败。正斗间，魏兵大进，前后夹攻。鸯部下兵各自逃散，只文鸯单人独马，冲开魏兵，望

南而走。背后数百员魏将，抖擞精神，骤马追来；将至乐嘉桥边，看看赶上。鸯忽然勒回马大喝一声，直冲入魏将阵中来；钢鞭起处，纷纷落马，各各倒退。鸯复缓缓而行。魏将聚在一处，惊讶曰：『此人尚敢退我等之众耶！可并力追之！』于是魏将百员，复来追赶。鸯勃然大怒曰：『鼠辈何不惜命也！』提鞭拨马，杀入魏将丛中，用鞭打死数人，复回马缓辔而行。魏将连追四五番，皆被文鸯一人杀退。后人有诗曰：

长坂当年独拒曹，子龙从此显英豪。乐嘉城内争锋处，又见文鸯胆气高。

原来文钦被山路崎岖，迷入谷中，行了半夜，比及寻路而出，天色已晓；文鸯人马不知所向，只见魏兵大胜。钦不战而退。魏兵乘势追杀，钦引兵望寿春而走。

却说魏殿中校尉尹大目，乃曹爽心腹之人，因爽被司马懿谋杀，故事司马师，常有杀师报爽之心；又素与文钦交厚。今见师眼瘤突出，不能动止，乃入帐告曰：『文钦本无反心，今被毌丘俭逼迫，以致如此。某去说之，必然来降。』师从之。大目顶盔惯甲，乘马来赶文钦；看看赶上，乃高声大叫曰：『文刺史见尹大目么？』钦回头视之，大目除盔放于鞍鞒之前，以鞭指曰：『文刺史何不忍耐数日也？』此是大目知师将亡，故来留钦。钦不解其意，厉声大骂，便欲开弓射之。大目大哭而回。钦收聚人马奔寿春时，已被诸葛诞引兵取了；欲复回项城时，胡遵、王基、邓艾三路兵皆到。钦见势危，遂投东吴孙峻去了。

却说毌丘俭在项城内，听知寿春已失，文钦势败，城外三路兵到，俭遂尽撤城中之兵出战。正与邓艾相遇，俭令葛雍出马，与艾交锋，不一合，被艾一刀斩之，引兵杀过阵来。毌丘俭死战相拒。江淮兵大乱。

第一百一十回 文鸯单骑退雄兵 姜维背水破大敌

胡遵、王基引兵四面夹攻。毌丘俭敌不住，引十余骑夺路而走。前至慎县城下，县令宋白开门接入，设席待之。俭大醉，被宋白令人杀了，将头献与魏兵。于是淮南平定。

司马师卧病不起，唤诸葛诞入帐，赐以印绶，加为镇东大将军，都督扬州诸路军马；一面班师回许昌。师目痛不止，每夜只见李丰、张缉、夏侯玄三人立于榻前。师心神恍惚，自料难保，遂令人往洛阳取司马昭到。昭哭拜于床下。师遗言曰：『吾今权重，虽欲卸肩，不可得也。汝继我为之，大事切不可轻托他人，自取灭族之祸。』言讫，以印绶付之，泪流满面。昭急欲问时，师大叫一声，眼睛迸出而死。时正元二年二月也。于是司马昭发丧，申奏魏主曹髦。髦遣使持诏到许昌，即命暂留司马昭屯军许昌，以防东吴。昭心中犹豫未决。钟会曰：『大将军新亡，人心未定，将军若留守于此，万一朝廷有变，悔之何及？』昭从之，即起兵还屯洛水之南。髦闻之大惊。太尉王肃奏曰：『昭既继其兄掌大权，陛下可封爵以安之。』髦遂命王肃持诏，封司马昭为大将军、录尚书事。昭入朝谢恩毕。自此，中外大小事情，皆归于昭。

却说西蜀细作哨知此事，报入成都。姜维奏后主曰：『司马师新亡，司马昭初握重权，必不敢擅离洛阳。臣请乘间伐魏，以复中原。』后主从之，遂命姜维兴师伐魏。维到汉中，整顿人马。征西大将军张翼曰：『蜀地浅狭，钱粮鲜薄，不宜远征；不如据险守分，恤军爱民：此乃保国之计也。』维曰：『不然。昔丞相未出茅庐，已定三分天下，然且六出祁山以图中原；不幸半途而丧，以致功业未成。今吾既受丞相遗命，当尽忠报国以继其志，虽死而无恨也。今魏有隙可乘，不就此时伐之，更待何时？』夏侯霸曰：『将军之

言是也。可将轻骑先出枹罕。若得洮西南安，则诸郡可定。』张翼曰：『向者不克而还，皆因军出甚迟也。兵法云：「攻其无备，出其不意。」今若火速进兵，使魏人不能提防，必然全胜矣。』

于是姜维引兵五万，望枹罕进发。兵至洮水，守边军士报知雍州刺史王经、征西将军陈泰。王经先起马步兵七万来迎。姜维分付张翼如此如此，又分付夏侯霸如此如此：二人领计去了；维乃自引大军背洮水列阵。王经引数员牙将出而问曰：『魏与吴、蜀，已成鼎足之势；汝累次入寇，何也？』维曰：『司马师无故废主，邻邦理宜问罪，何况仇敌之国乎？』

经回顾张明、花永、刘达、朱芳四将曰：『蜀兵背水为阵，败则皆没于水矣。姜维骁勇，汝四将可战之。彼若退动，便可追击。』四将分左右而出，来战姜维。维略战数合，拨回马望本阵中便走。王经大驱士马，一齐赶来。维引兵望着洮水而走；将次近水，大呼将士曰：『事急矣！诸将何不努力！』众将一齐奋力杀回，魏兵大败。张翼、夏侯霸抄在魏兵之后，分两路杀来，把魏兵困在垓心。维奋武扬威，杀入魏军之中，左冲右突，魏兵大乱，自相践踏，死者大半，逼入洮水者无数，斩首万余，垒尸数里。王经引败兵百骑，奋力杀出，径往狄道城而走；奔入城中，闭门保守。姜维大获全功，犒军已毕，便欲进兵攻打狄道城。张翼谏曰：『将军功绩已成，威声大震，可以止矣。今若前进，倘不如意，正如「画蛇添足」也。』维曰：『不然。向者兵败，尚欲进取，纵横中原；今日洮水一战，魏人胆裂，吾料狄道唾手可得。汝勿自堕其志也。』张翼再三劝谏，维不从，遂勒兵来取狄道城。

却说雍州征西将军陈泰，正欲起兵与王经报兵败之仇，忽兖州刺史邓艾引兵到。泰接着，礼毕，艾曰：『今奉大将军之命，特来助将军破敌。』泰问计于邓艾，艾曰：『洮水得胜，若招羌人之众，东争关陇，传檄四郡：此吾兵之大患也。今彼不思如此，却图狄道城；其城垣坚固，急切难攻，空劳兵费力耳。吾今陈兵于项岭，然后进兵击之，蜀兵必败矣。』陈泰曰：『真妙论也！』遂先拨二十队兵，每队五十人，尽带旌旗、鼓角、烽火之类，日伏夜行，去狄道城东南高山深谷之中埋伏；只待兵来，一齐鸣鼓吹角为应，夜则举火放炮以惊之。调度已毕，专候蜀兵到来。于是陈泰、邓艾，各引二万兵相继而进。

却说姜维围住狄道城，令兵八面攻之，连攻数日不下，心中郁闷，无计可施。是日黄昏时分，忽三五次流星马报说：『有两路兵来，旗上明书大字：一路是征西将军陈泰，一路是兖州刺史邓艾。』维大惊，遂请夏侯霸商议。霸曰：『吾向尝为将军言：邓艾自幼深明兵法，善晓地理。今领兵到，颇为劲敌。』维曰：『彼军远来，我休容他住脚，便可击之。』乃留张翼攻城，命夏侯霸引兵迎陈泰。维自引兵来迎邓艾。行不到五里，忽然东南一声炮响，鼓角震地，火光冲天。维纵马看时，只见周围皆是魏兵旗号。维大惊曰：『中邓艾之计矣！』遂传令教夏侯霸、张翼各弃狄道而退。于是蜀兵皆退于汉中。维自断后，只听得背后鼓声不绝，维退入剑阁之时，方知火鼓二十余处，皆虚设也。维收兵退屯于钟提。

且说后主因姜维有洮西之功，降诏封维为大将军。维受了职，上表谢恩毕，再议出师伐魏之策。正是：

成功不必添蛇足，讨贼犹思奋虎威。

不知此番北伐如何，且看下文分解。

守陇西二三十年，未尝如此明察地理。公之所言，真神算也！公可速去，吾自攻此处寨栅。」于是邓艾引军星夜倍道而行，径到武城山，下寨已毕，蜀兵未到。即令子邓忠，与帐前校尉师纂，各引五千兵，先去段谷埋伏，如此如此而行。二人受计而去。艾令偃旗息鼓，以待蜀兵。

却说姜维从董亭望南安而来，至武城山前，谓夏侯霸曰：「近南安有一山，名武城山；若先得了，可夺南安之势。只恐邓艾多谋，必先提防。」正疑虑间，忽然山上一声炮响，喊声大震，鼓角齐鸣，旌旗遍竖，皆是魏兵；中央风飘起一黄旗，大书「邓艾」字样。蜀兵大惊。山上数处精兵杀下，势不可当，前军大败。维急率中军人马去救时，魏兵已退。维直来武城山下搦邓艾战，山上魏兵并不下来。维令军士辱骂，至晚，方欲退军，山上鼓角齐鸣，却又不见魏兵下来。维欲上山冲杀，山上炮石甚严，不能得进。守至三更，欲回，山上鼓角又鸣。维移兵下山屯扎。比及令军搬运木石，方欲竖立为寨，山上鼓角又鸣，魏兵骤至。蜀兵大乱，自相践踏，退回旧寨。次日，姜维令军士运粮草车仗，至武城山，穿连排定，欲立起寨栅，以为屯兵之计。是夜二更，邓艾令五百人，各执火把，分两路下山，放火烧车仗。两兵混杀了一夜，营寨又立不成。维复引兵退，再与夏侯霸商议曰：「南安未得，不如先取上邽。上邽乃南安屯粮之所；若得上邽，南安自危矣。」遂留霸屯于武城山，维尽引精兵猛将，径取上邽。行了一宿，将及天明，见山势狭峻，道路崎岖，乃问向导官曰：「此处何名？」答曰：「段谷。」维大惊曰：「其名不美：『段谷』者，『断谷』也。倘有人断其谷口，如之奈何？」正踌躇未决，忽前军来报：「山后尘头大起，必有伏兵。」维急令退兵。师纂、邓忠两军杀出，维且战且走，前面喊声大震，邓艾引兵杀到：三路夹攻，蜀兵大败。幸得夏侯霸引兵杀到，魏兵方退，救了姜维，欲再往祁山。霸曰：「祁山寨已被陈泰打破，鲍素阵亡，全寨人马皆退回汉中去了。」维不敢取董亭，急投山僻小路而回。后面邓艾急追，维令诸军前进，自为断后。正行之际，忽然山中一军突出，乃魏将陈泰也。魏兵一声喊起，将姜维困在垓心。维人马困乏，左冲右突，不能得出。荡寇将军张嶷，闻姜维受困，引数百骑杀入重围。维因乘势杀出，嶷被魏兵乱箭射死。维得脱重围，复回汉中，因感张嶷忠勇，殁于王事，乃表赠其子孙。于是，蜀中将士多有阵亡者，皆归罪于姜维。维照武侯街亭旧例，乃上表自贬为后将军，行大将军事。

却说邓艾见蜀兵退尽，乃与陈泰设宴相贺，大赏三军。泰表邓艾之功，司马昭遣使持节，加艾官爵，赐印绶；并封其子邓忠为亭侯。

时魏主曹髦，改正元三年为甘露元年。司马昭自为天下兵马大都督，出入常令三千铁甲骁将前后簇拥，以为护卫；一应事务，不奏朝廷，就于相府裁处：自此常怀篡逆之心。有一心腹人，姓贾，名充，字公闾，乃故建威将军贾逵之子，为昭府下长史。充语昭曰：「今主公掌握大柄，四方人心必然未安，且当暗访，然后徐图大事。」昭曰：「吾正欲如此。汝可为我东行，只推慰劳出征军士为名，以探消息。」贾充领命，径到淮南，入见镇东大将军诸葛诞。诞字公休，乃琅琊南阳人，即武侯之族弟也；向事于魏，因武侯在蜀为相，因此不得重用；后武侯身亡，诞在魏历任重职，封高平侯，总摄两淮军马。当日，贾充托名劳军，

至淮南见诸葛诞。诞设宴待之。酒至半酣，充以言挑诞曰：『近来洛阳诸贤，皆以主上懦弱，不堪为君。司马大将军三辈辅国，功德弥天，可以禅代魏统。未审钧意若何？』诞大怒曰：『汝乃贾豫州之子，世食魏禄，安敢出此乱言！』充谢曰：『某以他人之言告公耳。』诞曰：『朝廷有难，吾当以死报之。』充默然。

次日辞归，见司马昭细言其事。昭大怒曰：『鼠辈安敢如此！』充曰：『诞在淮南，深得人心，久必为患，可速除之。』昭遂暗发密书与扬州刺史乐綝，一面遣使赍诏征诞为司空。诞得了诏书，已知是贾充告变，遂捉来使拷问。使者曰：『此事乐綝知之。』诞曰：『他如何得知？』使者曰：『司马将军已令人到扬州送密书与乐綝矣。』诞大怒，叱左右斩了来使，遂起部下兵千人，杀奔扬州来。将至南门，城门已闭，吊桥拽起。诞在城下叫门，城上并无一人回答。诞大怒曰：『乐綝匹夫，安敢如此！』遂令将士打城。手下十余骁骑，下马渡壕，飞身上城，杀散军士，大开城门。于是诸葛诞引兵入城，乘风放火，杀至綝家。綝慌上楼避之。诞提剑上楼，大喝曰：『汝父乐进，昔日受魏国大恩！不思报本，反欲顺司马昭耶！』綝未及回言，为诞所杀。一面具表数司马昭之罪，使人申奏洛阳；一面大聚两淮屯田户口十余万，并扬州新降兵四万余人，积草屯粮，准备进兵；又令长史吴纲，送子诸葛靓入吴为质求援，务要合兵诛讨司马昭。

此时东吴丞相孙峻病亡，从弟孙綝辅政。綝字子通，为人强暴，杀大司马滕胤、将军吕据、王惇等，因此权柄皆归于綝。吴主孙亮，虽然聪明，无可奈何。于是吴纲将诸葛靓至石头城，入拜孙綝。綝问其故，纲曰：『诸葛诞乃蜀汉诸葛武侯之族弟也，向事魏国；今见司马昭欺君罔上，废主弄权，欲兴师讨之，而力不及，故特来归降。诚恐无凭，专送亲子诸葛靓为质。伏望发兵相助。』綝从其请，便遣大将全怿、全端为主将，于诠为合后，朱异、唐咨为先锋，文钦为向导，起兵七万，分三队而进。吴纲回寿春报知诸葛诞。诞大喜，遂陈兵准备。

却说诸葛诞表文到洛阳，司马昭见了大怒，欲自往讨之。贾充谏曰：『主公乘父兄之基业，恩德未及四海，今弃天子而去，若一朝有变，悔之何及？不如奏请太后及天子一同出征，可保无虞。』昭喜曰：『此言正合吾意。』遂入奏太后曰：『诸葛诞谋反，臣与文武官僚，计议停当：请太后同天子御驾亲征，以继先帝之遗意。』太后畏惧，只得从之。次日，昭请魏主曹髦起程。髦曰：『大将军都督天下军马，任从调遣，何必朕自行也？』昭曰：『不然。昔日武祖纵横四海，文帝、明帝有包括宇宙之志，并吞八荒之心，凡遇大敌，必须自行。陛下正宜追配先君，扫清故孽，何自畏也？』髦畏威权，只得从之。昭遂下诏，尽起两都之兵二十六万，命镇南将军王基为正先锋，安东将军陈骞为副先锋，监军石苞为左军，兖州刺史州泰为右军，保护车驾，浩浩荡荡，杀奔淮南而来。

东吴先锋朱异，引兵迎敌。两军对圆，魏军中王基出马，朱异来迎。战不三合，朱异败走，唐咨出马，战不三合，亦大败而走。王基驱兵掩杀，吴兵大败，退五十里下寨，报入寿春城中。诸葛诞自引本部锐兵，会合文钦并二子文鸯、文虎，雄兵数万，来敌司马昭。正是：方见吴兵锐气堕，又看魏将劲兵来。未知胜负如何，且看下文分解。

第一百一十二回　救寿春于诠死节　取长城伯约鏖兵

却说司马昭闻诸葛诞会合吴兵前来决战，乃召散骑长史裴秀、黄门侍郎钟会，商议破敌之策。钟会曰：『吴兵之助诸葛诞，实为利也；以利诱之，则必胜矣。』昭从其言，遂令石苞、州泰先引两军于石头城埋伏，王基、陈骞领精兵在后，却令偏将成倅引兵数万先去诱敌；又令陈俊引车仗牛马驴骡，装载赏军之物，四面聚集于阵中，如敌来则弃之。

是日，诸葛诞令吴将朱异在左，文钦在右，——见魏阵中人马不整，诞乃大驱士马径进。成倅退走，诞驱兵掩杀，见牛马驴骡，遍满郊野；南兵争取，无心恋战。忽然一声炮响，两路兵杀来：左有石苞，右有州泰。诞大惊，急欲退时，王基、陈骞精兵杀到。诞兵大败。司马昭又引兵接应。诞引败兵奔入寿春，闭门坚守。昭令兵四面围困，并力攻城。

时吴兵退屯安丰，魏主车驾驻于项城。钟会曰：『今诸葛诞虽败，寿春城中粮草尚多，更有吴兵屯安丰以为掎角之势；今吾兵四面攻围，彼缓则坚守，急则死战，吴兵或乘势夹攻：吾军无益。不如三面攻之，留南门大路，容贼自走；走而击之，可全胜也。吴兵远来，粮必不继；我引轻骑抄在其后，可不战而自破矣。』昭抚会背曰：『君真吾之子房也！』遂令王基撤退南门之兵。

却说吴兵屯于安丰，孙綝唤朱异责之曰：『量一寿春城不能救，安可并吞中原？如再不胜必斩！』朱

异乃回本寨商议。于诠曰：『今寿春南门不围，某愿领一军从南门入去，助诸葛诞守城。将军与魏兵挑战，我却从城中杀出：两路夹攻，魏兵可破矣。』异然其言。于是全怿、全端、文钦等，皆愿入城。遂同于诠引兵一万，从南门而入城。魏兵不得将令，未敢轻敌，任吴兵入城，乃报知司马昭。昭曰：『此欲与朱异内外夹攻，以破我军也。』乃召王基、陈骞分付曰：『汝可引五千兵截断朱异来路，从背后击之。』二人领命而去。朱异正引兵来，忽背后喊声大震：左有王基，右有陈骞，两路军杀来。吴兵大败。朱异回见孙綝，綝大怒曰：『累败之将，要汝何用！』叱武士推出斩之。又责全端子全祎曰：『若退不得魏兵，汝父子休来见我！』于是孙綝自回建业去了。

钟会与昭曰：『今孙綝退去，外无救兵，城可围矣。』昭从之，遂催军攻围。全祎引兵欲入寿春，见魏兵势大，寻思进退无路，遂降司马昭。昭加祎为偏将军。祎感昭恩德，乃修家书与父全端、叔全怿，言孙綝不仁，不若降魏，将书射入城中。怿得祎书，遂与端引数千人开门出降。诸葛诞在城中忧闷，谋士蒋班、焦彝进言曰：『城中粮少兵多，不能久守，可率吴、楚之众，与魏兵决一死战。』诞大怒曰：『吾欲守，汝欲战，莫非有异心乎！再言必斩！』二人仰天长叹曰：『诞将亡矣！我等不如早降，免至一死！』是夜二更时分，蒋、焦二人逾城降魏，司马昭重用之。因此城中虽有敢战之士，不敢言战。

诞在城中，见魏兵四下筑起土城以防淮水，只望水泛，冲倒土城，驱兵击之。不想自秋至冬，并无霖雨，淮水不泛。城中看看粮尽，文钦在小城内与二子坚守，见军士渐渐饿倒，只得来告诞曰：『粮皆尽绝，

军士饿损，不如将北方之兵尽放出城，以省其食。」诞大怒曰：『汝教我尽去北军，欲谋我耶？』叱左右推出斩之。文鸯、文虎见父被杀，各拔短刀，立杀数十人，飞身上城，一跃而下，越壕赴魏寨投降。司马昭恨文鸯昔日单骑退兵之仇，欲斩之。钟会谏曰：『罪在文钦，今文钦已亡，二子势穷来归，若杀降将，是坚城内人之心也。』昭从之，遂召文鸯、文虎入帐，用好言抚慰，赐骏马锦衣，加为偏将军，封关内侯。二子拜谢，上马绕城大叫曰：『我二人蒙大将军赦罪赐爵，汝等何不早降！』城内人闻言，皆计议曰：『文鸯乃司马氏仇人，尚且重用，何况我等乎？』于是皆欲投降。诸葛诞闻之大怒，日夜自来巡城，以杀为威。

钟会知城中人心已变，乃入帐告昭曰：『可乘此时攻城矣。』昭大喜，遂激三军，四面云集，一齐攻打。守将曾宣献了北门，放魏兵入城。诞知魏兵已入，慌引麾下数百人，自城中小路突出；至吊桥边，正撞着胡奋，手起刀落，斩诞于马下，数百人皆被缚。王基引兵杀到西门，正遇吴将于诠。基大喝曰：『何不早降！』诠大怒曰：『受命而出，为人救难，既不能救，又降他人，义所不为也！』乃掷盔于地，大呼曰：『人生在世，得死于战场者，幸耳！』急挥刀死战三十余合，人困马乏，为乱军所杀。后人有诗赞曰：

司马当年围寿春，降兵无数拜车尘。东吴虽有英雄士，谁及于诠肯杀身！

司马昭入寿春，将诸葛诞老小尽皆枭首，灭其三族。武士将所擒诸葛诞部卒数百人缚至。昭曰：『汝等降否？』众皆大叫曰：『愿与诸葛公同死，决不降汝！』昭大怒，叱武士尽缚于城外，逐一问曰：『降者免死。』并无一人言降。直杀至尽，终无一人降者。昭深加叹息不已，令皆埋之。后人有诗赞曰：

忠臣矢志不偷生，诸葛公休帐下兵。《薤露》歌声应未断，遗踪直欲继田横！

却说吴兵大半降魏，裴秀告司马昭曰：『吴兵老小，尽在东南江、淮之地，今若留之，久必为变；不如坑之。』钟会曰：『不然。古之用兵者，全国为上，戮其元恶而已。若尽坑之，是不仁也。不如放归江南，以显中国之宽大。』昭曰：『此妙论也。』遂将吴兵尽皆放归本国。唐咨因惧孙綝，不敢回国，亦来降魏。昭皆重用，令分布三河之地。淮南已平。正欲退兵，忽报西蜀姜维引兵来取长城，邀截粮草。昭大惊，慌与多官计议退兵之策。

时蜀汉延熙二十年，改为景耀元年。姜维在汉中，选川将两员，每日操练人马：一是蒋舒，一是傅佥。二人颇有胆勇，维甚爱之。忽报淮南诸葛诞起兵讨司马昭，东吴孙綝助之，昭大起两都之兵，将魏太后并魏主一同出征去了。维大喜曰：『吾今番大事济矣！』遂表奏后主，愿兴兵伐魏。中散大夫谯周听知，叹曰：『近来朝廷溺于酒色，信任中贵黄皓，不理国事，只图欢乐；伯约累欲征伐，不恤军士：国将危矣！』

乃作《仇国论》一篇，寄与姜维。维拆封视之。论曰：

或问：古往能以弱胜强者，其术何如？曰：处大国无患者，恒多慢；处小国有忧者，恒思善。多慢则生乱，思善则生治，理之常也。故周文养民，以少取多；句践恤众，以弱毙强。此其术也。

或曰：曩者楚强汉弱，约分鸿沟，张良以为民志既定则难动也，率兵追羽，终毙项氏；岂必由文王、句践之事乎？曰：商、周之际，王侯世尊，君臣久固。当此之时，虽有汉祖，安能仗剑取天下乎？及秦罢侯置守之后，民疲秦役，天下土崩，于是豪杰并争。今我与彼，皆传国易世矣，既非秦末鼎沸之时，实有六国并据之势，故可为文王，难为汉祖。时可而后动，数合而后举，故汤、武之师，不再战而克，诚重民劳而度时审也。如遂极武黩征，不幸遇难，虽有智者，不能谋之矣。

姜维看毕，大怒曰：『此腐儒之论也！』掷之于地。遂提川兵来取中原。乃问傅佥曰：『以公度之，可出何地？』佥曰：『魏屯粮草，皆在长城；今可径取骆谷，度沈岭，直到长城，先烧粮草，然后直取秦川，则中原指日可得矣。』维曰：『公之见与吾计暗合也。』即提兵径取骆谷，度沈岭，望长城而来。

却说长城镇守将军司马望，乃司马昭之族兄也。城内粮草甚多，人马却少。望听知蜀兵到，急与王真、李鹏二将，引兵离城二十里下寨。次日，蜀兵来到，望引二将出阵。姜维出马，指望而言曰：『今司马昭迁主于军中，必有李傕、郭汜之意也。吾今奉朝廷明命，前来问罪，汝当早降。若还愚迷，全家诛戮！』望大声而答曰：『汝等无礼，数犯上国，如不早退，令汝片甲不归！』言未毕，望背后王真挺枪出马，蜀

阵中傅佥出迎。战不十合，佥卖个破绽，王真便挺枪来刺；傅佥闪过，活捉真于马上，便回本阵。李鹏大怒，纵马轮刀来救。佥故意放慢，等李鹏将近，努力掷真于地，暗掣四楞铁简在手；鹏赶上举刀待砍，傅佥偷身回顾，向李鹏面门只一简，打得眼珠迸出，死于马下。王真被蜀军乱枪刺死。姜维驱兵大进。司马望弃寨入城，闭门不出。维下令曰：『军士今夜且歇一宿，以养锐气。来日须要入城。』次日平明，蜀兵争先大进，一拥至城下，用火箭火炮打入城中。城上草屋一派烧着，魏兵自乱。维又令人取干柴堆满城下，一齐放火，烈焰冲天。城已将陷，魏兵在城内嚎啕痛哭，声闻四野。

正攻打之间，忽然背后喊声大震。维勒马回看，只见魏兵鼓噪摇旗，浩浩而来。维遂令后队为前队，自立于门旗下候之。只见魏阵中一小将，全装惯带，挺枪纵马而出，——约年二十余岁，面如傅粉，唇似抹朱，——厉声大叫曰：『认得邓将军否！』维自思曰：『此必是邓艾矣。』挺枪纵马来迎。二人抖擞精神，战到三四十合，不分胜负。那小将军枪法无半点放闲。维心中自思：『不用此计，安得胜乎？』便拨马望左边山路中而走。那小将骤马追来，维挂住了钢枪，暗取雕弓羽箭射之。那小将眼乖，早已见了，弓弦响处，把身望前一倒，放过羽箭。维回头看时，小将已到，挺枪来刺；维一闪，那枪从肋傍边过，被维挟住。那小将弃枪，望本阵而走。维嗟叹曰：『可惜！可惜！』再拨马赶来。追至阵门前，一将提刀而出曰：『姜维匹夫，勿赶吾儿！邓艾在此！』维大惊。原来小将乃艾之子邓忠也。维暗暗称奇；欲战邓艾，又恐马乏，乃虚指艾曰：『吾今日识汝父子也。各且收兵，来日决战。』艾见战场不利，亦勒马应曰：『既如此，各

自收兵。暗算者非丈夫也。』于是两军皆退。邓艾据渭水下寨，姜维跨两山安营。艾见了蜀兵地理，乃作书于司马望曰：『我等切不可战，只宜固守。待关中兵至时，蜀兵粮草皆尽，三面攻之，无不胜也。今遣长子邓忠相助守城。』一面差人于司马昭处求救。

却说姜维令人于艾寨中下战书，约来日大战，艾佯应之。次日五更，维令三军造饭，平明布阵等候。艾营中偃旗息鼓，却如无人之状。维至晚方回。次日又令人下战书，责以失期之罪。艾以酒食待使，答曰：『微躯小疾，有误相持，明日会战。』次日，维又引兵来，艾仍前不出。如此五六番。傅佥谓维曰：『此必有谋也，宜防之。』维曰：『此必捱关中兵到，三面击我耳。吾今令人持书与东吴孙綝，使并力攻之。』忽探马报说：『司马昭攻打寿春，杀了诸葛诞，吴兵皆降。昭班师回洛阳，便欲引兵来救长城。』维大惊曰：『今番伐魏，又成画饼矣。不如且回。』正是：已叹四番难奏绩，又嗟五度未成功。未知如何退兵，且看下文分解。

第一百一十三回　丁奉定计斩孙綝　姜维斗阵破邓艾

却说姜维恐救兵到，先将军器车仗，一应军需，步兵先退，然后将马军断后。细作报知邓艾。艾笑曰：『姜维知大将军兵到，故先退去。不必追之，追则中彼之计也。』乃令人哨探，回报果然骆谷道狭之处，堆积柴草，准备要烧追兵。众皆称艾曰：『将军真神算也！』遂遣使赍表奏闻。于是司马昭大喜，又加赏邓艾。

却说东吴大将军孙綝，听知全端、唐咨等降魏，勃然大怒，将各人家眷，尽皆斩之。吴主孙亮，时年方十六，见綝杀戮太过，心甚不然。一日出西苑，因食生梅，令黄门取蜜。须臾取至，见密内有鼠粪数块，召藏吏责之。藏吏叩首曰：『臣封闭甚严，安有鼠粪？』亮曰：『黄门曾向尔求蜜食否？』藏吏曰：『黄门于数日前曾求密食，臣实不敢与。』亮指黄门曰：『此必汝怒藏吏不与尔蜜，故置粪于蜜中以陷之也。』黄门不服。亮曰：『此事易知耳。若粪久在蜜中，则内外皆湿；若新在蜜中，则外湿内燥。』命剖视之，果然内燥，黄门服罪。亮之聪明，大抵如此。虽然聪明，却被孙綝把持，不能主张。綝令弟威远将军孙据入苍龙宿卫，武卫将军孙恩、偏将军孙干、长水校尉孙闿分屯诸营。

一日，吴主孙亮闷坐，黄门侍郎全纪在侧，纪乃国舅也。亮因泣告曰：『孙綝专权妄杀，欺朕太甚；今不图之，必为后患。』纪曰：『陛下但有用臣处，臣万死不辞。』亮曰：『卿可只令点起禁兵，与将军刘丞各把城门，朕自出杀孙綝。但此事切不可令卿母知之，卿母乃綝之姊也。倘若泄漏，误朕匪轻。』纪

曰：『乞陛下草诏与臣。临行事之时，臣将诏示众，使綝手下人皆不敢妄动。』亮从之，即写密诏付纪。纪受诏归家，密告其父全尚。尚知此事，乃告妻曰：『三日内杀孙綝矣。』妻曰：『杀之是也。』口虽应之，却私令人持书报知孙綝。綝大怒，当夜便唤弟兄四人，点起精兵，先围大内；一面将全尚、刘丞并其家小俱拿下。比及平明，吴主孙亮听得宫门外金鼓大震，内侍慌入奏曰：『孙綝引兵围了内苑。』亮大怒，指全后骂曰：『汝父兄误我大事矣！』乃拔剑欲出。全后与侍中近臣，皆牵其衣而哭，不放亮出。孙綝先将全尚、刘丞等杀讫，然后召文武于朝内，下令曰：『主上荒淫久病，昏乱无道，不可以奉宗庙，今当废之。汝诸文武，敢有不从者，以谋叛论！』众皆畏惧，应曰：『愿从将军之令。』尚书桓彝大怒，从班部中挺然而出，指孙綝大骂曰：『今上乃聪明之主，汝何敢出此乱言！吾宁死不从贼臣之命！』綝大怒，自拔剑斩之，即入内指吴主孙亮骂曰：『无道昏君！本当诛戮以谢天下！看先帝之面，废汝为会稽王，吾自选有德者立之！』叱中书郎李崇夺其玺绶，令邓程收之。亮大哭而去。后人有诗叹曰：

乱贼诬伊尹，奸臣冒霍光。可怜聪明主，不得莅朝堂。

孙綝遣宗正孙楷、中书郎董朝，往虎林迎请琅琊王孙休为君。休字子烈，乃孙权第六子也，在虎林夜梦乘龙上天，回顾不见龙尾，失惊而觉。次日，孙楷、董朝至，拜请回都。行至曲阿，有一老人，自称姓干，名休，叩头言曰：『事久必变，愿殿下速行。』休谢之。行至布塞亭，孙恩将车驾来迎。休不敢乘辇，乃坐小车而入。百官拜迎道傍，休慌忙下车答礼。孙綝出令扶起，请入大殿，升御座即天子位。休再三谦让，方受玉玺。文官武将朝贺已毕，大赦天下，改元永安元年；封孙綝为丞相、荆州牧；多官各有封赏；又封兄之子孙皓为乌程侯。孙綝一门五侯，皆典禁兵，权倾人主。吴主孙休，恐其内变，阳示恩宠，内实防之。綝骄横愈甚。

冬十二月，綝奉牛酒入宫上寿，吴主孙休不受。綝怒，乃以牛酒诣左将军张布府中共饮。酒酣，乃谓布曰：『吾初废会稽王时，人皆劝吾为君。吾为今上贤，故立之。今我上寿而见拒，是将我等闲相待。吾早晚教你看！』布闻言，唯唯而已。次日，布入宫密奏孙休。休大惧，日夜不安。数日后，孙綝遣中书郎孟宗，拨与中营所管精兵一万五千，出屯武昌；又尽将武库内军器与之。于是，将军魏邈、武卫士施朔二人密奏孙休曰：『綝调兵在外，又搬尽武库内军器，早晚必为变矣。』休大惊，急召张布计议。布奏曰：『老将丁奉，计略过人，能断大事，可与议之。』休乃召奉入内，密告其事。奉奏曰：『陛下无忧。臣有一计，为国除害。』休问何计，奉曰：『来朝腊日，只推大会群臣，召綝赴席，臣自有调遣。』休大喜。奉同魏邈、施朔掌外事，张布为内应。

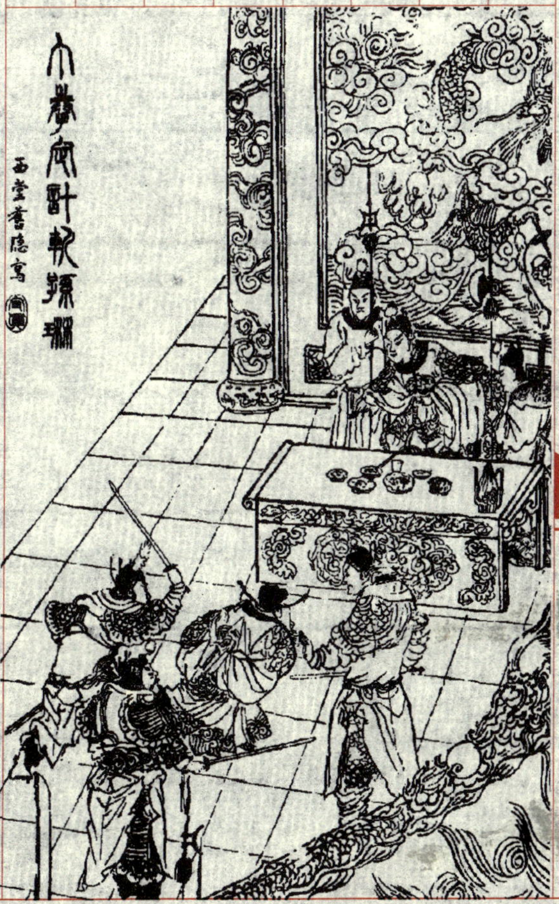

是夜，狂风大作，飞沙走石，将老树连根拔起。天明风定，使者奉旨来请孙綝入宫赴会。孙綝方起床，

平地如人推倒，心中不悦。使者十余人，簇拥入内。家人止之曰：『一夜狂风不息，今早又无故惊倒，恐非吉兆，不可赴会。』綝曰：『吾弟兄共典禁兵，谁敢近身！倘有变动，于府中放火为号。』嘱讫，升车入内。吴主孙休忙下御座迎之，请綝高坐。酒行数巡，众惊曰：『宫外望有火起！』綝便欲起身。休止之曰：『丞相稳便。外兵自多，何足惧哉？』言未毕，左将军张布拔剑在手，引武士三十余人，抢上殿来，口中厉声而言曰：『有诏擒反贼孙綝！』綝急欲走时，早被武士擒下。綝叩头奏曰：『愿徙交州归田里。』休叱曰：『尔何不徙滕胤、吕据、王惇耶？』命推下斩之。于是张布牵孙綝下殿东斩讫。从者皆不敢动。布宣诏曰：『罪在孙綝一人，余皆不问。』众心乃安。布请孙休升五凤楼。丁奉、魏邈、施朔等，擒孙綝兄弟至，休命尽斩于市，宗党死者数百人，灭其三族，命军士掘开孙峻坟墓，戮其尸首。将被害诸葛恪、滕胤、吕据、王惇等家，重建坟墓，以表其忠。其牵累流远者，皆赦还乡里。丁奉等重加封赏。

驰书报入成都。后主刘禅遣使回贺，吴使薛珝答礼。珝自蜀中归，吴主孙休问蜀中近日作何举动。珝奏曰：『近日中常侍黄皓用事，公卿多阿附之。入其朝，不闻直言；经其野，民有菜色。所谓「燕雀处堂，不知大厦之将焚」者也。』休叹：『若诸葛武侯在时，何至如此乎！』于是又写国书，教人赍入成都，说司马昭不日篡魏，必将侵吴、蜀以示威，彼此各宜准备。

姜维听得此信，忻然上表，再议出师伐魏。时蜀汉景耀元年冬，大将军姜维以廖化、张翼为先锋，王含、蒋斌为左军，蒋舒、傅佥为右军，胡济为合后，维与夏侯霸总中军，共起蜀兵二十万，拜辞后主，径到汉中。与夏侯霸商议，当先攻取何地。霸曰：『祁山乃用武之地，可以进兵，故丞相昔日六出祁山，因他处不可出也。』维从其言，遂令三军并望祁山进发，至谷口下寨。时邓艾正在祁山寨中，整点陇右之兵。忽流星马报到，说蜀兵现下三寨于谷口。艾听知，遂登高看了，回寨升帐，大喜曰：『不出吾之所料也！』原来邓艾先度了地脉，故留蜀兵下寨之地；地中自祁山寨直至蜀寨，早挖了地道，待蜀兵至时，于中取事。此时姜维至谷口分作三寨，地道正在左寨之中，乃王含、蒋斌下寨之处。邓艾唤子邓忠，与师纂各引一万兵，为左右冲击；却唤副将郑伦，引五百掘子军，于当夜二更，径从地道直至左营，于帐后地下拥出。

却说王含、蒋斌因立寨未定，恐魏兵来劫寨，不敢解甲而寝。忽闻中军大乱，急绰兵器上的马时，寨外邓忠引兵杀到。内外夹攻，王、蒋二将奋死抵敌不住，弃寨而走。姜维在帐中听得左寨中大喊，料道有内应外合之兵，遂急上马，立于中军帐前，传令曰：『如有妄动者斩！便有敌兵到营边，休要问他，只管以弓弩射之！』一面传示右营，亦不许妄动。果然魏兵十余次冲击，皆被射回。只冲杀到天明，魏兵不敢杀入。邓艾收兵回寨，乃叹曰：『姜维深得孔明之法！兵在夜而不惊，将闻变而不乱：真将才也！』次日，王含、蒋斌收聚败兵，伏于大寨前请罪。维曰：『非汝等之罪，乃吾不明地脉之故也。』又拨军马，令二将安营讫。却将伤死身尸，填于地道之中，以土掩之。令人下战书单搦邓艾来日交锋。艾忻然应之。

次日，两军列于祁山之前。维按武侯八阵之法，依天、地、风、云、鸟、蛇、龙、虎之形，分布已定。邓艾出马，见维布成八卦，乃亦布之，左右前后，门户一般。维持枪纵马大叫曰：『汝效吾排八阵，亦能

变阵否？』艾笑曰：『汝道此阵只汝能布耶？吾既会布阵，岂不知变阵！』艾便勒马入阵，令执法官把旗左右招飐，变成八八六十四个门户；复出阵前曰：『吾变法若何？』维曰：『虽然不差，汝敢与吾八阵相围么？』艾曰：『有何不敢！』两军各依队伍而进。艾在中军调遣。两军冲突，阵法不曾错动。姜维到中间，把旗一招，忽然变成『长蛇卷地阵』，将邓艾困在垓心，四面喊声大震。艾不知其阵，心中大惊。蜀兵渐渐逼近，艾引众将冲突不出。只听得蜀兵齐叫曰：『邓艾早降！』艾仰天长叹曰：『我一时自逞其能，中姜维之计矣！』

忽然西北角上一彪军杀入，艾见是魏兵，遂乘势杀出。救邓艾者，乃司马望也。比及救出邓艾时，祁山九寨，皆被蜀兵所夺。艾引败兵，退于渭水南下寨。艾谓望曰：『公何以知此阵法而救出我也？』望曰：『吾幼年游学于荆南，曾与崔州平、石广元为友，讲论此阵。今日姜维所变者，乃「长蛇卷地阵」也。若他处击之，必不可破。吾见其头在西北，故从西北击之，自破矣。』艾谢曰：『我虽学得阵法，实不知变法。公既知此法，来日以此法复夺祁山寨栅，如何？』望曰：『我之所学，恐瞒不过姜维。』艾曰：『来日公在阵上与他斗阵法，我却引一军暗袭祁山之后。两下混战，可夺旧寨也。』于是令郑伦为先锋，艾自引军袭山后；一面令人下战书，搦姜维来日斗阵法。维批回去讫，乃谓众将曰：『吾受武侯所传密书，此阵变法共三百六十五样，按周天之数。今搦吾斗阵法，乃「班门弄斧」耳！但中间必有诈谋，公等知之乎？』廖化曰：『此必赚我斗阵法，却引一军袭我后也。』维笑曰：『正合我意。』即令张翼、廖化，引一万兵去山后埋伏。

次日，姜维尽拔九寨之兵，分布于祁山之前。司马望引兵离了渭南，径到祁山之前，出马与姜维答话。维曰：『汝请吾斗阵法，汝先布与吾看。』望布成了八卦。维笑曰：『此即吾所布八阵之法也，汝今盗袭，何足为奇！』望曰：『汝亦窃他人之法耳！』维曰：『此阵凡有几变？』望笑曰：『吾既能布，岂不会变？此阵有九九八十一变。』维笑曰：『汝试变来。』望入阵变了数番，复出阵曰：『汝识吾变否？』维笑曰：『吾阵法按周天三百六十五变。汝乃井底之蛙，安知玄奥乎！』望自知有此变法，实不曾学全，乃勉强折辩曰：『吾不信，汝试变来。』维曰：『汝教邓艾出来，吾当布与他看。』望曰：『邓将军自有良谋，不好阵法。』维大笑曰：『有何良谋！不过教汝赚吾在此布阵，他却引兵袭吾山后耳！』望大惊，恰欲进兵混战，被维以鞭梢一指，两翼兵先出，杀的那魏兵弃甲抛戈，各逃性命。

却说邓艾催督先锋郑伦来袭山后。伦刚转过山角，忽然一声炮响，鼓角喧天，伏兵杀出：为首大将，乃廖化也。二人未及答话，两马交处，被廖化一刀，斩郑伦于马下。邓艾大惊，急勒兵退时，张翼引一军杀到。两下夹攻，魏兵大败。艾舍命突出，身被四箭。奔到渭南寨时，司马望亦到。二人商议退兵之策。望曰：『近日蜀主刘禅，宠幸中贵黄皓，日夜以酒色为乐。可用反间计召回姜维，此危可解。』艾问众谋士曰：『谁可入蜀交通黄皓？』言未毕，一人应声曰：『某愿往。』艾视之，乃襄阳党均也。艾大喜，即令党均赍金珠宝物，径到成都结连黄皓，布散流言，说姜维怨望天子，不久投魏。于是成都人人所说皆同。

黄皓奏知后主，即遣人星夜宣姜维入朝。

却说姜维连日搦战，邓艾坚守不出。维心中甚疑。忽使命至，诏维入朝。维不知何事，只得班师回朝。邓艾、司马望知姜维中计，遂拔渭南之兵，随后掩杀。正是：乐毅伐齐遭间阻，岳飞破敌被谗回。未知胜负如何，且看下文分解。

第一百一十四回 曹髦驱车死南阙 姜维弃粮胜魏兵

却说姜维传令退兵，廖化曰：『「将在外，君命有所不受。」今虽有诏，未可动也。』张翼曰：『蜀人为大将军连年动兵，皆有怨望；不如乘此得胜之时，收回人马，以安民心，再作良图。』维曰：『善。』遂令各军依法而退。命廖化、张翼断后，以防魏兵追袭。

却说邓艾引兵追赶，只见前面蜀兵旗帜整齐，人马徐徐而退。艾叹曰：『姜维深得武侯之法也！』因此不敢追赶，勒军回祁山寨去了。

且说姜维至成都，入见后主，问召回之故。后主曰：『朕为卿在边庭，久不还师，恐劳军士，故诏卿回朝，别无他意。』维曰：『臣已得祁山之寨，正欲收功，不期半途而废。此必中邓艾反间之计矣。』后主默然不语。姜维又奏曰：『臣誓讨贼，以报国恩。陛下休听小人之言，致生疑虑。』后主良久乃曰：『朕不疑卿；卿且回汉中，俟魏国有变，再伐之可也。』姜维叹息出朝，自投汉中去讫。

却说党均回到祁山寨中，报知此事。邓艾与司马望曰：『君臣不和，必有内变。』就令党均入洛阳，报知司马昭。昭大喜，便有图蜀之心，乃问中护军贾充曰：『吾今伐蜀，如何？』充曰：『未可伐也。天子方疑主公，若一旦轻出，内难必作矣。旧年黄龙两见于宁陵井中，群臣表贺，以为祥瑞；天子曰：「非祥瑞也。龙者君象，乃上不在天，下不在田，屈于井中，是幽困之兆也。」遂作《潜龙诗》一首。诗中之意，

明明道着主公。其诗曰：

伤哉龙受困，不能跃深渊。上不飞天汉，下不见于田。蟠居于井底，鳅鳝舞其前。藏牙伏爪甲，嗟我亦同然！」

司马昭闻之大怒，谓贾充曰：「此人欲效曹芳也！若不早图，彼必害我。」充曰：「某愿为主公早晚图之。」时魏甘露五年夏四月，司马昭带剑上殿，髦起迎之。群臣皆奏曰：「大将军功德巍巍，合为晋公，加九锡。」髦低头不答。昭厉声曰：「吾父子兄弟三人有大功于魏，今为晋公，得毋不宜耶？」髦乃应曰：「敢不如命？」昭曰：「《潜龙》之诗，视吾等如鳅鳝，是何礼也？」髦不能答。昭冷笑下殿，众官凛然。

髦归后宫，召侍中王沈、尚书王经、散骑常侍王业三人，入内计议。髦泣曰：「司马昭将怀篡逆，人所共知！朕不能坐受废辱，卿等可助朕讨之！」王经奏曰：「不可。昔鲁昭公不忍季氏，败走失国，今重权已归司马氏久矣，内外公卿，不顾顺逆之理，阿附奸贼，非一人也。且陛下宿卫寡弱，无用命之人。陛下若不隐忍，祸莫大焉。且宜缓图，不可造次。」髦曰：「『是可忍也，孰不可忍也』！朕意已决，便死何惧！」言讫，即入告太后。王沈、王业谓王经曰：「事已急矣。我等不可自取灭族之祸，当往司马公府下出首，以免一死。」经大怒曰：「主忧臣辱，主辱臣死，敢怀二心乎？」王沈、王业见经不从，径自往报司马昭去了。

少顷，魏主曹髦出内，令护卫焦伯，聚集殿中宿卫苍头官僮三百余人，鼓噪而出。髦仗剑升辇，叱左右径出南阙。王经伏于辇前，大哭而谏曰：「今陛下领数百人伐昭，是驱羊而入虎口耳，空死无益。臣非惜命，实见事不可行也！」髦曰：「吾军已行，卿无阻当。」遂望云龙门而来。

只见贾充戎服乘马，左有成倅，右有成济，引数千铁甲禁兵，呐喊杀来。髦仗剑大喝曰：「吾乃天子也！汝等突入宫庭，欲弑君耶？」禁兵见了曹髦，皆不敢动。贾充呼成济曰：「司马公养你何用？正为今日之事也！」济乃绰戟在手，回顾充曰：「当杀耶？当缚耶？」充曰：「司马公有令：只要死的。」成济撚(niè)戟直奔辇前。髦大喝曰：「匹夫敢无礼乎！」言未讫，被成济一戟刺中前胸，撞出辇来；再一戟，刃从背上透出，死于辇傍。焦伯挺枪来迎，被成济一戟刺死。众皆逃走。王经随后赶来，大骂贾充曰：「逆贼安敢弑君耶！」充大怒，叱左右缚定，报知司马昭。昭入内，见髦已死，乃佯作大惊之状，以头撞辇而哭，令人报知各大臣。

时太傅司马孚入内，见髦尸，首枕其股而哭曰：「弑陛下者，臣之罪也！」遂将髦尸用棺椁盛贮，停于偏殿之西。昭入殿中，召群臣会议。群臣皆至，独有尚书仆射陈泰不至。昭令泰之舅尚书荀顗(yǐ)召之。泰大哭曰：「论者以泰比舅，今舅实不如泰也。」乃披麻带孝而入，哭拜于灵前。昭亦佯哭而问曰：「今日之事，何法处之？」泰曰：「独斩贾充，少可以谢天下耳。」昭沉吟良久，又问曰：「再思其次？」泰曰：

『惟有进于此者，不知其次。』昭曰：『成济大逆不道，可剐之，灭其三族。』济大骂昭曰：『非我之罪，是贾充传汝之命！』昭令先割其舌。济至死叫屈不绝。弟成倅亦斩于市，尽灭三族。后人有诗叹曰：

司马当年命贾充，弑君南阙赭袍红。却将成济诛三族，只道军民尽耳聋。

昭又使人收王经全家下狱。王经正在廷尉厅下，忽见缚其母至。经叩头大哭曰：『不孝子累及慈母矣！』母大笑曰：『人谁不死？正恐不得死所耳！以此弃命，何恨之有！』次日，王经全家皆押赴东市。王经母子含笑受刑。满城士庶，无不垂泪。后人有诗曰：

汉初夸伏剑，汉末见王经：真烈心无异，坚刚志更清。节如泰华重，命似鸿毛轻。母子声名在，应同天地倾。

太傅司马孚请以王礼葬曹髦，昭许之。贾充等劝司马昭受魏禅，即天子位。昭曰：『昔文王三分天下有其二，以服事殷，故圣人称为至德。魏武帝不肯受禅于汉，犹吾之不肯受禅于魏也。』贾充等闻言，已知司马昭留意于子司马炎矣，遂不复劝进。是年六月，司马昭立常道乡公曹璜为帝，改元景元元年。璜改名曹奂，字景明。乃武帝曹操之孙，燕王曹宇之子也。奂封昭为相国、晋公，赐钱十万、绢万匹。其文武多官，各有封赏。

早有细作报入蜀中。姜维闻司马昭弑了曹髦，立了曹奂，喜曰：『吾今日伐魏，又有名矣。』遂发书入吴，令起兵问司马昭弑君之罪；一面奏准后主，起兵十五万，车乘数千辆，皆置板箱于上；令廖化、张翼为先锋：化取子午谷，翼取骆谷；维自取斜谷，皆要出祁山之前取齐。三路兵并起，杀奔祁山而来。

时邓艾在祁山寨中，训练人马，闻报蜀兵三路杀到，乃聚诸将计议。参军王瓘曰：『吾有一计，不可明言，现写在此，谨呈将军台览。』艾接来展看毕，笑曰：『此计虽妙，只怕瞒不过姜维。』瓘曰：『某愿舍命前去。』艾曰：『公志若坚，必能成功。』遂拨五千兵与瓘。瓘连夜从斜谷迎来，正撞蜀兵前队哨马。瓘叫曰：『我是魏国降兵，可报与主帅。』

哨军报知姜维，维令拦住余兵，只教为首的将来见。瓘拜伏于地曰：『某乃王经之侄王瓘也。近见司马昭弑君，将叔父一门皆戮，某痛恨入骨。今幸将军兴师问罪，故特引本部兵五千来降。愿从调遣，剿除奸党，以报叔父之恨。』维大喜，谓瓘曰：『汝既诚心来降，吾岂不诚心相待？吾军中所患者，不过粮耳。今有粮车数千，现在川口，汝可运赴祁山。吾只今去取祁山寨也。』瓘心中大喜，以为中计，忻然领诺。姜维曰：『汝去运粮，不必用五千人，但引三千人去，留下二千人引路，以打祁山。』瓘恐维疑惑，乃引三千兵去了。维令傅佥引二千魏兵随征听用。忽报夏侯霸到。霸曰：『都督何故准信王瓘之言也？吾在魏，虽不知备细，未闻王瓘是王经之侄：其中多诈，请将军察之。』维大笑曰：『我已知王瓘之诈，故分其兵势，将计就计而行。』霸曰：『公试言之。』维曰：『司马昭奸雄比于曹操，既杀王经，灭其三族，安肯存亲侄于关外领兵？故知其诈也。仲权之见，与我暗合。』于是姜维不出斜谷，却令人于路暗伏，以防王瓘奸细。不旬日，果然伏兵捉得王瓘回报邓艾下书人来见。维问了情节，搜出私书，书中约于八月二十日，从小路运粮送归大寨，却教邓艾遣兵于坛山谷中接应。维将下书人杀了，却将书中之意，改作八月十五日，

约邓艾自率大兵，于坛山谷中接应。一面令人扮作魏军往魏营下书；一面令人将现有粮车数百辆卸了粮米，装载干柴茅草引火之物，用青布罩之，令傅佥引二千原降魏兵，执打运粮旗号。维却与夏侯霸各引一军，去山谷中埋伏。令蒋舒出斜谷，廖化、张翼俱各进兵，来取祁山。

却说邓艾得了王瓘书信，大喜，急写回书，令来人回报。至八月十五日，邓艾引五万精兵径往坛山谷中来，远远使人凭高眺探，只见无数粮车，接连不断，从山凹中而行。艾勒马望之，果然皆是魏兵。左右曰：『天已昏暮，可速接应王瓘出谷口。』艾曰：『前面山势掩映，倘有伏兵，急难退步；只可在此等候。』正言间，忽两骑马骤至，报曰：『王将军因将粮草过界，背后人马赶来，望早救应。』艾大惊，急催兵前进。时值初更，月明如昼。只听得山后呐喊，艾只道王瓘在山后厮杀。径奔过山后时，忽树林后一彪军撞出，为首蜀将傅佥，纵马大叫曰：『邓艾匹夫！已中吾主将之计，何不早早下马受死！』艾大惊，勒回马便走。车上火尽着，——那火便是号火。——两势下蜀兵尽出，杀得魏兵七断八续，但闻四下山上只叫：『拿住邓艾的，赏千金，封万户侯！』唬得邓艾弃甲丢盔，撇了坐下马，杂在步军之中，爬山越岭而逃。姜维、夏侯霸只望马上为首的径来擒捉，不想邓艾步行走脱。维领得胜兵去接王瓘粮车。

却说王瓘密约邓艾，先期将粮草车仗，整备停当，专候举事。忽有心腹人报：『事已泄漏，邓将军大败，不知性命如何。』瓘大惊，令人哨探，回报三路兵围杀将来，背后又见尘头大起，四下无路。瓘叱左右令放火，尽烧粮草车辆。一霎时，火光突起，烈火烧空。瓘大叫曰：『事已急矣！汝等宜死战！』乃提兵望西杀出。背后姜维三路追赶。维只道王瓘舍命撞回魏国，不想反杀入汉中而去。瓘因兵少，只恐追兵赶上，遂将栈道并各关隘尽皆烧毁。姜维恐汉中有失，遂不追邓艾，提兵连夜抄小路来追杀王瓘。瓘被四面蜀兵攻击，投黑龙江而死。余兵尽被姜维坑之。维虽然胜了邓艾，却折了许多粮车，又毁了栈道，乃引兵还汉中。邓艾引部下败兵，逃回祁山寨内，上表请罪，自贬其职。司马昭见艾数有大功，不忍贬之，复加厚赐。艾将原赐财物，尽分给被害将士之家。昭恐蜀兵又出，遂添兵五万，与艾守御。姜维连夜修了栈道，又议出师。正是：连修栈道兵连出，不伐中原死不休。未知胜负如何，且看下文分解。

第一百一十五回　诏班师后主信谗　托屯田姜维避祸

却说蜀汉景耀五年，冬十月，大将军姜维，差人连夜修了栈道，整顿军粮兵器，又于汉中水路调拨船只。俱已完备，上表奏后主曰：

臣累出战，虽未成大功，已挫动魏人心胆。今养兵日久，不战则懒，懒则致病。况今军思效死，将思用命。臣如不胜，当受死罪。

后主览表，犹豫未决。谯周出班奏曰：『臣夜观天文，见西蜀分野，将星暗而不明。今大将军又欲出师，此行甚是不利。陛下可降诏止之。』后主曰：『且看此行若何。果然有失，却当阻之。』谯周再三苦谏不从，乃归家叹息不已，遂推病不出。

却说姜维临兴兵，乃问廖化曰：『吾今出师，誓欲恢复中原，当先取何处？』化曰：『连年征伐，军民不宁；兼魏有邓艾，足智多谋，非等闲之辈：将军强欲行难为之事，此化所以未敢专也。』维勃然大怒曰：『昔丞相六出祁山，亦为国也。吾今八次伐魏，岂为一己之私哉？今当先取洮阳。如有逆吾者必斩！』遂留廖化守汉中，自同诸将提兵三十万，径取洮阳而来。早有川口人报入祁山寨中。时邓艾正与司马望谈兵，闻知此信，遂令人哨探。回报蜀兵尽从洮阳而出。司马望曰：『姜维多计，莫非虚取洮阳而实来取祁山乎？』邓艾曰：『今姜维实出洮阳也。』望曰：『公何以知之？』艾曰：『向者姜维累出吾有粮之地，今洮阳无粮，维必料吾只守祁山，不守洮阳，故径取洮阳，如得此城，屯粮积草，结连羌人，以图久计耳。』望曰：『若此，如之奈何？』艾曰：『可尽撤此处之兵，分为两路去救洮阳。离洮阳二十五里，有侯河小城，乃洮阳咽喉之地。公引一军伏于洮阳，偃旗息鼓，大开四门，如此如此而行；我却引一军伏侯河，必获大胜也。』筹画已定，各各依计而行。只留偏将师纂守祁山寨。

却说姜维令夏侯霸为前部，先引一军径取洮阳。霸提兵前进，将近洮阳，望见城上并无一杆旌旗，四门大开。霸心下疑惑，未敢入城，回顾诸将曰：『莫非诈乎？』诸将曰：『眼见得是空城，只有些小百姓，听知大将军兵到，尽弃城而走了。』霸未信，自纵马于城南视之，只见城后老小无数，皆望西北而逃。霸大喜曰：『果空城也。』遂当先杀入，余众随后而进。方到瓮城边，忽然一声炮响，城上鼓角齐鸣，旌旗遍竖，拽起吊桥。霸大惊曰：『误中计矣！』慌欲退时，城上矢石如雨。可怜夏侯霸同五百军，皆死于城下。后人有诗叹曰：

大胆姜维妙算长，谁知邓艾暗提防。可怜投汉夏侯霸，顷刻城边箭下亡。

司马望从城内杀出，蜀兵大败而逃。随后姜维引接应兵到，杀退司马望，就傍城下寨。维闻夏侯霸射死，嗟伤不已。是夜二更，邓艾自侯河城内，暗引一军潜地杀入蜀寨。蜀兵大乱，姜维禁止不住。城上鼓角喧天，司马望引兵杀出。两下夹攻，蜀兵大败。维左冲右突，死战得脱，退二十余里下寨。蜀兵两番败走之后，心中摇动。维与众将曰：『胜败乃兵家之常，今虽损兵折将，不足为忧。成败之事，在此一举，

汝等始终勿改。如有言退者立斩。』张翼进言曰：『魏兵皆在此处，祁山必然空虚。将军整兵与邓艾交锋，攻打洮阳、侯河；某引一军取祁山。取了祁山九寨，便驱兵向长安。此为上计。』

维从之，即令张翼引后军径取祁山。维自引兵到侯河搦邓艾交战。艾引军出迎。两军对圆，二人交锋数十余合，不分胜负，各收兵回寨。次日，姜维又引兵挑战，邓艾按兵不出。姜维令军辱骂。邓艾寻思曰：『蜀人被吾大杀一阵，全然不退，连日反来搦战：必分兵去袭祁山寨也。守寨将师纂，兵少智寡，必然败矣。吾当亲往救之。』乃唤子邓忠分付曰：『汝用心守把此处，任他搦战，却勿轻出。吾今夜引兵去祁山救应。』是夜二更，姜维正在寨中设计，忽听得寨外喊声震地，鼓角喧天，人报邓艾引三千精兵夜战。诸将欲出，

维止之曰：『勿得妄动。』原来邓艾引兵至蜀寨前哨探了一遍，乘势去救祁山，邓忠自入城去了。姜维唤诸将曰：『邓艾虚作夜战之势，必然去救祁山寨矣。』乃唤傅佥分付曰：『汝守此寨，勿轻与敌。』嘱毕，维自引三千兵来助张翼。

却说张翼正到祁山攻打，守寨将师纂兵少，支持不住。看看待破，忽然邓艾兵至，冲杀了一阵，蜀兵大败，把张翼隔在山后，绝了归路。正慌急之间，忽听的喊声大震，鼓角喧天，只见魏兵纷纷倒退。左右报曰：『大将军姜伯约杀到！』翼乘势驱兵相应。两下夹攻，邓艾折了一阵，急退上祁山寨不出。姜维令兵四面攻围。

话分两头。却说后主在成都，听信宦官黄皓之言，又溺于酒色，不理朝政。时有大臣刘琰妻胡氏，极有颜色；因入宫朝见皇后，后留在宫中，一月方出。琰疑其妻与后主私通，乃唤帐下军士五百人，列于前，将妻绑缚，令军以履挞其面数十，几死复苏。后主闻之大怒，令有司议刘琰罪。有司议得：『卒非挞妻之人，面非受刑之地：合当弃市。』遂斩刘琰。自此命妇不许入朝。然一时官僚以后主荒淫，多有疑怨者。于是贤人渐退，小人日进。时右将军阎宇，身无寸功，只因阿附黄皓，遂得重爵；闻姜维统兵在祁山，乃说皓奏后主曰：『姜维屡战无功，可命阎宇代之。』后主从其言，遣使赍诏，召回姜维。维正在祁山攻打寨栅，忽一日三道诏至，宣维班师。维只得遵命，先令洮阳兵退，次后与张翼徐徐而退。邓艾在寨中，只听得一夜鼓角喧天，不知何意。至平明，人报蜀兵尽退，止留空寨。艾疑有计，不敢追袭。

姜维径到汉中，歇住人马，自与使命入成都见后主。后主一连十日不朝。维心中疑惑。是日至东华门，遇见秘书郎郤正。维问曰：『天子召维班师，公知其故否？』正笑曰：『大将军何尚不知？黄皓欲使阎宇立功，奏闻朝廷，发诏取回将军。今闻邓艾善能用兵，因此寝其事矣。』维大怒曰：『我必杀此宦竖！』郤正止之曰：『大将军继武侯之事，任大职重，岂可造次？倘若天子不容，反为不美矣。』维谢曰：『先生之言是也。』

次日，后主与黄皓在后园宴饮，维引数人径入。早有人报知黄皓，皓急避于湖山之侧。维至亭下，拜了后

主，近奏曰：「臣困邓艾于祁山，陛下连降三诏，召臣回朝，未审圣意为何？」后主默然不语。维又奏曰：「黄皓奸巧专权，乃灵帝时十常侍也。陛下近则鉴于张让，远则鉴于赵高。早杀此人，朝廷自然清平，中原方可恢复。」后主笑曰：「黄皓乃趋走小臣，纵使专权，亦无能为。昔者董允每切齿恨皓，朕甚怪之。卿何必介意？」维叩头奏曰：「陛下今日不杀黄皓，祸不远也。」后主曰：「爱之欲其生，恶之欲其死。」卿何不容一宦官耶？」令近侍于湖山之侧，唤出黄皓至亭下，命拜姜维伏罪。皓哭拜维曰：「某早晚趋侍圣上而已，并不干与国政。将军休听外人之言，欲杀某也。某命系于将军，惟将军怜之！」言罢，叩头流涕。维忿忿而出，即往见郤正，备将此事告之。正曰：「将军祸不远矣。将军若危，国家随灭！」维曰：「先生幸教我以保国安身之策。」正曰：「陇西有一去处，名曰沓中，此地极其肥壮。将军何不效武侯屯田之事，奏知天子，前去沓中屯田？一者，得麦熟以助军实；二者，可以尽图陇右诸郡；三者，魏人不敢正视汉中；四者，将军在外掌握兵权，人不能图，可以避祸：此乃保国安身之策也，宜早行之。」维大喜，谢曰：「先生金玉之言也。」次日，姜维表奏后主，求沓中屯田，效武侯之事。后主从之。维遂还汉中，聚诸将曰：「某累出师，因粮不足，未能成功。今吾提兵八万，往沓中种麦屯田，徐图进取。汝等久战劳苦，今且敛兵聚谷，退守汉中；魏兵千里运粮，经涉山岭，自然疲乏；疲乏必退：那时乘虚追袭，无不胜矣。」遂令胡济守汉寿城，王含守乐城，蒋斌守汉城，蒋舒、傅佥同守关隘。分拨已毕，维自引兵八万，来沓中种麦，以为久计。

却说邓艾闻姜维在沓中屯田，于路下四十余营，连络不绝，如长蛇之势。艾遂令细作相了地形，画成图本，具表申奏。晋公司马昭见之，大怒曰：「姜维屡犯中原，不能剿除，是吾心腹之患也。」贾充曰：「姜维深得孔明传授，急难退之。须得一智勇之将，往刺杀之，可免动兵之劳。」从事中郎荀勖曰：「不然。今蜀主刘禅溺于酒色，信用黄皓，大臣皆有避祸之心。姜维在沓中屯田，正避祸之计也。若令大将伐之，无有不胜，何必用刺客乎？」昭大笑曰：「此言最善。吾欲伐蜀，谁可为将？」荀勖曰：「邓艾乃世之良材，更得钟会为副将，大事成矣。」昭大喜曰：「此言正合吾意。」乃召钟会入而问曰：「吾欲令汝为大将，去伐东吴，可乎？」会曰：「主公之意，本不欲伐吴，实欲伐蜀也。」昭大笑曰：「子诚识吾心也。但卿往伐蜀，当用何策？」会曰：「某料主公欲伐蜀，已画图本在此。」昭展开视之，图中细载一路安营下寨屯粮积草之处，从何而进，从何而退，一一皆有法度。昭看了大喜曰：「真良将也！卿与邓艾合兵取蜀，何如？」会曰：「蜀川道广，非一路可进；当使邓艾分兵各进，可也。」昭遂拜钟会为镇西将军，假节钺，都督关中人马，调遣青、徐、兖、豫、荆、扬等处；一面差人持节令邓艾为征西将军，都督关外陇上，使约期伐蜀。次日，司马昭于朝中计议此事，前将军邓敦曰：「姜维屡犯中原，我兵折伤甚多，只今守御，尚自未保；奈何深入山川危险之地，自取祸乱耶？」昭怒曰：「吾欲兴仁义之师，伐无道之主，汝安敢逆吾意！」叱武士推出斩之。须臾，呈邓敦首级于阶下。众皆失色。昭曰：「吾自征东以来，息歇六年，治兵缮甲，皆已完备，欲伐吴、蜀久矣。今先定西蜀，乘顺流之势，水陆并进，并吞东吴，此灭虢取虞之道也。吾料西蜀将士，守成都者八九万，守边境者不过四五万，姜维屯田者不过六七万。今吾已令邓艾引关外陇右之兵十余万，绊住姜维于沓中，使不得东顾；遣钟会引关中精兵二三十万，直抵骆谷，三路以袭汉中。蜀主刘禅昏暗，边城外破，士女内震，其亡可必矣。』众皆拜服。

却说钟会受了镇西将军之印，起兵伐蜀。会恐机谋或泄，却以伐吴为名，令青、兖、豫、荆、扬等五处各造大船；又遣唐咨于登、莱等州傍海之处，拘集海船。司马昭不知其意，遂召钟会问之曰：『子从旱路收川，何用造船耶？』会曰：『蜀若闻我兵大进，必求救于东吴也。故先布声势，作伐吴之状，吴必不敢妄动。一年之内，蜀已破，船已成，而伐吴，岂不顺乎？』昭大喜，选日出师。时魏景元四年秋七月初三日，钟会出师。司马昭送之于城外十里方回。西曹掾邵悌密谓司马昭曰：『今主公遣钟会领十万兵伐蜀，愚料会志大心高，不可使独掌大权。』昭笑曰：『吾岂不知之？』悌曰：『主公既知，何不使人同领其职？』昭言无数语，使邵悌疑心顿释。正是：方当士马驱驰日，早识将军跋扈心。未知其言若何，且看下文分解。

第一百一十六回 钟会分兵汉中道 武侯显圣定军山

却说司马昭谓西曹掾邵悌曰：『朝臣皆言蜀未可伐，是其心怯；若使强战，必败之道也。今钟会独建伐蜀之策，是其心不怯；心不怯，则破蜀必矣。蜀既破，则蜀人心胆已裂；「败军之将，不可以言勇；亡国之大夫，不可以图存。」会即有异志，蜀人安能助之乎？至若魏人得胜思归，必不从会而反，更不足虑耳。此言乃吾与汝知之，切不可泄漏。』邵悌拜服。

却说钟会下寨已毕，升帐大集诸将听令。时有监军卫瓘，护军胡烈，大将田续、庞会、田章、爰爰、丘建、夏侯咸、王买、皇甫闿、句安等八十余员。会曰：『必须一大将为先锋，逢山开路，遇水叠桥。谁敢当之？』一人应声曰：『某愿往。』会视之，乃虎将许褚之子许仪也。众皆曰：『非此人不可为先锋。』会唤许仪曰：『汝乃虎体猿班之将，父子有名；今众将亦皆保汝。汝可挂先锋印，领五千马军、一千步军，径取汉中。兵分三路：汝领中路，出斜谷；左军出骆谷；右军出子午谷。此皆崎岖山险之路，当令军填平道路，修理桥梁，凿山破石，勿使阻碍。如违必按军法。』许仪受命，领兵而进。钟会随后提十万余众，星夜起程。

却说邓艾在陇西，既受伐蜀之诏，一面令司马望往遏羌人，又遣雍州刺史诸葛绪，天水太守王颀，陇西太守牵弘，金城太守杨欣，各调本部兵前来听令。比及军马云集，邓艾夜作一梦：梦见登高山，望汉中，忽于脚下进出一泉，水势上涌。须臾惊觉，浑身汗流；遂坐而待旦，乃召护卫爰邵问之，邵素明《周易》。

艾备言其梦，邵答曰：『《易》云：「山上有水曰《蹇》。」《蹇卦》者：「利西南，不利东北。」孔子云：「《蹇》利西南，往有功也；不利东北，其道穷也。」将军此行，必然克蜀；但可惜蹇滞不能还。』艾闻言，愀然不乐。忽钟会檄文至，约艾起兵，于汉中取齐。艾遂遣雍州刺史诸葛绪，引兵一万五千，先断姜维归路；次遣天水太守王颀，引兵一万五千，从左攻沓中；陇西太守牵弘，

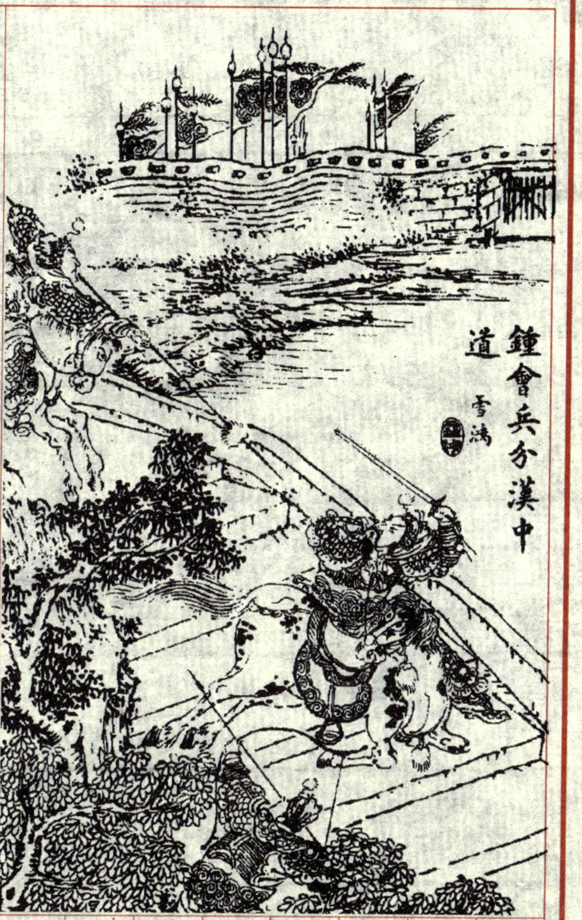

引一万五千人，从右攻沓中；又遣金城太守杨欣，引一万五千人，于甘松邀姜维之后。艾自引兵三万，往来接应。

却说钟会出师之时，有百官送出城外，旌旗蔽日，铠甲凝霜，人强马壮，威风凛然。人皆称羡，惟有相国参军刘寔(shí)微笑不语。太尉王祥见寔冷笑，就马上握其手而问曰：『钟、邓二人，此去可平蜀乎？』寔曰：『破蜀必矣。但恐皆不得还都耳。』王祥问其故，刘寔但笑而不答。祥遂不复问。

却说魏兵既发，早有细作入沓中报知姜维。维即具表申奏后主：『请降诏遣左车骑将军张翼领兵守护阳平关，右车骑将军廖化领兵守阴平桥：这二处最为要紧，若失二处，汉中不保矣。一面当遣使入吴求救。

三国演义

第一百一十六回 钟会分兵汉中道 武侯显圣定军山

臣一面自起沓中之兵拒敌。』时后主改景耀六年为炎兴元年，日与宦官黄皓在宫中游乐。忽接姜维之表，即召黄皓问曰：『今魏国遣钟会、邓艾大起人马，分道而来，如之奈何？』皓奏曰：『此乃姜维欲立功名，故上此表。陛下宽心，勿生疑虑。臣闻城中有一师婆，供奉一神，能知吉凶，可召来问之。』后主从其言，于后殿陈设香花纸烛、享祭礼物，令黄皓用小车请入宫中，坐于龙床之上。后主焚香祝毕，师婆忽然披发跣足，就殿上跳跃数十遍，盘旋于案上。皓曰：『此神人降矣。陛下可退左右，亲祷之。』后主尽退侍臣，再拜祝之。师婆大叫曰：『吾乃西川土神也。陛下欣乐太平，何为求问他事？数年之后，魏国疆土亦归陛下矣。陛下切勿忧虑。』言讫，昏倒于地，半晌方苏。后主大喜，重加赏赐。自此深信师婆之说，遂不听姜维之言，每日只在宫中饮宴欢乐。姜维累申告急表文，皆被黄皓隐匿，因此误了大事。

却说钟会大军，迤逦望汉中进发。前军先锋许仪，要立头功，先领兵至南郑关。仪谓部将曰：『过此关即汉中矣。关上不多人马，我等便可奋力抢关。』众将领命，一齐并力向前。原来守关蜀将卢逊，早知魏兵将到，先于关前木桥左右，伏下军士，装起武侯所遗十矢连弩；比及许仪兵来抢关时，一声梆子响处，矢石如雨。仪急退时，早射倒数十骑。魏兵大败。仪回报钟会。会自提帐下甲士百余骑来看，果然箭弩一齐射下。会拨马便回，关上卢逊引五百军杀下来。会拍马过桥，桥上土塌，陷住马蹄，争些儿掀下马来。马挣不起，会弃马步行；跑下桥时，卢逊赶上，一枪刺来，——却被魏兵中荀恺回身一箭，射卢逊落马。钟会麾众乘势抢关，关上军士因有蜀兵在关前，不敢放箭，被钟会杀散，夺了山关。即以荀恺为护军，以

全副鞍马铠甲赐之。会唤许仪至帐下，责之曰：『汝为先锋，理合逢山开路，遇水叠桥，专一修理桥梁道路，以便行军。吾方才到桥上，陷住马蹄，几乎堕桥，若非荀恺，吾已被杀矣！汝既违军令，当按军法！』叱左右推出斩之。诸将告曰：『其父许褚有功于朝廷，望都督恕之。』会怒曰：『军法不明，何以令众？』遂令斩首示众。诸将无不骇然。

时蜀将王含守乐城，蒋斌守汉城，见魏兵势大，不敢出战，只闭门自守。钟会下令曰：『兵贵神速，不可少停。』乃令前军李辅围乐城，护军荀恺围汉城，自引大军取阳平关。守关蜀将傅佥与副将蒋舒商议战守之策。舒曰：『魏兵甚众，势不可当，不如坚守为上。』佥曰：『不然。魏兵远来，必然疲困，虽多不足惧。我等若不下关战时，汉、乐二城休矣。』蒋舒默然不答。忽报魏兵大队已至关前，蒋、傅二人至关上视之。钟会扬鞭大叫曰：『吾今统十万之众到此，如早出降，各依品级升用；如执迷不降，打破关隘，玉石俱焚！』傅佥大怒，令蒋舒把关，自引三千兵杀下关来。钟会便走，魏兵尽退。佥乘势追之，魏兵复合。佥欲退入关时，关上已竖起魏家旗号，只见蒋舒叫曰：『吾已降了魏也！』佥大怒，厉声骂曰：『忘恩背义之贼，有何面目见天下人乎！』拨回马复与魏兵接战。魏兵四面合来，将傅佥围在垓心。佥左冲右突，往来死战，不能得脱；所领蜀兵，十伤八九。佥乃仰天叹曰：『吾生为蜀臣，死亦当为蜀鬼！』乃复拍马冲杀，身被数枪，血盈袍铠；坐下马倒，佥自刎而死。后人有诗叹曰：

一日抒忠愤，千秋仰义名。宁为傅佥死，不作蒋舒生。

第一百一十六回 钟会分兵汉中道 武侯显圣定军山

钟会得了阳平关，关内所积粮草、军器极多，大喜，遂犒三军。是夜，魏兵宿于阳安城中，忽闻西南上喊声大震。钟会慌忙出帐视之，绝无动静。魏军一夜不敢睡。次夜三更，西南上喊声又起。钟会惊疑，向晓，使人探之。回报曰：『远哨十余里，并无一人。』会惊疑不定，乃自引数百骑，俱全装惯带，望西南巡哨。前至一山，只见杀气四面突起，愁云布合，雾锁山头。会勒住马，问向导官曰：『此何山也？』答曰：『此乃定军山，昔日夏侯渊殁于此处。』会闻之，怅然不乐，遂勒马而回。转过山坡，忽然狂风大作，背后数千骑突出，随风杀来。会大惊，引众纵马而走。诸将坠马者，不计其数。及奔到阳安关时，不曾折一人一骑，只跌损面目，失了头盔。皆言曰：『但见阴云中人马杀来，比及近身，却不伤人，只是一阵旋风而已。』会问降将蒋舒曰：『定军山有神庙乎？』舒曰：『并无神庙，惟有诸葛武侯之墓。』会惊曰：『此必武侯显圣也。吾当亲往祭之。』次日，钟会备祭礼，宰太牢，自到武侯墓前再拜致祭。祭毕，狂风顿息，愁云四散。忽然清风习习，细雨纷纷。一阵过后，天色晴朗。魏兵大喜，皆拜谢回营。是夜，钟会在帐中伏几而寝。忽然一阵清风过处，只见一人，纶巾羽扇，身衣鹤氅，素履皂绦，面如冠玉，唇若抹朱，眉清目朗，身长八尺，飘飘然有神仙之概。其人步入帐中，会起身迎之曰：『公何人也？』其人曰：『今早重承见顾。吾有片言相告：虽汉祚已衰，天命难违，然两川生灵，横罹兵革，诚可怜悯。汝入境之后，万勿妄杀生灵。』言讫，拂袖而去。会欲挽留之，忽然惊醒，乃是一梦。会知是武侯之灵，不胜惊异。于是传令前军，立一白旗，上书『保国安民』四字；所到之处，如妄杀一人者偿命。于是汉中人民，尽皆出城拜迎。会一一抚慰，

秋毫无犯。后人有诗赞曰：

数万阴兵绕定军，致令钟会拜灵神。生能决策扶刘氏，死尚遗言保蜀民。

却说姜维在沓中，听知魏兵大至，传檄廖化、张翼、董厥提兵接应；一面自分兵列将以待之。忽报魏兵至，维引兵迎之。魏阵中为首大将乃天水太守王颀也。颀出马大呼曰：『吾今大兵百万，上将千员，分二十路而进，已到成都。汝不思早降，犹欲抗拒，何不知天命耶！』维大怒，挺枪纵马，直取王颀。战不三合，颀大败而走。姜维驱兵追杀至二十里，只听得金鼓齐鸣，一枝兵摆开，旗上大书『陇西太守牵弘』字样。维笑曰：『此等鼠辈，非吾敌手！』遂催兵追之。又赶到十里，却遇邓艾领兵杀到。两军混战。维抖擞精神，与艾战有十余合，不分胜负，后面锣鼓又鸣。维急退时，后军报说：『甘松诸寨，尽被金城太守杨欣烧毁了。』维大惊，急令副将虚立旗号，与邓艾相拒。维自撤后军，星夜来救甘松，正遇杨欣。欣不敢交战，望山路而走。维随后赶来。将至山岩下，岩上木石如雨，维不能前进。比及回到半路，蜀兵已被邓艾杀败。魏兵大队而来，将姜维围住。维引众骑杀出重围，奔入大寨坚守，以待救兵。忽然流星马到，报说：『钟会打破阳安关，守将蒋舒归降，傅佥战死，汉中已属魏矣。乐城守将王含，汉城守将蒋斌，知汉中已失，亦开门而降。胡济抵敌不住，逃回成都求援去了。』

维大惊，即传令拔寨。是夜兵至疆川口，前面一军摆开，为首魏将，乃是金城太守杨欣。维大怒，纵马交锋，只一合，杨欣败走，维拈弓射之，连射三箭皆不中。维转怒，自折其弓，挺枪赶来。战马前失，

将维跌在地上。杨欣拨回马来杀姜维。维跃起身，一枪刺去，正中杨欣马脑。背后魏兵骤至，救欣去了。维骑上从马，欲待追时，忽报后面邓艾兵到。维首尾不能相顾，遂收兵要夺汉中。哨马报说：『雍州刺史诸葛绪已断了归路。』维乃据山险下寨。魏兵屯于阴平桥头。维进退无路，长叹曰：『天丧我也！』副将宁随曰：『魏兵虽断阴平桥头，雍州必然兵少，将军若从孔函谷，径取雍州，诸葛绪必撤阴平之兵救雍州，将军却引兵奔剑阁守之，则汉中可复矣。』维从之，即发兵入孔函谷，诈取雍州。细作报知诸葛绪。绪大惊曰：『雍州是吾合守之地，倘有疏失，朝廷必然问罪。』急撤大兵从南路去救雍州，只留一枝兵守桥头。姜维入北道，约行三十里，料知魏兵起行，乃勒回兵，后队作前队，径到桥头。果然魏兵大队已去，只有些小兵把桥，被维一阵杀散，尽烧其寨栅。诸葛绪听知桥头火起，复引兵回，姜维兵已过半日了，因此不敢追赶。

却说姜维引兵过了桥头，正行之间，前面一军来到，乃左将军张翼、右将军廖化也。维问之，翼曰：『黄皓听信师巫之言，不肯发兵。翼闻汉中已危，自起兵来时，阳安关已被钟会所取。今闻将军受困，特

来接应。』遂合兵一处，前赴白水关。化曰：『今四面受敌，粮道不通，不如退守剑阁，再作良图。』维疑虑未决。忽报钟会、邓艾分兵十余路杀来。维欲与翼、化分兵迎之。化曰：『白水地狭路多，非争战之所，不如且退去救剑阁可也；若剑阁一失，是绝路矣。』维从之，遂引兵来投剑阁。将近关前，忽然鼓角齐鸣，喊声大起，旌旗遍竖，一枝军把住关口。正是：汉中险峻已无有，剑阁风波又忽生。未知何处之兵，且看下文分解。

第一百一十七回 邓士载偷度阴平 诸葛瞻战死绵竹

却说辅国大将军董厥，闻魏兵十余路入境，乃引二万兵守住剑阁；当日望尘头大起，疑是魏兵，急引军把住关口。董厥自临军前视之，乃姜维、廖化、张翼也。厥大喜，接入关上，礼毕，哭诉后主黄皓之事。维曰：『公勿忧虑。若有维在，必不容魏来吞蜀也。且守剑阁，徐图退敌之计。』厥曰：『此关虽然可守，争奈成都无人，倘为敌人所袭，大势瓦解矣。』维曰：『成都山险地峻，非可易取，不必忧也。』正言间，忽报诸葛绪领兵杀至关下，维大怒，急引五千兵杀下关来，直撞入魏阵中，左冲右突，杀得诸葛绪大败而走，退数十里下寨，魏军死者无数。蜀兵抢了许多马匹器械，维收兵回关。

却说钟会离剑阁二十里下寨，诸葛绪自来伏罪。会怒曰：『吾令汝守把阴平桥头，以断姜维归路，如何失了！今又不得吾令，擅自进兵，以致此败！』绪曰：『维诡计多端，诈取雍州；绪恐雍州有失，引兵去救，维乘机走脱；绪因赶至关下，不想又为所败。』会大怒，叱令斩之。监军卫瓘曰：『绪虽有罪，乃邓征西所督之人；不争将军杀之，恐伤和气。』会曰：『吾奉天子明诏、晋公钧命，特来伐蜀。便是邓艾有罪，亦当斩之！』众皆力劝。会乃将诸葛绪用槛车载赴洛阳，任晋公发落；随将绪所领之兵，收在部下调遣。有人报与邓艾。艾大怒曰：『吾与汝官品一般，吾久镇边疆，于国多劳，汝安敢妄自尊大耶！』子邓忠劝曰：『「小不忍则乱大谋」，父亲若与他不睦，必误国家大事。望且容忍之。』艾从其言。然毕竟

心中怀怒，乃引十数骑来见钟会。会闻艾至，便问左右：『艾引多少军来？』左右答曰：『只有十数骑。』会乃令帐上帐下列武士数百人。艾下马入见。会接入帐礼毕。艾见军容甚肃，心中不安，乃以言挑之曰：『将军得了汉中，乃朝廷之大幸也，可定策早取剑阁。』会曰：『将军明见若何？』艾再三推称无能。会固问之。艾答曰：『以愚意度之，可引一军从阴平小路出汉中德阳亭，用奇兵径取成都，姜维必撤兵来救，将军乘虚就取剑阁，可获全功。』会大喜曰：『将军此计甚妙！可即引兵去。吾在此专候捷音！』二人饮酒相别。会回本帐与诸将曰：『人皆谓邓艾有能。今日观之，乃庸才耳！』众问其故。会曰：『阴平小路，皆高山峻岭，若蜀以百余人守其险要，断其归路，则邓艾之兵皆饿死矣。吾只以正道而行，何愁蜀地不破乎！』遂置云梯炮架，只打剑阁关。

却说邓艾出辕门上马，回顾从者曰：『钟会待吾若何？』从者曰：『观其辞色，甚不以将军之言为然，但以口强应而已。』艾笑曰：『彼料我不能取成都，我偏欲取之！』回到本寨，师纂、邓忠一班将士接问曰：『今日与钟镇西有何高论？』艾曰：『吾以实心告彼，彼以庸才视我。彼今得汉中，以为莫大之功；若非吾屯沓中绊住姜维，彼安能成功耶！吾今若取了成都，胜取汉中矣！』当夜下令，尽拔寨望阴平小路进兵，离剑阁七百里下寨。有人报钟会，说：『邓艾要去取成都了。』会笑艾不智。

却说邓艾一面修密书遣使驰报司马昭，一面聚诸将于帐下问曰：『吾今乘虚去取成都，与汝等立功名于不朽，汝等肯从乎？』诸将应曰：『愿遵军令，万死不辞！』艾乃先令子邓忠引五千精兵，不穿衣甲，

各执斧凿器具，凡遇峻危之处，凿山开路，搭造桥阁，以便军行。艾选兵三万，各带干粮绳索进发。约行百余里，选下三千兵，就彼扎寨；又行百余里，又选三千兵下寨。是年十月自阴平进兵，至于巅崖峡谷之中，凡二十余日，行七百余里，皆是无人之地。魏兵沿途下了数寨，只剩下二千人马。前至一岭，名摩天岭，马不堪行，艾步行上岭，正见邓忠与开路壮士尽皆哭泣。艾问其故。忠告曰：『此岭西皆是峻壁巅崖，不能开凿，虚废前劳，因此哭泣。』艾曰：『吾军到此，已行了七百余里，过此便是江油，岂可复退？』乃唤诸军曰：『「不入虎穴，焉得虎子？」吾与汝等来到此地，若得成功，富贵共之。』众皆应曰：『愿从将军之命。』艾令先将军器撺将下去。艾取毡自裹其身，先滚下去。副将有毡衫者裹身滚下，无毡衫者各用绳索束腰，攀木挂树，鱼贯而进。邓艾、邓忠，并二千军，及开山壮士，皆度了摩天岭。方才整顿衣甲器械而行，忽见道傍有一石碣，上刻：『丞相诸葛武侯题』。其文云：『二火初兴，有人越此。二士争衡，不久自死。』艾观讫大惊，慌忙对碣再拜曰：『武侯真神人也！艾不能以师事之，惜哉！』后人有诗曰：

阴平峻岭与天齐，玄鹤徘徊尚怯飞。邓艾裹毡从此下，谁知诸葛有先几。

却说邓艾暗度阴平，引兵行时，又见一个大空寨。左右告曰：『闻武侯在日，曾拨一千兵守此险隘。今蜀主刘禅废之。』艾嗟呀不已，乃谓众人曰：『吾等有来路而无归路矣！前江油城中，粮食足备；汝等前进可活，后退即死，须并力攻之。』众皆应曰：『愿死战！』于是邓艾步行，引二千余人，星夜倍道来抢江油城。

却说江油城守将马邈，闻东川已失，虽为准备，只是提防大路；又仗着姜维全师守住剑阁关，遂将军情不以为重。当日操练人马回家，与妻李氏拥炉饮酒。其妻问曰：『屡闻边情甚急，将军全无忧色，何也？』邈曰：『大事自有姜伯约掌握，干我甚事？』其妻曰：『虽然如此，将军所守城池，不为不重。』邈曰：『天子听信黄皓，溺于酒色，吾料祸不远矣。魏兵若到，降之为上，何必虑哉？』其妻大怒，唾邈面曰：『汝为男子，先怀不忠不义之心，枉受国家爵禄，吾有何面目与汝相见耶！』马邈羞惭无语。忽家人慌入报曰：『魏将邓艾不知从何而来，引二千余人，一拥而入城矣！』邈大惊，慌出纳降，拜伏于公堂之下，泣告曰：『某有心归降久矣。今愿招城中居民，及本部人马，尽降将军。』艾准其降。遂收江油军马于部下调遣，即用马邈为向导官。忽报马邈夫人自缢身死。艾问其故，邈以实告。艾感其贤，令厚礼葬之，亲往致祭。魏人闻者，无不嗟叹。后人有诗赞曰：

后主昏迷汉祚颠，天差邓艾取西川。可怜巴蜀多名将，不及江油李氏贤。

邓艾取了江油，遂接阴平小路诸军，皆到江油取齐，径来攻涪城。部将田续曰：『我军涉险而来，甚是劳顿，且当休养数日，然后进兵。』艾大怒曰：『兵贵神速，汝敢乱我军心耶！』喝令左右推出斩之。众将苦告方免。艾自驱兵至涪城。城内官吏军民疑从天降，尽皆投降。

蜀人飞报入成都。后主闻知，慌召黄皓问之。皓奏曰：『此诈传耳。神人必不肯误陛下也。』后主又宣师婆问时，却不知何处去了。此时远近告急表文，一似雪片，往来使者，联络不绝。后主设朝计议，多

官面面相觑，并无一言。郤正出班奏曰：『事已急矣！陛下可宣武侯之子商议退兵之策。』原来武侯之子诸葛瞻，字思远。其母黄氏，即黄承彦之女，母貌甚陋，而有奇才：上通天文，下察地理；凡韬略遁甲诸书，无所不晓。武侯在南阳时，闻其贤，求以为室。武侯之学，夫人多所赞助焉。及武侯死后，夫人寻逝，临终遗教，惟以忠孝勉其子瞻。瞻自幼聪敏，尚后主女，为驸马都尉。后袭父武乡侯之爵。景耀四年，迁行军护卫将军。时为黄皓用事，故托病不出。当下后主从郤正之言，即时连发三诏，召瞻至殿下。后主泣诉曰：『邓艾兵已屯涪城，成都危矣。卿看先君之面，救朕之命！』瞻亦泣奏曰：『臣父子蒙先帝厚恩、陛下殊遇，虽肝脑涂地，不能补报。愿陛下尽发成都之兵，与臣领去决一死战。』后主即拨成都兵将七万与瞻。瞻辞了后主，整顿军马，聚集诸将问曰：『谁敢为先锋？』言未讫，一少年将出曰：『父亲既掌大权，儿愿为先锋。』众视之，乃瞻长子诸葛尚也。尚时年一十九岁，博览兵书，多习武艺。瞻大喜，遂命尚为先锋。是日，大军离了成都，来迎魏兵。

却说邓艾得马邈献地理图一本，备写涪城至成都三百六十里山川，阔狭险峻，一一分明。艾看毕，大惊曰：『若只守涪城，倘被蜀人据住前山，何能成功耶？如迁延日久，姜维兵到，我军危矣。』速唤师纂并子邓忠，分付曰：『汝等可引一军，星夜径去绵竹，以拒蜀兵。吾随后便至。切不可怠缓。若纵他先据了险要，决斩汝首！』

师、邓二人引兵将至绵竹，早遇蜀兵。两军各布成阵。师、邓二人勒马于门旗下，只见蜀兵列成八阵。

三鼙鼓罢，门旗两分，数十名将簇拥一辆四轮车，车上端坐一人：纶巾羽扇，鹤氅方裾。车傍展开一面黄旗，上书：『汉丞相诸葛武侯』。唬得师、邓二人汗流遍身，回顾军士曰：『原来孔明尚在，我等休矣！』急勒兵回时，蜀兵掩杀将来，魏兵大败而走。蜀兵掩杀二十余里，遇见邓艾援兵接应。两军各自收兵。艾升帐而坐，唤师纂、邓忠责之曰：『汝二人不战而退，何也？』忠曰：『但见蜀阵中诸葛孔明领兵，因此奔还。』艾怒曰：『纵使孔明更生，我何惧哉！汝等轻退，以致于败，宜速斩以正军法！』众皆苦劝，艾方息怒。令人哨探，回说孔明之子诸葛瞻为大将，瞻之子诸葛尚为先锋。——车上坐者乃木刻孔明遗像也。艾闻之，谓师纂、邓忠曰：『成败之机，在此一举。汝二人再不取胜，必当斩首！』师、邓二人又引一万兵来战。诸葛尚匹马单枪，抖擞精神，战退二人。诸葛瞻指挥两掖兵冲出，直撞入魏阵中，左冲右突，往来杀有数十番，魏兵大败，死者不计其数。师纂、邓忠中伤而逃。瞻驱士马随后掩杀二十余里，扎营相拒。师纂、邓忠回见邓艾，艾见二人俱伤，未便加责，乃与众将商议曰：『蜀有诸葛瞻善继父志，两番杀吾万余

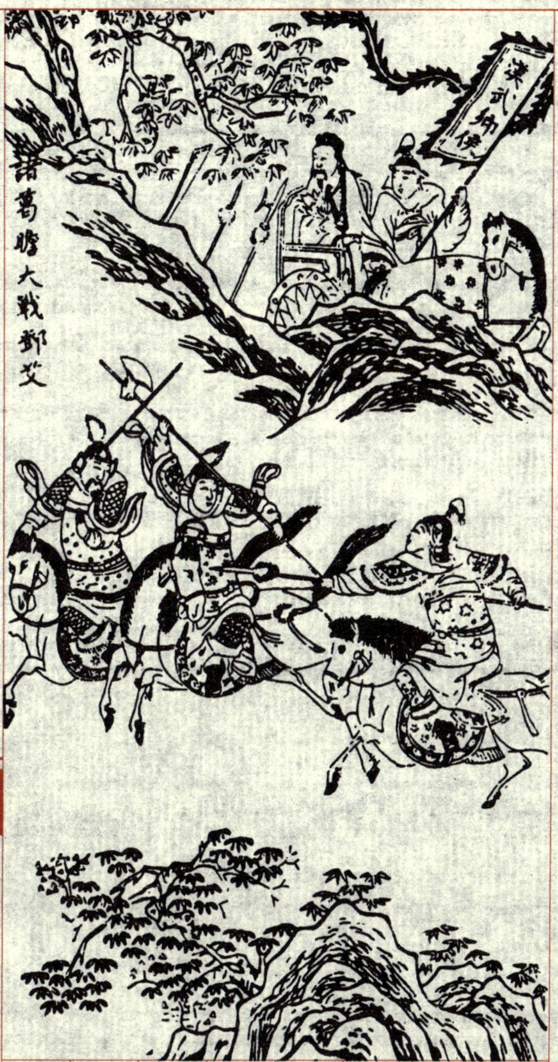

人马，今若不速破，后必为祸。』监军丘本曰：『何不作一书以诱之？』艾从其言，遂作书一封，遣使送入蜀寨。守门将引至帐下，呈上其书。瞻拆封视之。书曰：

征西将军邓艾，致书于行军护卫将军诸葛思远麾下：窃观近代贤才，未有如公之尊父也。昔自出茅庐，一言已分三国，扫平荆、益，遂成霸业，古今鲜有及者；后六出祁山，非其智力不足，乃天数耳。今后主昏弱，王气已终，艾奉天子之命，以重兵伐蜀，已皆得其地矣。成都危在旦夕，公何不应天顺人，仗义来归？艾当表公为琅琊王，以光耀祖宗，决不虚言。幸存照鉴。

瞻看毕，勃然大怒，扯碎其书，叱武士立斩来使，令从者持首级回魏营见邓艾。艾大怒，即欲出战。丘本谏曰：『将军不可轻出，当用奇兵胜之。』艾从其言，遂令天水太守王颀、陇西太守牵弘，伏两军于后，艾自引兵而来。此时诸葛瞻正欲搦战，忽报邓艾自引兵到。瞻大怒，即引兵出，径杀入魏阵中。邓艾败走，瞻随后掩杀将来。忽然两下伏兵杀出。蜀兵大败，退入绵竹。艾令围之。于是魏兵一齐呐喊，将绵竹围的铁桶相似。

诸葛瞻在城中，见事势已迫，乃令彭和赍书杀出，往东吴求救。和至东吴，见了吴主孙休，呈上告急之书。吴主看罢，与群臣计议曰：『既蜀中危急，孤岂可坐视不救。』即令老将丁奉为主帅，丁封、孙异为副将，率兵五万，前往救蜀。丁奉领旨出师，分拨丁封、孙异引兵二万向沔中而进，自率兵三万向寿春而进：分兵三路来援。

却说诸葛瞻见救兵不至，谓众将曰：『久守非良图。』遂留子尚与尚书张遵守城，瞻自披挂上马，引三军大开三门杀出。邓艾见兵出，便撤兵退。瞻奋力追杀，忽然一声炮响，四面兵合，把瞻困在垓心。瞻引兵左冲右突，杀死数百人。艾令众军放箭射之，蜀兵四散。瞻中箭落马，乃大呼曰：『吾力竭矣，当以一死报国！』遂拔剑自刎而死。其子诸葛尚在城上，见父死于军中，勃然大怒，遂披挂上马。张遵谏曰：『小将军勿得轻出。』尚叹曰：『吾父子祖孙，荷国厚恩，今父既死于敌，我何用生为！』遂策马杀出，死于阵中。后人有诗赞瞻、尚父子曰：

不是忠臣独少谋，苍天有意绝炎刘。当年诸葛留嘉胤，节义真堪继武侯。

邓艾怜其忠，将父子合葬。——乘虚攻打绵竹。张遵、黄崇、李球三人，各引一军杀出。蜀兵寡，魏兵众，三人亦皆战死。艾因此得了绵竹。劳军已毕，遂来取成都。正是：试观后主临危日，无异刘璋受逼时。未知成都如何守御，且看下文分解。

第一百一十八回 哭祖庙一王死孝 入西川二士争功

却说后主在成都，闻邓艾取了绵竹，诸葛瞻父子已亡，大惊，急召文武商议。近臣奏曰：『城外百姓，扶老携幼，哭声大震，各逃生命。』后主惊惶无措。忽哨马报到，说魏兵将近城下。多官议曰：『兵微将寡，难以迎敌；不如早弃成都，奔南中七郡。其地险峻，可以自守，就借蛮兵，再来克复未迟。』光禄大夫谯周曰：『不可。南蛮久反之人，平昔无惠；今若投之，必遭大祸。』多官又奏曰：『蜀、吴既同盟，今事急矣，可以投之。』周又谏曰：『自古以来，无寄他国为天子者。臣料魏能吞吴，吴不能吞魏。若称臣于吴，是一辱也；若吴被魏所吞，陛下再称臣于魏，是两番之辱矣。不如不投吴而降魏。魏必裂土以封陛下，则上能自守宗庙，下可以保安黎民。愿陛下思之。』后主未决，退入宫中。

次日，众议纷然。谯周见事急，复上疏诤之。后主从谯周之言，正欲出降，忽屏风后转出一人，厉声而骂周曰：『偷生腐儒，岂可妄议社稷大事！自古安有降天子哉！』后主视之，乃第五子北地王刘谌也。后主生七子：长子刘璿，次子刘瑶，三子刘琮，四子刘瓒，五子即北地王刘谌，六子刘恂，七子刘璩。七子中惟谌自幼聪明，英敏过人，余皆懦善。后主谓谌曰：『今大臣皆议当降，汝独仗血气之勇，欲令满城流血耶？』谌曰：『昔先帝在日，谯周未尝干预国政；今妄议大事，辄起乱言，甚非理也。臣切料成都之兵，尚有数万；姜维全师，皆在剑阁，若知魏兵犯阙，必来救应：内外攻击，可获大功。岂可听腐儒之言，轻废先帝之基业乎？」后主叱之曰：「汝小儿岂识天时！」谌叩头哭曰：「若势穷力极，祸败将及，便当父子君臣背城一战，同死社稷，以见先帝可也。奈何降乎！」后主不听。谌放声大哭曰：「先帝非容易创立基业，今一旦弃之，吾宁死不辱也！」后主令近臣推出宫门，遂令谯周作降书，遣私署侍中张绍、驸马都尉邓良同谯周赍玉玺来雒城请降。

时邓艾每日令数百铁骑来成都哨探。当日见立了降旗，艾大喜。不一时，张绍等至，艾令人迎入。三人拜伏于阶下，呈上降款玉玺。艾拆降书视之，大喜，受下玉玺，重待张绍、谯周、邓良等。艾作回书，付三人赍回成都，以安人心。三人拜辞邓艾，径还成都，入见后主，呈上回书，细言邓艾相待之善。后主

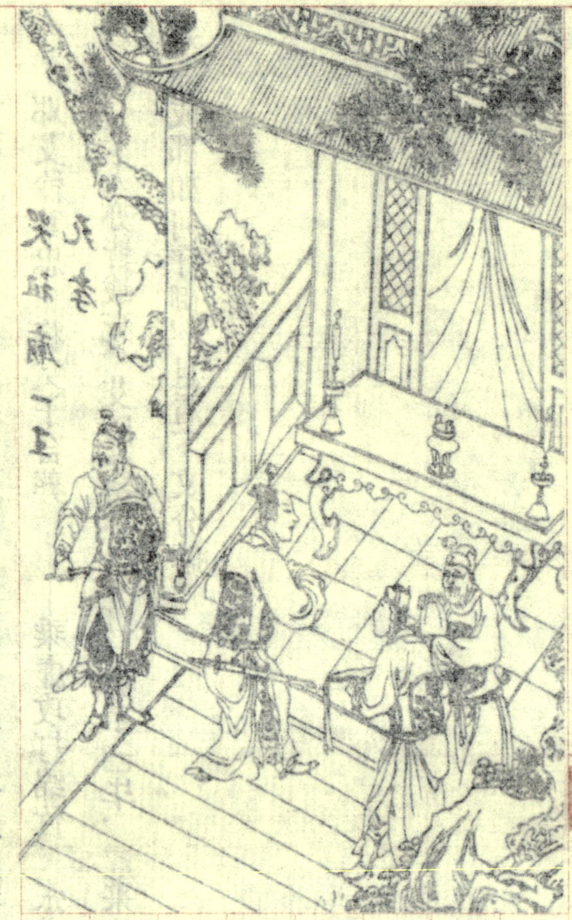

拆封视之，大喜，即遣太仆蒋显赍敕令姜维早降；遣尚书郎李虎送文簿与艾：共户二十八万，男女九十四万，带甲将士十万二千，官吏四万，仓粮四十余万，金银各二千斤，锦绮彩绢各二十万匹。余物在库，不及具数。择十二月初一日，君臣出降。

北地王刘谌闻知，怒气冲天，乃带剑入宫。其妻崔夫人问曰：「大王今日颜色异常，何也？」谌曰：「魏兵将近，父皇已纳降款，明日君臣出降，社稷从此殄灭。吾欲先死以见先帝于地下，不屈膝于他人也！」崔夫人曰：「贤哉！贤哉！得其死矣！妾请先死，王死未迟。」谌曰：「汝何死耶？」崔夫人曰：「王死父，妾死夫，其义同也。夫亡妻死，何必问焉！」言讫，触柱而死。谌乃自杀其三子，并割妻头，提至昭烈庙中，伏地哭曰：「臣羞见基业弃于他人，故先杀妻子，以绝挂念，后将一命报祖！祖如有灵，知孙之心！」大哭一场，眼中流血，自刎而死。蜀人闻知，无不哀痛。后人有诗赞曰：

君臣甘屈膝，一子独悲伤。去矣西川事，雄哉北地王！捐身酬烈祖，搔首泣穹苍。凛凛人如在，谁云汉已亡？

后主听知北地王自刎，乃令人葬之。

次日，魏兵大至。后主率太子诸王，及群臣六十余人，面缚舆榇，出北门十里而降。邓艾扶起后主，亲解其缚，焚其舆榇，并车入城。后人有诗叹曰：

魏兵数万入川来，后主偷生失自裁。黄皓终存欺国意，姜维空负济时才。
全忠义士心何烈，守节王孙志可哀。昭烈经营良不易，一朝功业顿成灰。

于是成都之人，皆具香花迎接。艾拜后主为骠骑将军，其余文武，各随高下拜官；请后主还宫，出榜安民，交割仓库。又令太常张峻、益州别驾张绍，招安各郡军民。又令人说姜维归降。一面遣人赴洛阳报捷。艾闻黄皓奸险，欲斩之。皓用金宝赂其左右，因此得免。自是汉亡。后人因汉之亡，有追思武侯诗曰：

鱼鸟犹疑畏简书，风云长为护储胥。徒令上将挥神笔，终见降王走传车。

管乐有才真不忝，关张无命欲何如！他年锦里经祠庙，《梁父》吟成恨有余！

且说太仆蒋显到剑阁，入见姜维，传后主敕命，言归降之事。维大惊失语。帐下众将听知，一齐怨恨，咬牙怒目，须发倒竖，拔刀砍石大呼曰：『吾等死战，何故先降耶！』号哭之声，闻数十里。维见人心思汉，乃以善言抚之曰：『众将勿忧。吾有一计，可复汉室。』众皆求问。姜维与诸将附耳低言，说了计策。即于剑阁关遍竖降旗，先令人报入钟会寨中，说姜维引张翼、廖化、董厥等来降。会大喜，令人迎接维入帐。会曰：『伯约来何迟也？』维正色流涕曰：『国家全军在吾，今日至此，犹为速也。』会甚奇之，下座相拜，待为上宾。维说会曰：『闻将军自淮南以来，算无遗策；司马氏之盛，皆将军之力，维故甘心俯首。如邓士载，当与决一死战，安肯降之乎？』会遂折箭为誓，与维结为兄弟，情爱甚密，仍令照旧领兵。维暗喜，遂令蒋显回成都去了。

却说邓艾封师纂为益州刺史，牵弘、王颀等各领州郡；又于绵竹筑台以彰战功，大会蜀中诸官饮宴。艾酒至半酣，乃指众官曰：『汝等幸遇我，故有今日耳。若遇他将，必皆殄灭矣。』多官起身拜谢。忽蒋显至，说姜维自降钟镇西了。艾因此痛恨钟会。遂修书令人赍赴洛阳，致晋公司马昭。昭得书视之。书曰：

臣艾切谓兵有先声而后实者，今因平蜀之势以乘吴，此席卷之时也。然大举之后，将士疲劳，不要便用；宜留陇右兵二万、蜀兵二万，煮盐兴冶，并造舟船，预备顺流之计；然后发使，告以利害，吴可不征而定也。今宜厚待刘禅，以致孙休；若便送禅来京，吴人必疑，则于向化之心不劝。且权留之于蜀，须来年冬月抵京。今即可封禅为扶风王，锡以资财，供其左右，爵其子为公侯，以显归命之宠：则吴人畏威怀德，望风而从矣。

司马昭览毕，深疑邓艾有自专之心，乃先发手书与卫瓘，随后降封艾诏曰：

征西将军邓艾：耀威奋武，深入敌境，使僭号之主，系颈归降；兵不逾时，战不终日，云彻席卷，荡定巴、蜀；虽白起破强楚，韩信克劲赵，不足比勋也。其以艾为太尉，增邑二万户，封二子为亭侯，各食邑千户。

邓艾受诏毕，监军卫瓘取出司马昭手书与艾。书中说邓艾所言之事，须候奏报，不可辄行。艾曰：『「将在外，君命有所不受。」吾既奉诏专征，如何阻当？』遂又作书，令来使赍赴洛阳。时朝中皆言邓艾必有反意，司马昭愈加疑忌。忽使命回，呈上邓艾之书。昭拆封视之。书曰：

艾衔命西征，元恶既服，当权宜行事，以安初附。若待国命，则往复道途，延引日月。《春秋》之义：大夫出疆，有可以安社稷、利国家，专之可也。今吴未宾，势与蜀连，不可拘常以失事机。兵法：进不求名，退不避罪。艾虽无古人之节，终不自嫌以损于国也。先此申状，见可施行。

司马昭看毕大惊，忙与贾充计议曰：『邓艾恃功而骄，任意行事，反形露矣。如之奈何？』贾充曰：『主公何不封钟会以制之？』昭从其议，遣使赍诏封会为司徒，就令卫瓘监督两路军马，以手书付瓘，使与会伺察邓艾，以防其变。会接读诏书。诏曰：

镇西将军钟会：所向无敌，前无强梁，节制众城，网罗迸逸；蜀之豪帅，面缚归命；谋无遗策，举无废功。其以会为司徒，进封县侯，增邑万户，封子二人亭侯，邑各千户。

钟会既受封，即请姜维计议曰：『邓艾功在吾之上，又封太尉之职；今司马公疑艾有反志，故令卫瓘为监军，诏吾制之。伯约有何高见？』维曰：『愚闻邓艾出身微贱，幼为农家养犊，今侥幸自阴平斜径，攀木悬崖，成此大功；非出良谋，实赖国家洪福耳。若非将军与维相拒于剑阁，艾安能成此功耶？今欲封蜀主为扶风王，乃大结蜀人之心，其反情不言可见矣。晋公疑之是也。』会深喜其言。维又曰：『请退左右，维有一事密告。』会令左右尽退。维袖中取一图与会，曰：『昔日武侯出草庐时，以此图献先帝，且曰：「益州之地，沃野千里，民殷国富，可为霸业。」先帝因此遂创成都。今邓艾至此，安得不狂？』会大喜，指问山川形势。维一一言之。会又问曰：『当以何策除艾？』维曰：『乘晋公疑忌之际，当急上表，言艾反状，晋公必令将军讨之。一举而可擒矣。』会依言，即遣人赍表进赴洛阳，言邓艾专权恣肆，结好蜀人，早晚必反矣。于是朝中文武皆惊。会又令人于中途截了邓艾表文，按艾笔法，改写傲慢之辞，以实己之语。

司马昭见了邓艾表章，大怒，即遣人到钟会军前，令会收艾；又遣贾充引三万兵入斜谷，昭乃同魏主曹奂御驾亲征。西曹掾邵悌谏曰：『钟会之兵，多艾六倍，当令会收艾足矣，何必明公自行耶？』昭笑曰：『汝忘了旧日之言耶？汝曾道会后必反。吾今此行，非为艾，实为会耳。』悌笑曰：『某恐明公忘之，故以相问。今既有此意，切宜秘之，不可泄漏。』昭然其言，遂提大兵起程。时贾充亦疑钟会有变，密告司马昭。昭曰：『如遣汝，亦疑汝耶？吾到长安，自有明白。』早有细作报知钟会，说昭已至长安。会慌请姜维商议收艾之策。正是：才看西蜀收降将，又见长安动大兵。不知姜维以何策破艾，且看下文分解。

第一百一十九回　假投降巧计成虚话　再受禅依样画葫芦

却说钟会请姜维计议收邓艾之策。维曰：『可先令监军卫瓘收艾。艾若杀瓘，反情实矣。将军却起兵讨之，可也。』会大喜，遂令卫瓘引数十人入成都，收邓艾父子。瓘手下人止之曰：『此是钟司徒令邓征西杀将军，以正反情也。切不可行。』瓘曰：『吾自有计。』遂先发檄文二三十道。其檄曰：『奉诏收艾，其余各无所问。若早来归，爵赏如先；敢有不出者，灭三族。』随备槛车两乘，星夜望成都而来。

比及鸡鸣，艾部将见檄文者，皆来投拜于卫瓘马前。时邓艾在府中未起。瓘引数十人突入大呼曰：『奉诏收邓艾父子！』艾大惊，滚下床来。瓘叱武士缚于车上。其子邓忠出问，亦被捉下，缚于车上。府中将吏大惊，欲待动手抢夺，早望见尘头大起，哨马报说钟司徒大兵到了。众各四散奔走。钟会与姜维下马入府，见邓艾父子已被缚。会以鞭挞邓艾之首而骂曰：『养犊小儿，何敢如此！』姜维亦骂曰：『匹夫行险徼幸，亦有今日耶！』艾亦大骂。会将艾父子送赴洛阳。会入成都，尽得邓艾军马，威声大震。乃谓姜维曰：『吾今日方趁平生之愿矣！』维曰：『昔韩信不听蒯通之说，而有未央宫之祸；大夫种不从范蠡于五湖，卒伏剑而死：斯二子者，其功名岂不赫然哉，徒以利害未明，而见几之不早也。今公大勋已就，威震其主，何不泛舟绝迹，登峨嵋之岭，而从赤松子游乎？』会笑曰：『君言差矣。吾年未四旬，方思进取，岂能便效此退闲之事？』维曰：『若不退闲，当早图良策。此则明公智力所能，无烦老夫之言矣。』会抚掌大笑曰：『伯约知吾心也。』二人自此每日商议大事。维密与后主书曰：『望陛下忍数日之辱，维将使社稷危而复安，日月幽而复明。必不使汉室终灭也。』

却说钟会正与姜维谋反，忽报司马昭有书到。会接书。书中言：『吾恐司徒收艾不下，自屯兵于长安；相见在近，以此先报。』会大惊曰：『吾兵多艾数倍，若但要我擒艾，晋公知吾独能办之。今日自引兵来，是疑我也！』遂与姜维计议。维曰：『君疑臣则臣必死，岂不见邓艾乎？』会曰：『吾意决矣！事成则得天下，不成则退西蜀，亦不失作刘备也。』维曰：『近闻郭太后新亡，可诈称太后有遗诏，教讨司马昭，以正弑君之罪。据明公之才，中原可席卷而定。』会曰：『伯约当作先锋。成事之后，同享富贵。』维曰：『愿效犬马微劳。但恐诸将不服耳。』会曰：『来日元宵佳节，于故宫大张灯火，请诸将饮宴。如不从者尽杀之。』维暗喜。次日，会、维二人请诸将饮宴。数巡后，会执杯大哭。诸将惊问其故，会曰：『郭太后临崩有遗诏在此，为司马昭南阙弑君，大逆无道，早晚将篡魏，命吾讨之。汝等各自佥名，共成此事。』众皆大惊，面面相觑。会拔剑出鞘曰：『违令者斩！』众皆恐惧，只得相从。画字已毕，会乃困诸将于宫中，严兵禁守。维曰：『我见诸将不服，请坑之。』会曰：『吾已令宫中掘一坑，置大棒数千；如不从者，打死坑之。』

时有心腹将丘建在侧。建乃护军胡烈部下旧人也，时胡烈亦被监在宫。建乃密将钟会所言，报知胡烈。烈大惊，泣告曰：『吾儿胡渊领兵在外，安知会怀此心耶？汝可念向日之情，透一消息，虽死无恨。』建曰：『恩主勿忧，容某图之。』遂出告会曰：『主公软监诸将在内，水食不便，可令一人往来传递。』会素听

丘建之言，遂令丘建监临。会分付曰：『吾以重事托汝，休得泄漏。』建曰：『主公放心，某自有紧严之法。』建暗令胡烈亲信人入内，烈以密书付其人。其人持书火速至胡渊营内，细言其事，呈上密书。渊大惊，遂遍示诸营知之。众将大怒，急来渊营商议曰：『我等虽死，岂肯从反臣耶？』渊曰：『正月十八日中，可骤入内，如此行之。』监军卫瓘深喜胡渊之谋，即整顿了人马，令丘建传与胡烈。烈报知诸将。

却说钟会请姜维问曰：『吾夜梦大蛇数千条咬吾，主何吉凶？』维曰：『梦龙蛇者，皆吉庆之兆也。』会喜，信其言，乃谓维曰：『器仗已备，放诸将出问之，若何？』维曰：『此辈皆有不服之心，久必为害，不如乘早戮之。』会从之，即命姜维领武士往杀众魏将。维领命，方欲行动，忽然一阵心疼，昏倒在地；左右扶起，半晌方苏。忽报宫外人声沸腾。会方令人探时，喊声大震，四面八方，无限兵到。维曰：『此必是诸将作恶，可先斩之。』忽报兵已入内。会令闭上殿门，使军士上殿屋以瓦击之，互相杀死数十人。宫外四面火起，外兵砍开殿门杀入。会自掣剑立杀数人，却被乱箭射倒。众将枭其首。维拔剑上殿，往来冲突，不幸心疼转加。维仰天大叫曰：『吾计不成，乃天命也！』遂自刎而死。时年五十九岁。宫中死者数百人。卫瓘曰：『众军各归营所，以待王命。』魏兵争欲报仇，共剖维腹，其胆大如鸡卵。众将又尽取姜维家属杀之。邓艾部下之人，见钟会、姜维已死，遂连夜去追劫邓艾。早有人报知卫瓘。瓘曰：『是我捉艾；今若留他，我无葬身之地矣。』护军田续曰：『昔邓艾取江油之时，欲杀续，得众官告免。今日当报此恨！』瓘大喜，遂遣田续引五百兵赶至绵竹，正遇邓艾父子放出槛车，欲还成都。艾只道是本部兵到，不作准备；欲待问时，被田续一刀斩之。邓忠亦死于乱军之中。后人有诗叹邓艾曰：

自幼能筹画，多谋善用兵。凝眸知地理，仰面识天文。马到山根断，兵来石径分。功成身被害，魂绕汉江云。

又有诗叹钟会曰：

髫年称早慧，曾作秘书郎。妙计倾司马，当时号子房。寿春多赞画，剑阁显鹰扬。不学陶朱隐，游魂悲故乡。

又有诗叹姜维曰：

天水夸英俊，凉州产异才。系从尚父出，术奉武侯来。大胆应无惧，雄心誓不回。成都身死日，汉将有余哀。

却说姜维、钟会、邓艾已死，张翼等亦死于乱军之中。太子刘璿、汉寿亭侯关彝，皆被魏兵所杀。军民大乱，互相践踏，死者不计其数。旬日后，贾充先至，出榜安民，方始宁靖。留卫瓘守成都，乃迁后主赴洛阳。止有尚书令樊建、侍中张绍、光禄大夫谯周、秘书郎郤正等数人跟随。廖化、董厥皆托病不起，后皆忧死。

时魏景元五年，改为咸熙元年，春三月，吴将丁奉见蜀已亡，遂收兵还吴。中书丞华瓘奏吴主孙休曰：『吴、蜀乃唇齿也，「唇亡则齿寒」：臣料司马昭伐吴在即，乞陛下深加防御。』休从其言，遂命陆逊子陆抗为镇东大将军，领荆州牧，守江口；左将军孙异守南徐诸处隘口；又沿江一带，屯兵数百营，老将丁奉总督之，以防魏兵。

建宁太守霍弋闻成都不守，素服望西大哭三日。诸将皆曰：『既汉主失位，何不速降？』弋泣谓曰：

『道路隔绝，未知吾主安危若何。若魏主以礼待之，则举城而降，未为晚也；万一危辱吾主，则主辱臣死，何可降乎？』众然其言，乃使人到洛阳，探听后主消息去了。

且说后主至洛阳时，司马昭已自回朝。昭责后主曰：『公荒淫无道，废贤失政，理宜诛戮。』后主面如土色，不知所为。文武皆奏曰：『蜀主既失国纪，幸早归降，宜赦之。』昭乃封禅为安乐公，赐住宅，月给用度，赐绢万匹，僮婢百人。子刘瑶及群臣樊建、谯周、郤正等，皆封侯爵。后主谢恩出内。昭因黄皓蠹(dù)国害民，令武士押出市曹，凌迟处死。时霍弋探听得后主受封，遂率部下军士来降。次日，后主亲诣司马昭府下拜谢。昭设宴款待，先以魏乐舞戏于前，蜀官感伤，独后主有喜色。昭令蜀人扮蜀乐于前，蜀官尽皆堕泪，后主嬉笑自若。酒至半酣，昭谓贾充曰：『人之无情，乃至于此！虽使诸葛孔明在，亦不能辅之久全，何况姜维乎？』乃问后主曰：『颇思蜀否？』后主曰：『此间乐，不思蜀也。』须臾，后主起身更衣，郤正跟至厢下曰：『陛下如何答应不思蜀也？倘彼再问，可泣而答曰：「先人坟墓，远在蜀地，乃心西悲，无日不思。」晋公必放陛下归蜀矣。』后主牢记入席。酒将微醉，昭又问曰：『颇

思蜀否？』后主如郤正之言以对，欲哭无泪，遂闭其目。昭曰：『何乃似郤正语耶？』后主开目惊视曰：『诚如尊命。』昭及左右皆笑之。昭因此深喜后主诚实，并不疑虑。后人有诗叹曰：

追欢作乐笑颜开，不念危亡半点哀。快乐异乡忘故国，方知后主是庸才。

却说朝中大臣因昭收川有功，遂尊之为王，表奏魏主曹奂。时奂名为天子，实不能主张，政皆由司马氏，不敢不从，遂封晋公司马昭为晋王，谥父司马懿为宣王，兄司马师为景王。昭妻乃王肃之女，生二子：长曰司马炎，人物魁伟，立发垂地，两手过膝，聪明英武，胆量过人；次曰司马攸，情性温和，恭俭孝悌，昭甚爱之，因司马师无子，嗣攸以继其后。昭常曰：『天下者，乃吾兄之天下也。』于是司马昭受封晋王，欲立攸为世子。山涛谏曰：『废长立幼，违礼不祥。』贾充、何曾、裴秀亦谏曰：『长子聪明神武，有超世之才；人望既茂，天表如此：非人臣之相也。』昭犹豫未决。太尉王祥、司空荀顗谏曰：『前代立少，多致乱国。愿殿下思之。』昭遂立长子司马炎为世子。

大臣奏称：『当年襄武县，天降一人，身长二丈余，脚迹长三尺二寸，白发苍髯，着黄单衣，裹黄巾，拄藜头杖，自称曰：「吾乃民王也。今来报汝：天下换主，立见太平。」如此在市游行三日，忽然不见。此乃殿下之瑞也。殿下可戴十二旒冠冕，建天子旌旗，出警入跸，乘金根车，备六马，进王妃为王后，立世子为太子。』昭心中暗喜；回到宫中，正欲饮食，忽中风不语。次日，病危，太尉王祥、司徒何曾、司马荀顗及诸大臣入宫问安，昭不能言，以手指太子司马炎而死。时八月辛卯日也。何曾曰：『天下大事，

方可图取。若不审时势而轻进，此取败之道也。」众将服其论，只自守疆界而已。

一日，羊祜引诸将打猎，正值陆抗亦出猎。羊祜下令：「我军不许过界。」众将得令，止于晋地打围，不犯吴境。陆抗望见，叹曰：「羊将军有纪律，不可犯也。」日晚各退。祜归至军中，察问所得禽兽，被吴人先射伤者皆送还。吴人皆悦，来报陆抗。抗召来人入，问曰：「汝主帅能饮酒否？」来人答曰：「必得佳酿，则饮之。」抗笑曰：「吾有斗酒，藏之久矣。今付与汝持去，拜上都督：此酒陆某亲酿自饮者，特奉一勺，以表昨日出猎之情。」来人领诺，携酒而去。左右问抗曰：「将军以酒与彼，有何主意？」抗曰：「彼既施德于我，我岂得无以酬之？」众皆愕然。

却说来人回见羊祜，以抗所问并奉酒事，一一陈告。祜笑曰：「彼亦知吾能饮乎！」遂命开壶取饮。部将陈元曰：「其中恐有奸诈，都督且宜慢饮。」祜笑曰：「抗非毒人者也，不必疑虑。」竟倾壶饮之。自是使人通问，常相往来。一日，抗遣人候祜。祜问曰：「陆将军安否？」来人曰：「主帅卧病数日未出。」祜曰：「料彼之病，与我相同。吾已合成熟药在此，可送与服之。」来人持药回见抗。众将曰：「羊祜乃

是吾敌也，此药必非良药。」抗曰：「岂有酖人羊叔子哉！汝众人勿疑。」遂服之。次日病愈，众将皆拜贺。抗曰：「彼专以德，我专以暴，是彼将不战而服我也。今宜各保疆界而已，无求细利。」众将领命。忽报吴主遣使来到，抗接入问之。使曰：「天子传谕将军：作急进兵，勿使晋人先入。」抗曰：「汝先回，吾随有疏章上奏。」使人辞去。抗即草疏遣人赍到建业。近臣呈上，皓拆观其疏，疏中备言晋未可伐之状，且劝吴主修德慎罚，以安内为念，不当以黩武为事。吴主览毕，大怒曰：「朕闻抗在边境与敌人相通，今果然矣！」遂遣使罢其兵权，降为司马，却令左将军孙冀代领其军。群臣皆不敢谏。吴主皓自改元建衡，至凤凰元年，恣意妄为，穷兵屯戍，上下无不嗟怨。丞相万彧、将军留平、大司农楼玄三人见皓无道，直言苦谏，皆被所杀。前后十余年，杀忠臣四十余人。皓出入常带铁骑五万。群臣恐怖，莫敢奈何。

却说羊祜闻陆抗罢兵，孙皓失德，见吴有可乘之机，乃作表遣人往洛阳请伐吴。其略曰：

夫期运虽天所授，而功业必因人而成。今江淮之险，不如剑阁；孙皓之暴，过于刘禅；吴人之困，甚于巴蜀；而大晋兵力，盛于往时；不于此际平一四海，而更阻兵相守，使天下困于征戍，经历盛衰，不可长久也。

司马炎观表，大喜，便令兴师。贾充、荀勖、冯紞三人，力言不可，炎因此不行。祜闻上不允其请，叹曰：「天下不如意事，十常八九。今天与不取，岂不大可惜哉！」至咸宁四年，羊祜入朝，奏辞归乡养病。炎问曰：「卿有何安邦之策，以教寡人？」祜曰：「孙皓暴虐已甚，于今可不战而克。若皓不幸而殁，更立贤君，则吴非陛下所能得也。」炎大悟曰：「卿今便提兵往伐，若何？」祜曰：「臣年老多病，不堪

当此任。陛下另选智勇之士，可也。』遂辞炎而归。是年十一月，羊祜病危，司马炎车驾亲临其家问安。炎至卧榻前，祜下泪曰：『臣万死不能报陛下也！』炎亦泣曰：『朕深恨不能用卿伐吴之策。今日谁可继卿之志？』祜含泪而言曰：『臣死矣，不敢不尽愚诚：右将军杜预可任；若伐吴，须当用之。』炎曰：『举善荐贤，乃美事也；卿何荐人于朝，即自焚奏稿，不令人知耶？』祜曰：『拜官公朝，谢恩私门，臣所不取也。』言讫而亡。炎大哭回宫，敕赠太傅、巨平侯。南州百姓闻羊祜死，罢市而哭。江南守边将士，亦皆哭泣。襄阳人思祜存日，常游于岘山，遂建庙立碑，四时祭之。往来人见其碑文者，无不流涕，故名为『堕泪碑』。后人有诗叹曰：

晓日登临感晋臣，古碑零落岘山春。松间残露频频滴，疑是当年堕泪人。

晋主以羊祜之言，拜杜预为镇南大将军都督荆州事。杜预为人，老成练达，好学不倦，最喜读左丘明《春秋传》，坐卧常自携，每出入必使人持《左传》于马前，时人谓之『左传癖』。及奉晋主之命，在襄阳抚民养兵，准备伐吴。

此时吴国丁奉、陆抗皆死，吴主皓每宴群臣，皆令沉醉；又置黄门郎十人为纠弹官。宴罢之后，各奏过失，有犯者或剥其面，或凿其眼。由是国人大惧。晋益州刺史王濬上疏请伐吴。其疏曰：

孙皓荒淫凶逆，宜速征伐。若一旦皓死，更立贤主，则强敌也；臣造船七年，日有朽败；臣年七十，死亡无日：三者一乖，则难图矣。愿陛下无失事机。

晋主览疏，遂与群臣议曰：『王公之论，与羊都督暗合。朕意决矣。』侍中王浑奏曰：『臣闻孙皓欲北上，军伍已皆整备，声势正盛，难与争锋。更迟一年以待其疲，方可成功。』晋主依其奏，乃降诏止兵莫动，退入后宫，与秘书丞张华围棋消遣。近臣奏边庭有表到。晋主开视之，乃杜预表也。表略云：

往者，羊祜不博谋于朝臣，而密与陛下计，故令朝臣多异同之议。凡事当以利害相校。度此举之利，十有八九，而其害止于无功耳。自秋以来，讨贼之形颇露；今若中止，孙皓恐怖，徙都武昌，完修江南诸城，迁其居民，城不可攻，野无所掠，则明年之计亦无及矣。

晋主览表才罢，张华突然而起，推却棋枰，敛手奏曰：『陛下圣武，国富民强；吴主淫虐，民忧国敝。今若讨之，可不劳而定。愿勿以为疑。』晋主曰：『卿言洞见利害，朕复何疑。』即出升殿，命镇南大将军杜预为大都督，引兵十万出江陵；镇东大将军琅琊王司马伷出涂中；安东大将军王浑出横江；建威将军王戎出武昌；平南将军胡奋出夏口：各引兵五万，皆听预调用。又遣龙骧将军王濬、广武将军唐彬，浮江东下：水陆兵二十余万，战船数万艘。又令冠军将军杨济出屯襄阳，节制诸路人马。

早有消息报入东吴。吴主皓大惊，急召丞相张悌、司徒何植、司空滕循，计议退兵之策。悌奏曰：『可令车骑将军伍延为都督，进兵江陵，迎敌杜预；骠骑将军孙歆进兵拒夏口等处军马。臣敢为军师，领左将军沈莹、右将军诸葛靓，引兵十万，出兵牛渚，接应诸路军马。』皓从之，遂令张悌引兵去了。皓退入后宫，不安忧色。幸臣中常侍岑昏问其故。皓曰：『晋兵大至，诸路已有兵迎之；争奈王濬率兵数万，战船齐备，

顺流而下，其锋甚锐：——朕因此忧也。』皓曰：『臣有一计，令王濬之舟，皆为齑粉矣。』皓大喜，遂问其计。岑昏奏曰：『江南多铁，可打连环索百余条，长数百丈，每环重二三十斤，于沿江紧要去处横截之。再造铁锥数万，长丈余，置于水中。若晋船乘风而来，逢锥则破，岂能渡江也？』皓大喜，传令拨匠工于江边连夜造成铁索、铁锥，设立停当。

却说晋都督杜预，兵出江陵，令牙将周旨：引水手八百人，乘小舟暗渡长江，夜袭乐乡，多立旌旗于山林之处，日则放炮擂鼓，夜则各处举火。旨领命，引众渡江，伏于巴山。次日，杜预领大军水陆并进。前哨报道：『吴主遣伍延出陆路，陆景出水路，孙歆为先锋：三路来迎。』杜预引兵前进，孙歆船早到。两兵初交，杜预便退。歆引兵上岸，迤逦追时，不到二十里，一声炮响，四面晋兵大至。吴兵急回，杜预乘势掩杀，吴兵死者不计其数。孙歆奔到城边，周旨八百军混杂于中，就城上举火。歆大惊曰：『北来诸军乃飞渡江也？』急欲退时，被周旨大喝一声，斩于马下。陆景在船上，望见江南岸上一片火起，巴山上风飘出一面大旗，上书：『晋镇南大将军杜预』。陆景大惊，欲上岸逃命，被晋将张尚马到斩之。伍延见各军皆败，乃弃城走，被伏兵捉住，缚见杜预。预曰：『留之无用！』叱令武士斩之。——遂得江陵。于是沅、湘一带，直抵广州诸郡，守令皆望风赍印而降。预令人持节安抚，秋毫无犯。遂进兵攻武昌，武昌亦降。杜预军威大振，遂大会诸将，共议取建业之策。胡奋曰：『百年之寇，未可尽服。方今春水泛涨，难以久住。可俟来春，更为大举。』预曰：『昔乐毅济西一战而并强齐；今兵威大振，如破竹之势，数节之后，皆迎刃而解，无复有着手处也。』遂驰檄约会诸将，一齐进兵，攻取建业。

时龙骧将军王濬率水兵顺流而下。前哨报说：『吴人造铁索，沿江横截；又以铁锥置于水中为准备。』濬大笑，遂造大筏数十方，上缚草为人，披甲执杖，立于周围，顺水放下。吴兵见之，以为活人，望风先走。暗锥着筏，尽提而去。又于筏上作大炬，长十余丈，大十余围，以麻油灌之，但遇铁索，燃炬烧之，须臾皆断。两路从大江而来，所到之处，无不克胜。

却说东吴丞相张悌，令左将军沈莹、右将军诸葛靓，来迎晋兵。莹谓靓曰：『上流诸军不作提防，吾料晋军必至此，宜尽力以敌之。若幸得胜，江南自安。今渡江与战，不幸而败，则大事去矣。』靓曰：『公言是也。』言未毕，人报晋兵顺流而下，势不可当。二人大惊，慌来见张悌商议。靓谓悌曰：『东吴危矣，何不遁去？』悌垂泣曰：『吴之将亡，贤愚共知；今若君臣皆降，无一人死于国难，不亦辱乎！』诸葛靓亦垂泣而去。张悌与沈莹挥兵抵敌，晋兵一齐围之。周旨首先杀入吴营。张悌独奋力搏战，死于乱军之中。沈莹被周旨所杀。吴兵四散败走。后人有诗赞张悌曰：

杜预巴山见大旗，江东张悌死忠时。已拚王气南中尽，不忍偷生负所知。

却说晋兵克了牛渚，深入吴境。王濬遣人驰报捷音，晋主炎闻知大喜。贾充奏曰：『吾兵久劳于外，不服水土，必生疾病。宜召军还，再作后图。』张华曰：『今大兵已入其巢，吴人胆落，不出一月，孙皓必擒矣。若轻召还，前功尽废，诚可惜也。』晋主未及应，贾充叱华曰：『汝不省天时地利，欲妄邀功绩，

困弊士卒，虽斩汝不足以谢天下！』炎曰：『此是朕意，华但与朕同耳，何必争辩！』忽报杜预驰表到。晋主视表，亦言宜急进兵之意。晋主遂不复疑，竟下征进之命。王濬等奉了晋主之命，水陆并进，风雷鼓动，吴人望旗而降。吴主皓闻之，大惊失色。诸臣告曰：『北兵日近，江南军民不战而降，将如之何？』皓曰：『何故不战？』众对曰：『今日之祸，皆岑昏之罪，请陛下诛之。臣等出城决一死战。』皓曰：『量一中贵，何能误国？』众大叫曰：『陛下岂不见蜀之黄皓乎！』遂不待吴主之命，一齐拥入宫中，碎割岑昏，生啖其肉。陶濬奏曰：『臣领战船皆小，愿得二万兵乘大船以战，自足破之。』皓从其言，遂拨御林诸军与陶濬上流迎敌。前将军张象，率水兵下江迎敌。二人部兵正行，不想西北风大起，吴兵旗帜，皆不能立，尽倒竖于舟中；兵卒不肯下船，四散奔走，只有张象数十军待敌。

却说晋将王濬，扬帆而行，过三山，舟师曰：『风波甚急，船不能行；且待风势少息行之。』濬大怒，拔剑叱之曰：『吾目下欲取石头城，何言住耶！』遂擂鼓大进。吴将张象引从军请降。濬曰：『若是真降，便为前部立功。』象回本船，直至石头城下，叫开城门，接入晋兵。孙皓闻晋兵已入城，欲自刎。中书令胡冲、光禄勋薛莹奏曰：『陛下何不效安乐公刘禅乎？』皓从之，亦舆榇自缚，率诸文武，诣王濬军前归降。濬释其缚，焚其榇，以王礼待之。唐人有诗叹曰：

西晋楼船下益州，金陵王气黯然收。千寻铁锁沉江底，一片降旗出石头。
人世几回伤往事，山形依旧枕寒流。今逢四海为家日，故垒萧萧芦荻秋。

于是东吴四州，四十三郡，三百一十三县，户口五十二万三千，官吏三万二千，兵二十三万，男女老幼二百三十万，米谷二百八十万斛，舟船五千余艘，后宫五千余人，皆归大晋。大事已定，出榜安民，尽封府库仓廪。次日，陶濬兵不战自溃。琅琊王司马伷并王戎大兵皆至，见王濬成了大功，心中忻喜。次日，杜预亦至，大犒三军，开仓赈济吴民。于是吴民安堵。惟有建平太守吾彦，拒城不下；闻吴亡，乃降。王濬上表报捷。朝廷闻吴已平，君臣皆贺，上寿。晋主执杯流涕曰：『此羊太傅之功也，惜其不亲见之耳！』骠骑将军孙秀退朝，向南而哭曰：『昔讨逆壮年，以一校尉创立基业；今孙皓举江南而弃之！「悠悠苍天，此何人哉！」』

却说王濬班师，迁吴主皓赴洛阳面君。皓登殿稽首以见晋帝。帝赐坐曰：『朕设此座以待卿久矣。』皓对曰：『臣于南方，亦设此座以待陛下。』帝大笑。贾充问皓曰：『闻君在南方，每凿人眼目，剥人面皮：此何等刑耶？』皓曰：『人臣弑君及奸回不忠者，则加此刑耳。』充默然甚愧。帝封皓为归命侯，子孙封中郎，随降宰辅皆封列侯。丞相张悌阵亡，封其子孙。封王濬为辅国大将军。其余各加封赏。

自此三国归于晋帝司马炎，为一统之基矣。此所谓『天下大势，合久必分，分久必合』者也。后来后汉皇帝刘禅亡于晋泰始七年，魏主曹奂亡于太安元年，吴主孙皓亡于太康四年，皆善终。后人有古风一篇，以叙其事曰：

高祖提剑入咸阳，炎炎红日升扶桑；光武龙兴成大统，金乌飞上天中央；哀哉献帝绍海宇，

红轮西坠咸池傍！何进无谋中贵乱，凉州董卓居朝堂；王允定计诛逆党，李傕郭汜兴刀枪；四方盗贼如蚁聚，六合奸雄皆鹰扬；孙坚孙策起江左，袁绍袁术兴河梁；刘焉父子据巴蜀，刘表军旅屯荆襄；张燕张鲁霸南郑，马腾韩遂守西凉；陶谦张绣公孙瓒，各逞雄才占一方。曹操专权居相府，牢笼英俊用文武；威挟天子令诸侯，总领貔貅镇中土。楼桑玄德本皇孙，义结关张愿扶主；东西奔走恨无家，将寡兵微作羁旅；南阳三顾情何深，卧龙一见分寰宇；先取荆州后取川，霸业图王在天府；呜呼三载逝升遐，白帝托孤堪痛楚！孔明六出祁山前，愿以只手将天补；何期历数到此终，长星半夜落山坞！姜维独凭气力高，九伐中原空劬(qú)劳；钟会邓艾分兵进，汉室江山尽属曹。丕睿芳髦才及奂，司马又将天下交；受禅台前云雾起，石头城下无波涛；陈留归命与安乐，王侯公爵从根苗：纷纷世事无穷尽，天数茫茫不可逃；鼎足三分已成梦，后人凭吊空牢骚。